敦煌迷踪

原铨 著

辽宁人民出版社

© 原铨　2023

图书在版编目（CIP）数据

敦煌迷踪 / 原铨著 . —沈阳：辽宁人民出版社，
2023.8
ISBN 978–7–205–10724–6

Ⅰ . ①敦… Ⅱ . ①原… Ⅲ . ①长篇小说—中国—当代
Ⅳ . ① I247.5

中国国家版本馆 CIP 数据核字（2023）第 034270 号

出版发行：辽宁人民出版社
　　　　　地址：沈阳市和平区十一纬路 25 号　邮编：110003
　　　　　电话：024–23284191（发行部）　024–23284304（办公室）
　　　　　http://www.lnpph.com.cn
印　　刷：北京长宁印刷有限公司天津分公司
幅面尺寸：145mm×210mm
印　　张：9
字　　数：207 千字
出版时间：2023 年 8 月第 1 版
印刷时间：2023 年 8 月第 1 次印刷
责任编辑：赵维宁
封面设计：乐　翁
版式设计：一诺设计
责任校对：耿　珺
书　　号：ISBN 978–7–205–10724–6
定　　价：49.80 元

目录

第一章　临行…………………………………1

第二章　出行………………………… 12

第三章　辨认………………………… 22

第四章　关照………………………… 32

第五章　嘉裕………………………… 43

第六章　逼问………………………… 54

第七章　起火………………………… 64

第八章　狡辩………………………… 76

第九章　夜袭………………………… 88

第十章　奸细………………………… 99

第十一章　抵赖………………………… 109

第十二章　对峙………………………… 120

第十三章　县主………………………… 130

第十四章　飞天……………………140

第十五章　刺杀……………………150

第十六章　揭露……………………159

第十七章　路阻……………………170

第十八章　滋味……………………181

第十九章　送礼……………………191

第二十章　看戏……………………203

第二十一章　杀人……………………215

第二十二章　表露……………………226

第二十三章　饮酒……………………235

第二十四章　螳螂……………………244

第二十五章　黄雀……………………256

第二十六章　余音……………………268

尾声……………………279

第一章　临行

听见书房门被推开的声音和稍后传来的脚步声后，孙言瑜并没有抬头，她仍在伏案挥毫，手中的画笔随着胳膊在纸上迅速移动。

随着她手中笔尖的起落，画纸上渐渐显现出一个头戴五珠宝冠、抱着琵琶、衣裙飘曳、彩带飞舞、凌空翱翔的飞天女子来，那画上的女子眉眼慈悲，身影婆娑。

孙言瑜缓缓放下手中的笔，伸出纤长白皙的玉指，轻抚过画卷上的女子，长吁一口气。但她看着那张画，片刻间就皱起了眉，很快，那张画纸就被她团成一团，丢弃在一旁。

虽然已经画了两个时辰，作废了数十张画纸，但她还是对自己笔下出现的人物不够满意。

"让我看看。"孙延振打走进来开始，到现在才开口说话。他立在妹妹身边，一面看她作画一面微笑着，他拾起那张被捏成一团的画纸，颤抖着打开，轻轻抚平。

看见哥哥那不停抖动的手，孙言瑜的眼睛涌上泪意，尽管已经过去一旬有余，看着哥哥受伤的手，她仍觉触目惊心。

但她强忍下心酸，并未提及此事。

只要能让哥哥好过一点，让他忘记这些痛苦，就算再难过她也愿意承受。

"你这样子，真像个孩子。"孙延振看着妹妹，嘴角噙起一丝宠溺的笑容，"还是像小时候那样，不管做什么都要做到最好，稍有不满意就宁可重新开始。"

孙言瑜的鼻头一酸，泪水再也无法抑制，夺眶而出，"哥……"

"哭什么？"孙延振把妹妹抱在怀里，轻拍她的背，柔声安慰，"哭出来会舒服点，我已经没事了，真的。"

"哥……呜呜……"

"傻瓜，别哭了。"孙延振把妹妹推开，看着妹妹哭花的妆容，不由得皱眉道，"这妆都哭花了，赶紧擦干净！"

"嗯……"孙言瑜擦拭掉脸上残留的泪痕，努力露出笑容，免得哥哥担忧。

孙延振的手受伤之事，已经成为孙家不可触说之痛。初时，孙延振痛哭流涕，而后，借酒浇愁，他能够在这么短的时间平静下来已经不易，孙言瑜不敢问也不想问，免得提起此事令哥哥黯然神伤。

到现在，她都不知道哥哥究竟为何会受伤，听她院里粗使丫头司画从书童那儿打探来的消息，哥哥是为了她。

为了她吗？孙言瑜的脑海里有个人名，但那人权势滔天，她想为哥哥讨个说法只能是与虎谋皮、羊入狼窝。想来，哥哥也是因为这个，才不管她怎么问都不肯说出原因。

她去拼命不光是枉送了自己，恐怕还会带累哥哥，哥哥已经为她伤了手，不能再为她送了命。

这口气当然咽不下，但此时此刻，只能安慰自己：君子报仇，十年不晚。

咽下泪意，孙言瑜嘴角扯出一个笑，"这些天我画了不少，还请哥哥帮着品鉴品鉴。"她从桌案旁画筒里拿出了十几个画轴，向孙延振一一展开。

孙延振细细凝视那些画卷。

每一幅画卷上都是飞天图，数十个或大或小、眉目清秀、体态婀娜的身影在画卷上翩翩起舞，那一个个属于佛的、属于过往那些已经消失的朝代的、和红尘全不相干的身影，全都活灵活现地浮现在纸上，这些身影个个灵动鲜活，自由自在。而创作了这些灵动形象的妹妹，却只得困在这小小的院落中，困在这四方天地里。

他的手伤了，纵使不能再画画还可以去做个夫子，传授弟子们"之乎者也"，而他这个惊才绝艳的妹妹，却只能顶着他的名头画画，不为世人所知。

若无意外，她最好的结局也不过是找一个知冷知暖的男子，怜她爱她一世，护她平安。

孙延振看着那张被他抚平的画，即便是被丢弃的，也隐隐透出大家风范。

若为男子，他这个妹妹必为世人追崇、仰慕，就像如今的他一样，即使玉泉山人、文进先生，都要赞他一声后生可畏，早晚会名扬四海。

孙延振轻轻抚着那张画，平静地说："阿瑜，这次到沙州的差事，你替我去吧。"

朝廷征召一批工匠艺人前往沙州修缮千佛洞，孙延振因为画名在外，名字自然在上面，本来他们兄妹对这件事是乐见其成，毕竟，对于所有画师而言，沙州千佛洞里的那些敦煌壁画都令人神往。

孙言瑜就是因为幼年时偶然看过一回，久久不忘，千方百计地在市面上搜集了相关的画册、画卷临摹学习，才有了如今的技艺。

谁知天不遂人愿，还没出发孙延振的右手就受了伤，所以前两日已经去回禀管事的人，推辞这项差事。

但孙延振此时的话，分明是事情有了变故，起了波澜。

"什么？"孙言瑜似乎不相信自己的耳朵，"让我去？我怎么替你去？"

她有些不明白，"不是说要报了管事的人，哥哥这伤一时半会提不起笔，没法作画，这项差事得换别人去吗？"

孙延振苦笑，"去了几回，都见不着人，怕是有人给他递了话，所以存心避着我。"

"他们这是想把人往死里逼吗？"孙言瑜柳眉倒竖，愤然道，"伤筋动骨一百天，哥哥这手若是好生将养着，或许将来还能再重新执笔，此去劳作怕是日日不得闲，哪里还能养得成伤？他以为这天下没有王法了吗？实在不行，我去大理寺喊冤，难不成朝廷上下竟然让他一手遮天不成？"

孙延振苦笑道："纪纲……在这朝中几乎是一手遮天，不说别的，哪怕他只是动动手指，压死我们都是轻而易举的。"提及纪纲的姓名，哪怕是在自己家中，孙延振的声音也压低了几分，唯恐隔墙有耳，将自己和妹妹的这番对话听了去。

他低声道："大学士解缙，就是被他使人灌醉后拖到雪地里活活冻死的。还有那阳武侯薛禄，因为与之争夺貌美的女道士，被他用铁爪打破脑袋几乎送了性命，犯下这般大事，陛下不过罚他赔了一年俸禄……"

孙言瑜听得惊心，"那，那哥哥如何……"

她看向孙延振的右手，即使事隔那么久，她都无法想象当日哥哥是如何逃出生天的。

"可恨的是，当日袭击我的人并不是那人，甚至都不是他身边的近卫，恐怕……"孙延振露出后怕的神情，"恐怕他都不晓得我是谁，不过是他手下的人揣摩心意，狗仗人势，想以此逼迫你依从那人，自己主动上门去那纪府，当日的情形十分紧急，那些狗腿子步步紧逼，我险些命都保不住……而我那日能够侥幸得以保全性命，逃出生天，全赖一位路过的义士相助。"

孙延振虽未详说当日情形，寥寥数语中，却露出当时的凶险。

"如此，阿瑜你就替为兄去领了这趟差事，避一避风头，免得留在京城，我只怕他手下的人都会不依不饶，再起风波。你也正好出去看看，打小一直向往的大好河山。"孙延振看着妹妹，"好在你我是双生子，你又自幼就爱扮作男装，以我名义在外游历，这次出去倒也算是轻车熟路。"

想了想，孙延振又道："这次朝廷给了我一个中书舍人的名号，辅助文进先生一起，统管这次去沙州的画匠，你可以把司画带去近身侍候着，也方便避人耳目。"

虽然都喜作画，但孙延振擅画翎毛、草虫、山水，而孙言瑜更擅长工笔和仕女。孙延振在外被人津津乐道的人物画卷，多出于其妹孙言瑜之手。

当时朝廷的征召下来，两兄妹还戏说应该让孙言瑜领这趟差事。

没想到当日戏言竟然成真。

***

位于京城最为繁华地段的一处府邸，碧瓦重檐，雕梁画栋，高耸的云楼亭阁夹杂在繁树花木之间，和一般官员府邸不同的是，这一处门前林立穿戴着鹅帽锦衣、手持长枪的校尉，眼神锐利，扫视着每一个可疑的行人。

"还真是让人望而生畏啊，陛下的锦衣卫，竟然给纪府做了门子！"

叶思北从窗前转过身，坐回椅子上，把桌上的几个杯子、碟碗摆弄了一番。

如果看过之前那一幕，会发现这些杯碗盘碟摆放的排列，正好与那处府邸门前校尉们的位置相同。

"这……这里，还有这里……"叶思北虚点了桌上几下，"都是锦衣卫的人。"

"不仅门前有人，他家还安排了暗哨暗岗，恐怕很难不露行踪地进去探查。进去了，有去无回不说，兴许还会打草惊蛇。"想了想，叶思北又道，"若是由属下亲自前去，或还有一线转机，只是这次安排属下带队护送前往沙州的画师、工匠，近两日就要出发，恐怕来不及细探。"

"那就暂时不探。"桌前的另一人，叶思北暗地里的上司，皇长孙朱瞻基门下四大暗卫之首的玄武沉声道，"想法子从其他地方查找证据，纪纲这般张扬，总会有其他破绽。"

看了看叶思北摆放的那些杯盘，玄武冷笑一声："让锦衣卫的人给他府上当门子算什么？今年春日射柳比赛，陛下亲自主持，纪纲竟然学秦代的赵高指鹿为马，故意射不准，却让锦衣卫镇抚庞英大声高呼说他射中，在场的人果如他所料，竟无一个人敢出面纠正。"

"太子殿下和皇长孙殿下，也不能出面吗？"叶思北犹豫片刻，还是问出了口。

"太子那日并不在场，皇长孙殿下虽然看出来了，但当时无一官员纠正此事，更令他心惊，那种情况，若无实据，只需庞英推托一句看错了，不会动摇纪纲分毫不说，反倒会引得他带人罗织罪名，攻讦太子殿下。"玄武叹了口气，"如今汉王虎视眈眈，在没有把握将他一举拿下之前，是万万不能得罪的。解大学士和浙江按察使周新之事，就是前车之鉴。"

叶思北知道这两个人的事。

大学士解缙，曾为内阁首辅，因其人才学出众，深受皇上的赏识，平日里对他的建议虽不说言听计从，也是采纳颇多，就连当年立太子之事，也是听了他的看法，皇上才放弃立长相和他相似、武艺出众、深受他喜欢的汉王为太子，而是按照立嫡立长的原则，将长子立为太子。

　　因为这事，解大学士遭到汉王朱高煦的痛恨，多次对他出手，经常使人在朝廷攻讦解大学士，令皇上对他产生嫌隙。

　　永乐八年（1410），解大学士有事须入京面圣，因皇上出征不在都城，他只能到太子府上觐见，却被汉王进了谗言。汉王对皇上说，解缙在私下联系太子，眼中只有太子而不尊今上，没有恪守为人臣子的本分。朱棣听信了汉王的谗言，下令将解缙关进诏狱之中，几年后，在太子的连番运作下，皇上有了起复解大学士之心，汉王又唯恐解大学士出狱，便勾连锦衣卫纪纲，在一个雪夜将解缙灌醉后扔进了雪堆里。

　　永乐十三年（1415）的冬天，解大学士在雪地里被活活冻死。

　　而为官清廉、善于断案的浙江按察使周新则是因为缉拿锦衣卫的一名千户归案，被纪纲诬陷谋反，抓捕进京处斩。

　　再想到汉王这些年迟迟不去属地，皇上就任他待在京城，太子之位始终岌岌可危。而纪纲此人如此飞扬跋扈，皇上却对他信任有加，若是没有拿到证据，还真是动他不得，得罪不起。若是汉王和纪纲勾结上，对东宫目前的处境无疑是雪上加霜。

　　叶思北看着桌上摆着的那些杯盘，仿佛看到之前站在窗前时，那道府邸门前看向这边的目光。

　　那是个穿着飞鱼服的人，比其他校尉的服饰更为光鲜，显然在锦衣卫里职位不低。

　　虽然隔着一条街，叶思北又是隐在"滋味馆"三楼窗棂后面的暗处，那边绝对是看不见这边的动静，但不知为何，他就是有种被人发现了的感觉。

"大人，此处不宜久留，你还是早些离去。"没有忽视心里的不安，叶思北打乱了桌上杯盘的位置，抬头对玄武道，"按理来说，以锦衣卫的处事，不该留'滋味馆'在此处的，虽然隔了一条街，但如你我这般目力精湛之人，还是能瞧出些端倪……"

"你说得不错，'滋味馆'平日客似云来，这间不该空下的厢房却留了出来，还是这样一个好位置，说不定是纪纲手下的人故意为之。"见叶思北想得周全，玄武赞赏地点了点头，"那我先走，你晚一刻钟再出去。"

"来不及了，大人您从旁边屋子走，属下留下来应付他们。"听到楼下隐隐传来的动静，叶思北起身伸手，拉开花鸟屏风后的暗门。

在叶思北说话的同时，已经跟过来的玄武点点头，"你自己小心。"说罢便闪身走进暗门。

将屏风复原，叶思北坐回自己的位置，再伸手将桌上的杯盘复位。

不过片刻工夫，屋子的门就被粗暴地拉开，一群锦衣卫涌了进来。

"锦衣卫办差真是好大的动静。"叶思北不慌不忙地倒了盏茶，轻抿一口，淡淡地说。

"叶洗马好闲情。怎么今天有空跑来喝茶，不用当差吗？"为首的锦衣卫显然与叶思北相识，冷冷一笑问道。

"今日我轮休、会友。"叶思北抬抬手，"相请不如偶遇，刘百户一起坐坐？"

那位刘百户皮笑肉不笑地扯了个笑脸出来，"我这有差事在身，不扰叶洗马雅兴，就是有两个问题要问你。"

叶思北放下茶盏，脸上露笑，"只管问，叶某知无不言，言无不尽，一定配合锦衣卫办差。"

"今日你约了谁在一起吃饭？"没等叶思北回答，刘百户的眼睛微微一眯，眼睛扫向花鸟屏风……

不好。

旁边屋子有动静。

也不知道玄武大人脱身了没有。

叶思北站起身，顺势就一掌推了出去，屏风受力，便向后面的暗门撞去……

这一掌打得用力，暗门木屑四溅，连同四分五裂的粉碎屏风一起，在屋子里碎了一地。

这一掌把两边屋子打通了，看不出暗门的形状，只看到隔墙被叶思北这一掌打得破碎。

旁边那间屋子也站着几个锦衣卫，却并没有玄武的身影。

叶思北暗松了一口气。

没等叶思北收掌，刘百户的手就扣上了他的手腕，"叶洗马这是何意？"

"我以为有人在旁边屋子偷听，怕坏了刘百户你的差事，情急之下就出了手。"叶思北一脸无辜。

刘百户微微抬头从下看着叶思北，这位太子府的洗马长得高大，比他要高一个头，从他这个角度能很清楚地看到叶思北的眼神。

不知为何，刘百户被这眼神看着，心头紧了一紧。

刘百户虽是六品，低了叶思北半级，但锦衣卫的人从来就没怕过谁，更不用说叶思北这个太子府的洗马，只是个从五品的小官。

毕竟，就是当今太子也不受皇上重视，叶思北一个平日为太子出行开路、传达命令的小小洗马，又能成什么气候？要不是他还有个皇太孙表弟的身份，刘百户进门都不屑搭理他。

只是洗马一职，还掌管着东宫的图籍，负责东宫盛大的仪式，通常是更重视文书才义方面的能力，叶思北表现出来的武力，却分明不容小觑。单他刚才那一掌的力气，锦衣卫里能做到的，也不会超过五个人。

刘百户就自问做不到。

没等他多想，叶思北的声音就在他耳边响起。

"刘兄，与人方便自己方便。有些时候，人还是要给自己留些退路的。"叶思北压低了声音，用只有刘百户能听到的声音说。

他反手抓着刘百户的手，两人倒像亲密友人一般，之前的低语仿佛只在眨眼之间，朗朗笑声便在屋里扬起。

"……马良他们几个，不知道被楼里的哪个姑娘迷住了，这会儿还不过来，看来我今天是等不到他们了。得，先叫人来结账，还得赔这面墙这扇屏风的钱呢，对了，这些能不能挂你们锦衣卫的账上？毕竟我这也算是因为你们才……"叶思北笑着道。

刘百户松开手，转过身，"不行。"

他挥挥手，"走，我们去别处看看。"

"哎，哎，你不是还有问题要问吗？怎么这就走了？今儿个这事因你们锦衣卫而起，不能就这么算了，你得拿些银子……"叶思北在后面叫道。

"叶思北，你别得寸进尺……"话音未落，就见原本已经走到门口的刘百户一个转身，猛地跃步拔刀朝叶思北砍下。

这么多人看着，他就算要予叶思北一些"方便"，也不能不做做样子。

"不给银子也别动手啊。"说虽这么说，叶思北却毫不客气地闪身回拳，没等刘百户变招，就一拳打到了他的左边肋下。

刘百户肋下一阵剧痛，他一声闷哼，紧接着"砰"的一声，身子朝后飞去，撞倒了一个锦衣卫，还撞坏了这间屋子的门。

刘百户整个人都呆滞了。

这叶思北怎么不按常理出牌？他都准备不追问下去了，那一刀明显只是虚晃，叶思北怎么还出手这么重？

叶思北却笑着走向前，在他耳边说道："你受了伤，如此这般也好给上面交差，免得让人以为你我勾结坏了你的事。今日你的手下都看见了咱俩不和，你又伤得颇重，不怕有人在中间挑拨吗？"

说完这段两人才能听见的话，他又扬声笑道："刘兄，你我今日切磋，你输了半招。也好叫你知道，我们太子府的人并不是你锦衣卫可以随意欺凌的。期待下次再会，你我再分个高下。"

说完他便扬长而去。

小半晌，刘百户跟前的人见他不动，上前低声问道："大人，咱们还要不要追？"

刘百户恨恨道："且让他得意几日，去沙州千佛洞的路上有他好受的。"

注：沙州是自唐朝以来在敦煌设置的州，明太祖洪武初年废除元朝的沙州路，永乐初年设沙州卫，以元朝西宁王的后裔主管沙州卫，辖境包括今甘肃省瓜州县以西。

第二章　出行

　　永乐十三年（1415），叶思北领着一千兵士，护送两千余名各类匠师和家眷从京城出发前往沙州，京城和沙州相隔数千里，若是从军之人快马加鞭，数十日能到，带着这些匠师和辎重，怕是要走上数月。

　　已经是四月芳菲的季节，一路上草长莺飞，桃红柳绿，煞是好看。越往西走却越是荒凉寒冷，好像从春天倒回了冬日。

　　一行人马赶了十几日的路，四月末的一天，前一个驿站已远，下一个驿站还未到，临近黄昏，天色渐渐变脸，狂风大作，乌云密布，浓重的阴影如同巨石压在山头，也令赶路的人心生担忧，怕在路上耽搁了，这前不着村后不着店的，怕是会被淋成落汤鸡。

　　有那迷信的就说开局不利，只怕这一趟也不会顺利，队伍里渐渐有了一些不和谐的声音。

　　孙言瑜把冬衣翻出来披在身上，仍感觉到冷风直往身体里钻。车队行进的速度也明显减缓。

　　虽然有人交代不要为难孙延振，但作为文进先生的助手，又有中书舍人的名号，凭着出行前给管事的塞了一些银两，孙言瑜（被人认为是孙延振）这一路还是分得了一乘车马。感觉到车队的停滞，听到外面的窃窃私语，她掀开了布帘，伸长脖子往前探看。只见晚风卷着一些未能发芽的枯枝、柳絮、沙石四处飞舞，前面的车队看着模糊，后面的车队似乎还远隔遥遥。茫茫天地里，只有自己这一乘车马隐约可见、摇摇摆摆，如同巨浪里的小船，随时都会翻覆。车队行进很是费力。

"也不知道天黑之前能不能赶得到驿站！"孙言瑜皱起眉头，有些担忧地说，"难怪唐朝王之涣诗中说'羌笛何须怨杨柳，春风不度玉门关'，这去沙州的路，也太难走了些。"

"小……小公子，不用担心，小人一定护着您平安到沙州卫，按我们乡下的说法，朝霞不出门，晚霞行千里。今儿个晚霞红满天，这风一刮雨就散了，下不起来。"说话的是司画。孙延振这次特意挑她出来陪孙言瑜出行沙州，是因为司画长得个头高大，相貌雌雄难辨，颇有一身蛮力，平日里不能进屋伺候，只负责孙言瑜院里搬书抬柜一些费力气的活，但这次带出来刚好可以给孙言瑜打个掩护，不容易被人识破男女。

司画一开口还是习惯性地想称孙言瑜为小姐，幸亏脑子转得还比较快，赶紧改成了小公子。

孙言瑜并没有被她安慰到，毕竟带司画出门只是为了这一路上有个遮掩，也有人为她做一些杂事，就算生得一身蛮力，一次能打三五个男子，可若是遇上天灾，她拿什么来护着自己？

不过孙言瑜素来不是怨天尤人的性子，不到片刻她就冷静了下来，让司画把马车角落里的香笼都归置分开，说是车厢后面太重，恐狂风将车子掀翻。

不过这一会儿工夫，风已经越来越大，马车晃动得也越发厉害，发出不堪重负的声响，几乎走不动了。

"往左转往左转，找个避风的地方歇息……"

隐约传来一个声音，有兵卒在车队中穿梭传话，然后车队慢慢跟着前头转弯，走到了一处避风口，风感觉稍微小了一些。就有人传令下来在此处扎营。

平日里喜欢读地理志的孙言瑜，观察地形，特意挑了一处背风的地方，准备安置自己的帐篷。

又有其他几辆车停在此处，眼看着人声开始嘈杂，风小了一些，这块地界热闹起来。

在呼啸的风声中，有马蹄声由远而近。

"吁——"

正看着司画整理行李的孙言瑜，抬眼望去，就见一队高大威武的枣红马，随着那一声"吁"，整齐划一地停在了不远处。

领头的是一匹黑马，比起那些枣红马来，更显身形彪悍，异常神俊。

骑马的男子，不过二十出头，剑眉星目，即使这一路的风沙，令他的衣衫沾满尘埃，也丝毫不减他浑身的英武之气。

男子的眼眸很深邃，像是藏着一个无底洞，看向远方时，让人觉得那双眼好似能穿越山河，将人吸引进去，不知不觉沉沦其中。

他的鼻梁很挺，嘴唇略微有点薄，给人一种冷厉的感觉，再配上这匹黑色骏马，一手拉缰绳，一脸冷峻的模样，看起来，有几分威严和凌厉，让人望而生畏。

看到男子这模样，孙言瑜心中暗赞一声：也只有这样的人才配得上这样的马。作为画师，她对一切美好的事物，无论是人还是马，或者景，都比常人感受更深，不过是这么片刻的工夫，在她的脑海里已经勾勒出男子和骏马奔驰的画面，忍不住手痒想挥毫泼墨。

早在出行的时候，头一回见叶思北，孙言瑜就有想将他入画的冲动，那种欣赏并非知慕少艾的男女之情，而是她身为画师，对世间一切美好都想描绘入画的冲动。只是碍于身份有别，一路上也没什么适合的地方让她作画，她只能将这份欣赏埋在心底，而非付诸笔端。

有军吏上前牵了叶思北的马，请求道："叶洗马，属下看这一路，就这块地还不错，咱们今夜就在此扎营吧？"

　　说话的军吏像是没有看见孙言瑜她们一般，直接就将这块地盘划入了他们驻扎的范畴。

　　叶思北并没有下马，微皱了皱眉，说道："此处已经有人，换个地方，另挑一处扎营。"

　　军吏有些为难，"可是这一路都有人，就这里还宽阔些。"

　　叶思北沉吟片刻道："罢了，就在此处挤挤，你安排着重新安置一下，不要大动干戈，也不要扰了旁人。"

　　这一安置就把孙言瑜的车马挤在了边缘处，也是她有心要避开其他人，免得距离太近不方便。

　　这一路孙言瑜都是着男装，对她来说，装扮和绘画有异曲同工之妙，手头的颜料多，描描画画几乎可以换个容貌，但为了减少每日装扮的时间，就只用姜黄调暗肤色，黛墨画浓了眉毛。再用白缎层层束胸之后，平日里说话再压低声音，她俨然就是一个文弱秀气的小郎君。

　　虽然孙言瑜做了许多掩饰，又是从小扮男装在外出行惯的，但这一路上，为了避免被人识破，孙言瑜采取的办法就是对其他人避而远之，以免与人距离近了被看出端倪。即使是这样，她也宛如那些钻火圈的杂耍艺人一般，但凡是在人前，都时时刻刻半点不敢分心，唯恐稍不留心就露了马脚惹祸上身。

　　天色渐渐转黑，营地里飘出饭菜的香气，这是安营扎寨妥当之后在准备晚饭。

　　这一路随行的军吏、兵卒由军部的后勤统一安排饭菜，而其他工匠则是根据工种分为小队，歇息的时候大家都会论些家常。讨论沙州的千佛洞，也算是其中一个小小的话题。

　　这天晚上，匠师们安营扎寨之后，趁着晚饭还没做好，便如同往日一般餐前小聚，大家谈天论地不亦乐乎，似是将之前的风沙都忘在了脑后。

"听说千佛洞有不少好东西？"

这次的副领队刘百户恰好走过来，身边还站着两名军卫陪同，他穿着玄色盔甲，一张方脸，小眼睛炯炯有神，看上去颇具威严。

此话问出，一众匠师顿时精神抖擞，纷纷举杯相迎，"回禀大人，我们也听说千佛洞有甚多好东西，连菩萨和佛祖身上的衣服都贴了金子，这次咱们去，可是能一饱眼福了。"

甚至还有人小声嘟囔，"若是能抠下一片半片的，就发财了。"

当然这样的话立刻被旁边的人喝止，"你不要命了？那是能抠下来的吗？别说咱们不能碰，若是有同队的其他匠师碰了，也都要跟着丢了性命，还得诛三族，到时候招子放亮点，可别叫人浑水摸鱼偷了去……"

旁边的文进先生将了将他下巴上的长须，笑着道："千佛洞里，最宝贝的可不是那些金子，而是那些传承上千年历史的洞窟。那些洞窟就是一个个璀璨的文化宝库，你们可知道，最早一个洞窟修建在前秦，距离现在已经有一千多年了。老夫记得十来年前我首次去千佛洞，看到一个唐窟里有幅康僧会向孙皓介绍并敬献舍利的画面，那画面的左下方是几座精致的佛塔，右下方则是孙权虔诚地双手合十跪拜康僧会……就是那么简简单单的一幅壁画，画意中却尽现山川纵横、风光秀丽的自然景色，老夫看了大为震撼，三日三夜都没有出那洞窟，恨不得将所见所得全部描绘临摹下来……"

文进先生的话，让周围众人都陷入沉思，似是被他描述的那幅画给深深吸引住了。

这时候旁边的一名士卒忍不住开口问道："老先生，那幅画是真的吗？那可是一千多年前啊，那些人怎么知道如何在岩石上作画？听说沙州全都是沙子，那沙被风吹不就没了吗？那些画怎么保存到现在的？"

　　"你是傻子吧？沙州多沙又不全是沙子，不然那里的人还怎么生活？"旁边的人白了他一眼，便卖弄起了自己的学识，"沙州虽然多风沙，也不全是沙漠，沙州城外的三危山和鸣沙山之间有处绿洲，两山之间有几十里的坡地，还有一条河，河岸边长了许多白杨、红柳等杂树，千佛洞就开凿在河床西岸陡峭的崖壁上，东边才是起伏不平的沙丘。鸣沙山下有沙，起风的时候会呜呜作响，所以唤作鸣沙山，那些洞窟可是在石头上一个个凿出来的，洞窟近千，是历朝历代积累下来的，前朝的皇帝都喜欢在那里修建洞窟供人瞻仰……"

　　卖弄学识的人是张画师，平日里最爱侃侃而谈的也是他这个前朝的老艺人，他原就是沙州人，这些年居于京城，因为曾经参加过前朝沙州洞窟里壁画的修复，算是这方面的权威人士，此次也被招募来。在这次去沙州的队伍中，张画师的地位也比较受尊崇，就是带队统管工匠的文进先生平日对他也是客客气气的。

　　虽然协助文进先生管理画匠们的日常，但这种交流会谈孙言瑜通常是听得多说得少，毕竟多说多错，她害怕说多了自己的声音会露出马脚。

　　从以往的交谈中孙言瑜可以听出，张画师确实有些水平，只是脾气大了点，不容人置疑，有时别人稍微提问两句，提出不同的工艺，他就暴跳如雷、大骂出口，所以虽然技艺高超，但是不太得人心。

　　等篝火渐旺，做饭的士卒将这一晚的饭菜都端上来了，之前夸夸其谈的张画师却不见了踪影。要知道在平日里，队伍中他总是第一个上桌，以示地位与众不同。

等了好一阵也不见张画师来，忙碌了半天大家都饿了，吵着要开饭，也有人说再等一等，说是之前看到张画师去了旁边的树林，可能一会儿就会回来。正在纷扰之中，就见一人跌跌撞撞地跑了过来，"哎呀，不得了，我家老爷出事了！"

那边哭边喊之人是在张画师身边伺候的小厮来福。

随着来福的声音，不远处传来惊呼和哭泣，孙言瑜甚至闻见了空气中淡淡的血腥味。

因为晕血，即使这淡淡的血腥味也令她肺腑翻涌，犯了恶心。

司画见状，连忙抽了帕子递过去。

没等孙言瑜用帕子捂住鼻息，军卒那边已经有人起身向来福问询情况，扯着他向树林那边走过去，并且一路吁喝道："闲杂人等散开、回避。待在原地不要走动！"

司画小声地跟孙言瑜说："又要散开回避，又让待在原地不要走动，这不是前后矛盾吗？"

孙言瑜用帕子捂住鼻息，听声回答道："这是让想去围观的、看热闹的人散开、回避，在案发地带，那小树林周围的人原地不动，免得疑犯趁混乱逃走。"

话音刚落，她便感觉到有一道犀利的目光看了过来。

抬头便见那位被人唤作叶大人的英武男子，目光正看向她，两人眼神相碰，那男子便轻扯了嘴角，微微颔首，算是打了个招呼。

孙言瑜便也点了点头，作为回应。

叶思北并没有多看孙言瑜，他细听着查看了小树林案发之地的军吏近前来回复。

孙言瑜在远处看着他的眉头皱紧，心知怕是不顺利，天色已暗，树林里更是看不太清，想在这样的情况下调查一桩命案，无疑有些困难。想到自己之前看到的一些情况，她犹豫了片刻，还是上前道："叶大人，下官方才看到些事情，不知道当讲不当讲。"

叶思北看了看她，轻抬手指，示意她说话。

"下官是中书舍人孙延振，这次协同文进先生统管此次前往沙州千佛洞的画匠。"孙言瑜先禀明了自己的身份，又轻声道，"张画师这一路上，虽然因为脾气大，得罪了一些人，但不至于为此丢了性命。下官之前瞧着，他是被一个兵士唤着往小树林那边去的，他的小厮来福先前并没有跟着，大约半炷香的工夫才寻过去的，没多久，就从林子里奔了过来……"

"你是怀疑那个兵士？"叶思北淡淡地问道，"你可记得那人的模样？"

"记得。"孙言瑜轻声回答道，"他长了张鞋拔子脸，眉淡小眼，面无表情……"回想了一下，她斟酌着语句道："看上去不像是普通的兵士，倒像是锦衣卫那边的行事……还有，那军爷的模样，下官曾在刘百户那边见过。"

"刘百户吗？"叶思北沉吟思索了一会儿，轻哼一声，"你可敢与我到刘百户那边认上一认？"

孙言瑜先前犹豫就是因为这个，她不想卷到一些纷争中去，这次前往沙州，叶洗马和刘百户共同领队，一正一副，但两人一路上瞧着都不大对付，有消息灵通的说：叶洗马是太子府上的，刘百户是锦衣卫那边的，而锦衣卫只听皇上的指挥，即使是太子也不放在眼里。他们这些小人物谁都得罪不起，只怕是顺得哥情失嫂意，最好是不站队，两方都恭敬对待免得惹祸上身。

孙言瑜也不想站队，不管太子也好，锦衣卫也罢，与她这样的平头百姓都离得太遥远，但哥哥的手受伤就是因为纪纲看上了她的美貌，手下人为了讨好他，想逼她自动上门所致，所以算起来，锦衣卫的人和她有仇，而且画师和画匠归她和文进先生管，她纵然想息事宁人，也不得不理会这件凶案。

事已至此，她就是硬着头皮也得去刘百户那里认一认人，便点了点头道："下官愿意同去。"

叶思北这才认真地看了孙言瑜一眼，见这个文弱秀美如同女子的中书舍人，脸上神情郑重，像是要去赴刀山火海却一往无前般的勇敢。

他不由得笑了，"别怕，不管人是不是刘百户那边的，都别担心他会怨恨于你，这一路上我会命人护你周全，保你平安无事。"

孙言瑜愕然，而后露出欢喜的神情，能够得叶思北这一句承诺，她这一路上就不必担心刘百户因此生出不满，给她难堪了。她抬脚道："多谢叶大人看顾，下官这就与您一同前去。"

司画见状，站起身准备跟上，孙言瑜担心两人都不在，营地又出了张画师被杀一事，担心会有人偷偷钻进她们的帐篷惹出事来。便以叶大人会护卫她回来为由，让司画留在了这边的营地。

去刘百户那儿时，他却推说京城来了人，对方奉天子之命查问他们往沙州这一路的情况，顾不得命案，反倒抓了叶思北一同面见那前来问询的钦差。

当然，这只是表面上的说辞而已，刘百户只是不愿意让叶思北如愿，更不想自个儿为此受到牵连，毕竟孙舍人说杀害张画师之人就是他的手下，若真从他的队伍里找出来，还恰好被钦差碰见，那这件事情可就不好办了。

叶思北也不傻，知道刘百户这么做无非是担心自己会把责任都推到他的身上，所以，他便将刘百户的话原封不动地传给了来这儿的钦差秦都尉。

　　秦都尉听后有些疑惑："你们确定这一路上没有发生什么奇怪之事，或者在路上遇到过其他人？怎么好端端的张画师会遇害？"

　　"回秦大人的话，这一路上我们一行人都十分谨慎，平日扎营也都很注意周围环境的安全，还要时刻防备着周边突然冒出来的土匪，并未遇到其他人，也不曾发生过其他奇怪的事。"叶思北回答道。

　　"那这就奇怪了，对方为何要冲一个小小的画师下手？"秦都尉眉头皱起，再度问道。

　　刘百户连忙回答："回禀都尉大人，恐怕是那张画师平日里爱训斥人，兴许有人怀恨在心，起了争执也未可知！"他将之前张画师与人起了小小冲突的事说了一遍。

　　秦都尉听了他俩的回答后点点头："本官明白了，你们先带本官去看看那位孙舍人吧。"

第三章　辨认

因为叶思北被刘百户抓去见钦差，孙言瑜只能由叶思北的近卫陪着在外等待。天色已晚，夜风渐重，她又没吃晚饭，虽然身上裹着鹤氅仍觉寒意侵袭，不由得后悔自己鲁莽，揽了个烫手山芋在手里。只是平日里文进先生不理事，画匠主要是她在统管，张画师出了事，追究下来，她定然是难辞其咎，所以当时她也就没想太多，一心只想将自己所见所闻禀明。

夜风中，孙言瑜思来想去，也没想明白刘百户手下的人为何会如此胆大包天，竟连朝廷选派的画师都敢杀，还选了个晚饭的时机，几乎可以说是在众目睽睽之下杀人，如此嚣张的行事风格，真是没把同行的军士放在眼里……

她拢了拢外面的衣衫，感觉自己就要冻毙在寒风中。

让她意外的是，叶思北他们并没进去多久，那位从京城来的钦差就同他们一道出来了，且不废话，直接吩咐孙言瑜前去认人。

倒是叶思北给她引见了一番，说这是京城来的都尉大人，姓秦。

孙言瑜放下心来，看来京城来的这位秦大人和叶大人一般，都是干练之人，和那刘百户并非一路。

刘百户在后面脸色不悦，勉强扯了个笑脸出来，"秦都尉，我这手下的人，虽不敢说个个都能认全，却也略知一二，断不会有如此胆大包天之人，我也没有叫谁去见什么张画师，并不知晓此事。"

他和这位秦都尉官职相仿,虽然对方占着个天子来使的身份,刘百户也不愿矮上一头,所以并不自称下官。

叶思北淡淡地说:"刘兄手下有没有这个人,待会儿孙舍人看了便知,你又何必心急?方才我听军卒来报,那张画师胸前正中一刀,刀上的徽记确实是锦衣卫内造。纵然不是刘兄手下的人,也得探查个清楚,搞明白那刀是如何流失出去,你这队里又有谁丢了刀。"

"锦衣卫内造的刀?这怎么可能?"刘百户听得张口结舌,呆怔了好一会儿,方才传令下去,命他的人尽数到跟前来。

看看已经蒙蒙黑的天色,叶思北又做主让刘百户的人点了火把过来,方便孙言瑜辨认。

刘百户的手下站在那儿,一个个不动如松,沉默似山,给孙言瑜一种无形的压力。

她从那些人面前走过,感觉到了腾腾杀气、阵阵寒意,也不知是吓的还是冷的,不由得战战兢兢,抖得身上的鹤氅都簌簌晃动。

有个络腮胡子见状嗤笑一声,"孙舍人怎么跟个弱鸡仔似的?我们还没举刀呢,你就吓成这样,倒像个娘们儿,也难怪看不好下面的画师。"他朝刘百户拱手道:"大人,依属下看,那些人就该交给咱们管着,叶洗马到底是太子府的文官,哪里晓得其中的利害?只怕是有人冒了咱们的名头做下此事,嫁祸于我们锦衣卫。"

叶思北并不理会那人的言语,只看向刘百户,似笑非笑道:"听说锦衣卫一向是令行禁止,规矩甚严,今日所见不过如此,也不知道是他平日里就不怕刘兄,还是离了京城就坏了规矩,在上官面前随便说话。"

刘百户沉了沉脸,瞪了络腮胡子一眼,"马林,你闭嘴。"

络腮胡子耸耸肩，撇撇嘴，低头应了声，"是，百户大人也太小心了些。"

结果却大出所料，孙言瑜把那些人来来回回看了三遍，却没有找到先前带张画师进林子的那人。没办法，孙言瑜只好向刘百户赔礼说人有相似，可能是自己认错了，请他大人有大量不要计较。

刘百户松了口气，脸上浮现了几分怒气，皮笑肉不笑道："我就说咱家的手下里不可能有那种人，也不知道孙舍人眼睛怎么看的。如今这事怎么办？叶大人是不是要把这案子交给我们锦衣卫探查啊？"

不想叶思北却借坡下驴，拱手道："那就有劳刘兄派手下前去认认那把刀。"

刘百户噎了一口气，正欲说话，旁边的秦都尉劝道："你二人既是同僚，又共担此次前往沙州千佛洞的护卫差事，理应同心协力。"

刘百户便将推托的话咽了下去，扯出一丝笑容说："少不得我陪着走这一趟。早些破了此案，也好让秦都尉安心吃个晚饭。"

孙言瑜见他们迈步，连忙上前行礼道："几位大人，小人晕血，就不陪同前往了。"

叶思北还没说话，刘百户就阴阳怪气地说："孙舍人晕血，平常作画如何用赤色、朱色？莫非也是动不动就晕倒，或者避开那些颜色？"

孙言瑜解释道："我并不是对颜色过敏，而是闻不得血的味道，闻见味以后再看到那血色才会晕倒。"

刘百户看了看她说："这很好解决，叫人拿了帕子来你掩着鼻息就是。若是你因此不一同前去，万一正好那歹徒就在附近，我们几个又认不出来，岂不坏了大事？”

孙言瑜只好陪着一同前往。

就在刘百户动身准备走时，络腮胡子马林走到他跟前，低声说：“孙舍人提及的那个人咱们营里确实有，名唤陈秋山，不过他是出行时从别的地方调到咱们队里的，说沿途有消息都由他递送，前两天他去了驿站递消息一直未归，也不知为何又会在今天出现。”

刘百户一惊，抬头想说什么，却看到叶思北转过头，似笑非笑地看着他，显然是听见了马林所说。

他狠狠地瞪了马林一眼，上前道：“叶兄弟，你听我解释……”

他还没说完，却被叶思北冷冷打断：“刘百户，你手下所说可是当真？”

他的语气平淡如常，让刘百户不由得一阵紧张，心中更是后悔不已。早知道那人就是他的手下，他就应该做出大义灭亲的姿态来，而不是闹成这样，反倒失了锦衣卫的威风。

瞪了马林两眼，刘百户拍拍叶思北的肩膀，“叶兄弟，你别急，秦都尉刚才不是说了吗，护卫这些人去沙州的差事是咱们共同领的，这一路有啥事咱俩都应该商量着办的，要同心协力，那人绝对不是受我指使，你要相信我，这桩差事办砸了，对我也没什么好处啊。”

叶思北轻哼一声：“刘大哥，既是这样，那麻烦等会儿过去，你好好认认那把刀，也免得误会。”

“叶兄弟放心，我自有分寸。”刘百户点点头，目光中满是恭维之色，“幸好你手底下这个孙舍人目光如炬，看到了那人和张画师进小树林，不然今儿个这桩就成无头悬案了。也不知道那个陈秋山明明去驿站送邸报了，怎么又跑回来杀人？”

叶思北却摆摆手，"刘兄还是先去案发地看看，至于为何你的人去而复返，还杀了张画师，这事咱们慢慢谈。"

见他口口声声都说陈秋山是锦衣卫的人，刘百户有口难辩，心里暗暗把那鞋拔子脸骂了上百遍，恨不得立刻找他出来砍上几刀，免得受了牵连。

到了小树林，命案现场已经被叶思北的手下清场，除了围在四周的军士并无他人，而张画师的尸体已经被盖了一块布，有军士将那布扯开，就看见他的胸口上插了把刀，的确是被利刃贯胸而死。

孙言瑜远远地落在后面，用帕子掩着鼻息，转过头尽力不往案发现场看。

秦都尉随手拔出那把长刀察看，"这的确是专门为锦衣卫内造的刀！"

"我回头叫人查查看有谁丢了刀，若是叫我知晓哪个不小心竟然被人偷了刀还不上报，定要好好罚他！"刘百户狠狠地说。

叶思北借着刀光细细观察，"看这刀刃卷起，除了新鲜的血迹外，刀把上还有残余血痕，恐怕这是一把用过很多次的刀。"

"那就不可能是我手下的佩刀，这一次出行我们全部换了新刀，这一路上又不曾遇见盗匪，连刀鞘都没出过，刀上怎么可能有残留的血液？"刘百户迅速撇清关系道，"这分明是有人假借锦衣卫行事，想嫁祸于我们。"他越说越是气愤，"虽然先前我与叶兄弟各为其主，但这次前往沙州我俩就是一根绳上的蚂蚱，怎么都不可能私下行这鬼祟之事，自断其臂。这人虽是我手下，却是临行前才过来的，说不准就是有人想借我们锦衣卫的名头杀害张画师，才派他混了进来。他这番举动是想令叶兄弟对我不满，从而挑拨我们的关系，从中渔利。"

刘百户越说越气，瞪着眼咬牙切齿地说："张画师是前朝在沙州千佛洞做过活路的，对那里熟门熟路。如今他丢了性命，我们这次的差事就不好办了。也不知是什么人如此狠毒要坏我们的差事，若是让我找出来，一定要戳他个三刀五眼，好好问问怎么回事。"

"把这刀给我拿回去，让他们认认，究竟是谁的刀流落在此。"刘百户说着从秦都尉手上接过刀，转身走向孙言瑜的方向。

从秦都尉拔出那把插在张画师胸前的刀，浓厚的血腥味传过来时，孙言瑜就觉得眼前发黑，手脚发软，但她一直勉力咬着牙苦苦撑住。

等刘百户走到身边时，她猝不及防地看见了刀上滴滴答答往下流的鲜血，便再也支撑不住，眼前一黑就往地上倒去。

叶思北抢步上前，一手扶住了她。只觉手中一软，并不像军营里他们平常比拼时碰到的硬邦邦的肌肉的触感，他不由得一愣。

未及多想，叶思北让孙言瑜依靠在自己的肩头，又掐向她的人中，说："孙舍人你醒醒。"指下的滑腻肌肤，也与他平日接触的军士完全不同。叶思北不由得存了几分小心，连呼唤孙言瑜的声音都轻微了些许。

刘百户暧昧地看了他们一眼，低声对秦都尉笑道："看不出来，叶兄弟倒有些龙阳之好。"

秦都尉扫了他一眼，"刘兄切莫乱说，孙舍人之前就说他晕血，你硬要拉了他来。他来了以后就一直不大舒服，要不是叶大人及时接住，他这要是摔到地上磕破了头，此次去沙州的画师就会又少一个，你们的差事只怕更难完成，如何向皇上交代？"

刘百户想说什么，但犹豫片刻没有再拿叶思北开玩笑，只是点了点头，"都尉说得是，我先前以为孙舍人胆小故意推托，哪里晓得他是真晕血，是我大意了。"他看了看手里的刀，抛给跟在后面的马林，"来人！把这刀拿回京城，让兄弟们好好查查究竟是谁的刀。"

孙言瑜被叶思北掐着人中悠悠醒来，不巧正看到刘百户将手上的刀朝马林抛过去，只吓得"哇"的一声，又往后仰。

叶思北连忙将她拦腰抱住，这一抱更是让他愣住了，手里的这个人腰肢细软，纤绵如柳，感觉非常奇怪，文人和他们这些军营出身的人的身段区别也太大了。他顿时觉得手上像烙了铁，热度一下子窜遍全身，但他此时若松手，孙舍人定会摔倒在地，一时之间抱也不是，不抱也不是，颇有些手忙脚乱的模样。

正有些不知所措，恰好见司画匆匆赶过来，叶思北这才松了口气，将孙言瑜交给司画，吩咐他将孙言瑜带回去，请医官看一看好生安置。

看到司画行礼之后直接将孙言瑜抱起，轻松地转身走了，刘百户终于忍不住笑道："幸好孙舍人这个小厮有一把子力气，不然我看叶洗马抱着他，比空手夺白刃还为难。"

叶思北冷冷地回复道："若非因为孙舍人方才指认杀人者是你的手下，刘兄你一定要孙舍人他跟过来，他也不至于晕血昏倒。虽说孙舍人他之前也有可能是认错了人，可这刀是你们锦衣卫内造，怎样都和你脱不了干系，你有空笑话我，还不如想想怎么解释这件事！"

刘百户不满地反问道："我们锦衣卫若是想杀张画师，为何要用自己内造的刀？下毒、让他溺水，或者惊马摔死……方法多的是，且都死无对证不会留下丝毫痕迹，为何要犯蠢用一个可能被认出形貌的人来动手？你以为我们锦衣卫做事不用脑子？"

叶思北笑了笑，点点头道："看来你这会儿倒是回过神来了。不过假假真真，真真假假，你们锦衣卫向来行事张狂，真要不管不顾也说不准会如此行事，若真是锦衣卫的人做下此事，纵然我照实禀告，可除非皇上发话，否则谁能奈何你们？"

刘百户只当没有听出叶思北暗讽锦衣卫在朝中飞扬跋扈，摇摇头说道："咱俩共同领了这差事，办好了才能升迁，我何必拆自个儿的台？你信我，这事真不是我们锦衣卫做的。"想了想，他又有些不确定，补了一句："至少，此事不是我的手下做的。"

秦都尉摸摸下巴，"这就有些奇怪了。若说凶手扮成锦衣卫，只是为了犯案之后好嫁祸给锦衣卫还说得过去，可若是锦衣卫之中的其他人干了这件事，为何他还要扮做你的手下犯案呢？"

"我也为此困惑，兴许，是为了让我和其他同僚起争执？"刘百户若有所思，"说起来，这次的差事若办成了，我回去就能升千户。而张百户恰好在跟我争那个千户的位子，难道是他派人犯下了这桩命案，而后故意嫁祸于我？可也不对，这事要拆穿了，对他也没好处，皇上这次这么重视去千佛洞修建大明窟之事，要是办砸了，纪指挥使能为此扒了他的皮。"

叶思北灵光一现，"我们反向来推，这件差事若是办砸了，最大的受益者会是谁？"

"能是谁？谁最不希望太子把这事办好了就是谁。"刘百户从喉咙里哼了一声，似觉得叶思北这个想法不错，至少洗脱了他的嫌疑。

秦都尉看了叶思北一眼，道："事情未查明之前不要乱攀扯，若是贸然行事，反倒让人逮了痛脚。"

叶思北一时无言。是啊，假如太子的差事办砸了，汉王就是最大的受益者，但如果查不出什么真凭实据，就根本拿捏不了汉王。甚至就算查到了汉王头上，只要推脱是汉王手下自行其是，也动摇不了他半分。

皇上更偏重形貌肖似他的汉王，这在朝中众人皆知，若不是皇长孙深得帝心，东宫当初也不会因为解大人的一句话被立为太子。

这事，难道真要成悬案吗？

他看了看刘百户，计上心头，"刘兄，你将此事禀告给纪指挥使，看他怎么说。毕竟有人冒充你们锦衣卫行事，理应让纪指挥使明晓。这事不管是不是锦衣卫行事，用了锦衣卫内造的刀，又是锦衣卫的人杀死了张画师，于情于理，你们都应给个交代。"

不管怎么说，这事交到锦衣卫手里，由他们查案找证据，可比东宫的人行事方便。若能让锦衣卫和汉王那边起了嫌隙就更好。

刘百户满口应承，"当然，这事发生在咱俩的队里，我肯定要查的，不管是谁冒充我们锦衣卫的名头，都脱不了干系，等指挥使一出手，叶兄弟你就等着看吧，还不知道谁的人头要落地。"

"出了张画师这事，你们的行程得赶一赶，不然再这么慢悠悠地走下去，夏至能不能到沙州卫都难说，要是路上再出点事，去千佛洞的匠人再少几个，你们这趟差事就难办了。"秦都尉提醒他们，还帮着想主意道，"至于纪大人那边，我这次回去就跑一趟，讲清这件事的利害关系，想来纪大人不会不知轻重。回头京里再寻到张画师那类的老匠人，我再派人给你们送去，你们在当地也寻一寻有无得用之人，务必要把这事办圆满了。"

　　不等叶思北说什么，刘百户就连连点头，"秦大人说得是，我们是得赶赶路了，西北那边冷得早，去晚了可没几个月好干活。"

第四章　关照

孙言瑜半夜醒来，是因为夜风寒气袭人。

尽管以前也曾顶着哥哥的名头外出游历，但那会儿是游山玩水，都是住在客栈，不像这次的出行一直在赶路，不管是食宿都不方便，行程又赶得急。

在野外扎营，就是寻个平地睡觉也会硌得浑身疼，而且出行前她们对西北的天气不够了解，以为过了立春会一天比一天暖和，哪想到往沙州一走，会从春天又回到了冬天。

尽管父母都不在人世了，但有哥哥的照顾，孙言瑜从小都没有受过这样的苦，要不是她性子坚韧，早就倒下了。这一路上，陆陆续续有人病倒就近找客栈休息，缓过来后还要自己掏钱前往沙州，否则就以逃役处置。

除非确实病得快死了，否则是不可以返回京城的，不然还没等到沙州，人就剩不下多少了。许多最初想去沙州谋前途的人，也因为这一路上的艰辛生出了退意。

除了军士和家境确实贫寒的人，但凡家境好点的，都受不了这漫漫行程的艰辛。一路上，不知有多少人的脚磨出了泡，头疼脑热更是常见，有的人甚至在路上就死了。

如果不是为了讨生活，或者是举家迁徙，平日里大多数人都不会在外长途奔波冒险，这次匠师们愿意前往沙州，除了朝廷的律令外，丰厚的酬劳和一路上都有军队护卫，沿途官府奉令补给都是非常重要的原因。然而即使是这样，还是出现了逃跑的人，不过在看到逃跑者被抓回来就地处决后，绝大部分人都断了那份心思。

冻醒后，孙言瑜活动了一下僵硬的手脚。

睡在旁边的司画立刻就醒了。

"小——"因为突然被惊醒，司画有些意识不清，差点再次脱口喊出"小姐"，还好她及时反应过来，用手将自己的嘴掩住。

揉了揉眼，司画翻身而起，"小公子，您好些了没有？"她将自己身下垫着的衣物往孙言瑜这边推，"是不是地太硬了？您把这些也垫上，再睡会儿。"

虽然孙言瑜不是头一回晕血，但司画还是害怕了，她从前不在小姐院里贴身伺候，没见过这般情形，尽管之前听小姐说过遇到这种情况要怎么处理，但天晓得，接过小姐的那会儿，她简直不知所措，只能傻乎乎地抱着小姐回到营帐里。因为怕暴露身份也不敢请随行的大夫过来看，只能强喂些糖水下去等着小姐醒来。

好在，小姐真的是睡一觉就好了，没有出其他岔子。

看着安然无恙的小姐，司画心里的石头总算落了地。

"好多了。"孙言瑜对她摇头，"我有些饿了。"

司画连忙说："小人去给您做些吃的。"

这大半夜的，也没什么好做的，偏孙言瑜想吃些热乎的，司画想了想，就说去密林的外围捡些柴火，烧些热汤泡饼。

两人轻轻地起身，裹了厚衣服，拎着吃食和她们这次带出来的一个小锅钻出营帐。

司画对值哨的军士低声说："我家公子饿了，在营地怕吵着大家，我们到外面去做些吃的。"

值哨的军士劝阻，"白日里才发生过命案，小心些，还是随便吃点，免得再出事。"

"不要紧，我们就在营地外围，不进林子，有什么事喊一声，你们这边就能听见。"不用他提醒，司画她们也没想走远，解释两句后便道谢离开向密林那边走去。

两人来到密林深处，孙言瑜看着眼前的景色，心里有些不安，这里虽然树木葱郁，空气清新，却没有什么人，加之傍晚才发生过命案，总是让人心里有些发虚。

好在司画手脚麻利，很快就捡了几块石头架好简易的石灶，将小锅放在上面烧火煮汤，"汤里我加了些从做饭的士卒那边寻来的羊杂，听说西北那边的人到了冬日里都要吃羊肉取暖，咱们这羊杂汤也算吧，就是有点膻，不知道小公子您吃不吃得惯……"

听着司画的絮叨，孙言瑜轻笑道："在外头有得吃就不错了，哪有那些个讲究，我闻着这汤味道还不错，应该不难吃。"说着话，她将帕子浸了水后拧干擦手，将在上个驿站买的干饼往里面丢。

两口热汤饼下肚，孙言瑜才觉得浑身有了热气，"吃起来味道也不错。司画你的手艺好，将来可以在厨艺上面多学学。"

还没吃几口，就有人走过来。

蒙蒙天色中看不清面目，但听声音，孙言瑜知道是那位叶洗马。

她放下筷子，起身推了推司画，"是洗马大人。"

司画低下头，站在孙言瑜身边，后退了半步向叶思北行礼。

叶思北拢着衣袖走过来，看了看被孙言瑜放在一块大石头上的锅子，"出门在外，你这么娇气可不行。我们行军的时候，别说冷茶冷饭，就是食雪饮冰，也是常有的事。平日多练练，兴许你那晕血的毛病就会好了。"

哪有人用娇气这个词形容男子的，孙言瑜心头一跳，以为叶思北起了疑心，面色就冷了三分。

"叶大人。"孙言瑜抬起头，目光直视叶思北，"孙某不过是个画师，并不是您军中的兵士，哪能和军爷们相比？而且，孙某自幼脾胃弱，吃不惯冷食，昨晚本该吃饭时又被大人叫去认人，折腾了半宿，才耽搁了进食。"

明知自己是因为叶思北那边的公事才耽搁吃饭后，孙言瑜又道："至于晕血，大夫说这是先天不足所致，恐怕不是多练练就能练好的。叶大人行武，不像我们这些文人体弱，自然也不懂我们的难处，倒不是像女子那样的娇气，还望大人明鉴。"

"倒是叶某的过错，耽搁了孙舍人的饭点。"叶思北略一沉吟，似有些尴尬地强笑了一声，"这天有些冷，热汤凉得快，你快些吃吧，免得一会儿吃了凉食伤到肠胃。"

"孙某谨记，感谢洗马大人的照顾！"孙言瑜毕恭毕敬地行礼。

叶思北想说什么，沉吟片刻只说了句，"你们吃吧，我到那边去看看。"

见叶思北转身去其他方向巡视，孙言瑜暗松了一口气，便行礼恭送，等叶思北远去，她和司画又坐下去接着吃饼子喝汤。

和司画分吃完了汤饼，孙言瑜和她回到露营地，只见兵士和随行的匠人们都已经起来，嚼着干粮做着出行前的准备。

"阿振你到哪里去了？刚才叶洗马在问你。"一脸和气的文进先生跟孙言瑜打招呼，"他担心你的身子，特意去找你。"

旁边的兵士接话道："我看到叶大人往那边去了，喊他吃饭都没顾上。"

文进先生有些担忧，"难道昨个的事情还没解决？"

"可能是吧，其他事叶大人应该不会来找我。"孙言瑜点点头，"文进先生您先准备着，我过去看看叶洗马那边有何事。"说这几句话时，她鼻音哝哝，声音有些不清晰。

文进先生看着孙言瑜，有些担心地提醒道："你是不是着了凉？快去寻大夫拿些药，再煮点姜汤喝了，这路上要是病倒了可不好办。"

孙言瑜应声称是，对文进先生道谢施礼。

"快去吧，随时都可能要出发。刘百户之前就下令今天要早些动身，要早点赶到沙州卫。你快去快回别耽搁了。"文进先生见司画听了他们的对话，已经找了水和姜块加到锅子里，借着夜里未熄的篝火熬上，想了想对司画说，"多煮些，一会儿让叶洗马也喝些，我听他之前的声音也有些不对劲。"

听文进先生这么一提，孙言瑜回想起叶思北和她说话的声音，似乎是有些鼻塞的嗡声。

不过，那跟她有什么关系？就是给他喝姜汤，也不过是因为文进先生的提醒。

"好。"孙言瑜朝文进先生点点头，"一会儿姜汤熬好了，让司画给叶大人端一碗去。"

孙言瑜过去寻叶思北时，他刚吃完早饭将碗放下，见孙言瑜过来，便站起身道："正好，我也有事想找你，那个陈秋山……"见孙言瑜露出不解的神情，他解释道："就是杀张画师的那个鞋拔子脸男人，那事你不用管了，锦衣卫那边会派人回京，由他们查明陈秋山为何要对张画师下手。"

孙言瑜惊讶地看着叶思北，虽然昨个去帮着认人，但这事好像不必跟她交代后续吧？

看见她的神情，叶思北勾了勾唇角，"我找你主要是为了张画师身故之后，他所负责的那块区域，文进先生推荐由你先管着，你有什么看法？"

孙言瑜更吃惊了，这种事还用理会她的想法？按理来说知会文进先生和她说一声，她就得领下这桩差事，叶洗马还真是体谅人啊，估计是为了弥补昨晚她因为辨认凶手晕过去，转念之间，孙言瑜就收起了讶然之色，点点头郑重其事地回道："叶大人客气，既然文进先生觉得孙某能胜任，吾自然是要勉力为之。"

说完后站了一会儿，见叶思北没了下文，便行礼道："没有其他事，孙某就告辞了。"

见叶思北点点头，孙言瑜转身离去。

叶思北看着那道纤秀的背影，突然拔脚追了上去，"我正好要去那边看看，顺便送送孙舍人。"

孙言瑜有些莫名其妙，两人就在同一个营地，虽然一个东一个西，离得也不是非常远，怎么还要送来送去的？她只当叶思北是礼贤下士，便微微领首。

天色已经微明，月亮还没下去，皎洁的光辉照射在地上，像层薄纱似的轻柔地铺散在地上。两人静静地走着，谁也没有说话。

叶思北望着营地里忙忙碌碌收拾行李、喂马、饮水的士卒、匠师，眼底闪烁着复杂的情绪，不知道在想什么。快到孙言瑜的帐篷时，他从怀里掏出一个小瓷瓶，塞到孙言瑜手里，"这个东西，我希望你能收下。"

"这是什么？"孙言瑜疑惑道。虽然她现在是男子身份，不必顾及男女之间私相授受，但也不能随便接受别人的东西吧。

叶思北笑道："是老参磨成的粉，能够提气补身子。我听你嗓音有些不对，回头找点水一日三次服了能好受些。"

孙言瑜的眼睛眯成一条细缝，她盯着叶思北，"这样的好东西……叶大人应该自个儿留着，您看起来也不大舒服，之前文进先生看我的小厮煮姜汤，还让给您备一碗呢。"

叶思北的唇边浮起一抹笑意，他慢悠悠地道："我身体好，不用药也没事……就当换你那碗姜汤吧。"他再度将孙言瑜递过来的瓷瓶塞入她的掌心，看着走过来行礼的司画道："正好，把你家主子给我备的姜汤盛一碗来。"

孙言瑜低下头看着手中的瓷瓶，心里隐隐约约有不安涌上，但是想着众目睽睽之下推来搡去的也不好看，她还是将那个瓷瓶揣在了怀里。

看见这一幕，叶思北不知道想到了什么，耳后浮起了一抹可疑的绯红，不过孙言瑜她们都没有发现。

司画手脚很麻利，在等姜汤的间隙已经收拾好行装，放上了她们常用的马车。可能是姜汤起了作用，孙言瑜发了些汗，就感觉头晕鼻塞的情形好了几分。

不仅这一天，接下来的行程都很快，不像先前会定时停歇，一天到头几乎是日出而行，日落才歇息，几乎没有休整的时候。不光是人，就连马都累得不行。

路途颠簸，自认为身子不算娇弱的孙言瑜也只能咬紧了牙坚持，有一回甚至吃了叶思北给的那一小瓶参粉，才有了力气继续赶路。

吃不好睡不好不说，连作画的时间都没有了，若非是心心念念都想到沙州千佛洞去，只怕她也会像队伍里的有些人那样一病不起。

病得不行的人，没法跟上队伍行程的人，都被扔下了让他们就地休整，等好了再自行设法寻去沙州会合。落单了想再追上去肯定凶险，但军令如山，即使随行的匠人也不能耽搁，所以除非病得走不动了，大家都勉力坚持着跟上。

***

叶思北他们离开宿营地的那晚七天后，张画师被杀的消息传回了太子府，本来这样一件事、这样一个人并不足以引起皇太孙朱瞻基的注意，但因为其后牵扯到锦衣卫纪纲，还有他的王叔，叶思北考虑到其中的复杂诡谲，直接将密报传给了玄武。作为朱瞻基手底下的得力干将，玄武想了想，还是将这事直接禀报上去。

见朱瞻基看了密报低头不语，玄武有些担心地说："皇太孙殿下，咱们得小心些，属下怀疑汉王这么做，恐怕解大人当年受害一事的传言是真的。"

"什么传言？"朱瞻基对道听途说之事没有兴趣，但事关解缙，他的神情都慎重了几分，甚至还隐隐有几分愤慨之情。

"当年，皇上有起复解大人之心，被汉王和纪纲勾连，在冬夜将解大人灌醉酒扔在雪地里冻毙，其实是赵王在里面拱火。如今想想，皇上起复解大学士之事，汉王当时并不知情。而太子与皇上商议之时，只有赵王在旁边……"

朱瞻基的脸色冷了下来，"赵王叔与父王手足情深，平日里他也对汉王叔多有不满，怎么可能……"话音未落，他像是想到什么，语气就转了个弯，"如此说来，赵王叔是想借刀杀人？"

皇家之事玄武哪敢置词，他只说自己查到的消息，"据说因为汉王有心借赵王之手，令皇上废立太子殿下，他俩私下早有联系，曾歃血盟誓，废了殿下的太子之位后，汉王上位，他们兄弟同治，共享荣华。赵王尽管答应了下来，但也有自己的算盘，表面上他说太子殿下与汉王和他都是一母同胞，谁当太子他这个弟弟都无所谓，但又暗言大明以武立国，太子殿下难堪大任，他自是要拱立汉王，而自己将来做一个闲散王爷就好，不过一旦解大学士起复，恐怕汉王难以如愿……"

看到朱瞻基越发冷若寒冰的面孔，玄武咬了咬牙，低头说道："汉王为表手足情深，许诺他若为太子，日后登得宝座，定会在千佛洞修筑洞窟，将兄弟两人的情谊描绘下来，让后世铭记，为示慎重，他两人还杯酒为盟，歃血为誓……这才有了后面解大学士被冻毙之事。"

"既然如此，汉王叔为何要让锦衣卫的人杀了张画师？"朱瞻基有些不明白，"既然他俩有重修千佛洞的意图，为何还要阻挠此事？"

玄武微叹，"因为这次领了修缮千佛洞差事的，是咱们太子府，若是事情办得圆满，也是咱们太子府得皇上夸奖。这次将千佛洞修缮好了，将来汉王又如何能得偿所愿？"

"好好好，我的两位王叔这是要置父王于死地啊，父王仁慈，总不敢信他的兄弟因为觊觎太子之位欲夺他性命，有些事，就让我来做吧。"朱瞻基明白过来，汉王这是存心要让他们太子府把这差事办砸，令皇爷爷嫌弃。想及父王与汉王的屡次交锋，朱瞻基的眼中寒芒迸射，如同最冰冷的冻霜。

饶是玄武知道皇太孙性子果敢勇毅，也不由得心里一颤。

他定了定心神，小心翼翼地问道："皇太孙殿下，您打算怎么办？"

朱瞻基冷笑道："能怎么办？皇爷爷偏心两位王叔，父王做得再多都看不进眼里，但不管如何，立嫡立长是国之根本，只要皇爷爷一天没有废除父王的太子之位，他们就只能使那些卑鄙下作的手段，做些上不了台面的事。既然你探查到那些事情，就想办法传到皇爷爷的耳朵里去，就算纪纲的锦衣卫只手遮天，我们也可以设法传个只言片语，一旦在皇爷爷心里把怀疑的种子埋下，我们就能进可攻退可守。再不济，也能让两位王叔自己起了争斗……"

玄武在朱瞻基手下做事多年，从他还是个懵懂幼童就在他身边听命办差，对其行事的风格颇为了解，听他这一说，就明白过来，"皇太孙殿下是想，将计就计，以毒攻毒？"

朱瞻基冷冷一笑，"不然还能怎样？真像父王那样兄友弟恭，让他们为所欲为吗？我们太子府尽管军、政方面不及汉王叔势大，但这些年我们韬光养晦，也是颇得民心，且让他们得意些时日。若是千佛洞一事办砸了，固然父王会吃挂落，但若让皇爷爷知晓，是两位王叔在里面作祟，他们也一样脱不了干系。"

玄武想了想，"若是锦衣卫那边和两位王爷起了嫌隙，那就犹如砍断了他们的一臂。"

朱瞻基静默。

如果纪纲和王叔反目成仇，何止是砍断他们的一臂，此消彼长，对东宫这边简直是局势喜人。不然有纪纲在朝中撺掇，即使王叔去了属地，皇爷爷对父王的不喜也始终存在，尽管有他在中间周旋，但东宫这边行事到底不能像那两位王叔无所顾忌。

当年，若非解大学士等几位重臣支持，再加上皇爷爷对自己的喜欢，只怕太子之位真会旁落到汉王叔的手上。

可那样一个莽夫，对自己的亲兄弟都没有仁爱之心，若真叫他坐上那个位置，将来大明还不知会怎样。自己的父王尽管不够健壮，武力不及两位王叔，且有足疾，行动颇为不便，可他好学问，自幼书册不离手，且体恤士卒，知兵民疾苦，靖难之役中死守北京，为皇爷爷巩固了大后方……这一桩桩的功绩，难道不比那两位只会舞刀弄棍的王叔强吗？

可做了太子的每一天，父王都如履薄冰，战战兢兢，不仅很少蒙皇爷爷召见不说，还屡屡被传召敲打，以至于每次听闻皇爷爷召见他都坐立不安，生怕会被训诫，俨然已成惊弓之鸟。他们父子相疑到这样的地步，自己夹在中间也很为难。

朱瞻基嘴角浮出嘲讽之意，冷冷道："想法子离间他们，最好能借机除掉纪纲。你安排些人手快马加鞭赶到沙州那边去，一来正好接应叶思北此行和沙州卫交易的骏马、牛羊，二来也把东宫这边的意思给他说说，让他务必要让困即来向着咱们，绝不能让沙州那边成了汉王叔的势力。还有，这次和他一道领队的不是锦衣卫的人吗？让他好好盯着点，找些纪纲有不轨之心的证据，锦衣卫的人飞扬跋扈惯了，到了外头恐怕更不省心，让他多留心些。"

为免皇爷爷生疑，对他们东宫更生嫌隙，两位王叔是动不得的，但纪纲不过是一个臣子，却在朝中渐渐有只手遮天之势，若能令皇爷爷疑心于他，失了圣宠，纪纲就是一条丧家之犬。

玄武称是，"属下这就安排杜子衡带着人手前去沙州，他胆大心细，武艺高强，又和叶思北一起共事过，两个配合起来应该是如虎添翼。"

朱瞻基点点头，"这些事，你安排就是，我等你们的好消息。"

第五章 嘉裕

多日的急行军之后，离沙州还有一百多里路时，队伍里又倒下了几个匠人就地休养。匠师这边连五十多岁的文进先生都没怨言，其他人更不好说什么，也只能跟着拼命赶路。

尽管一直在尽力坚持，但毕竟是女子，一路上如厕盥洗都要避着人，多少就耽搁了些时间，孙言瑜的马车就渐渐地有些落后。

即使这样，看着孙言瑜脸色发白，一头虚汗，司画还是担忧地说："小公子，要不，咱们还是歇息一会儿？大不了等他们歇息的时候咱们再追上去。"

孙言瑜摇头，她撩开帘子看着前方疾驰的车马，"不行，不能停下，咱们本来就落后了，再不赶上去，会耽搁行程。等到了沙州卫我再好好歇息，再坚持两天就好了。"

她们那乘车马紧赶慢赶地追上了大部队，尽管孙言瑜没说什么，但正在巡视车队的叶思北还是很快注意到她的异样，只是从风撩起的车帘里偶然一瞥，孙舍人的脸都煞白得叫人惊心。

"先停一停，大家到路边原地休整半个时辰。"叶思北下令道。

"刘兄。"他催马跑到队伍前面对刘百户说，"咱们今天别争着赶路了，前方有个驿站，正好落脚歇息一下。"

刘百户不愿意，"跑快些明晚就能到沙州卫，到那边歇息不是更好？"他阴阳怪气地说，"你们东宫的人不会这么弱吧？走这么些路就走不动了？"

叶洗马在马上回身，用马鞭指了指队伍中一脸疲色的匠人们，"兵士们还能坚持，他们可不成。这一路上已经倒了好几个，再倒几个，咱们就是到了沙州卫也做不了事，别忘了到千佛洞修建大明窟，咱们只是监察、后勤、护卫，他们才是干活的，总不能让他们在路上都累趴下吧？"

"叶兄弟你也太高抬他们了，大不了我们在当地再多寻些人就是，没有杀猪匠还能吃带毛猪不成？从立春开始走，这都入夏了还没走到沙州卫的边上，等再去千佛洞的地界，还不知道要耽搁到什么时候，误了皇上吩咐的差事，你我有几个人头可以砍？"

"先前两天一歇，中午还要停一个时辰那会儿，刘兄可不是这个说辞。"叶思北似笑非笑道，"都赶了这么些天的路，也不在乎这一两天吧？真要是能在当地都把人手寻齐了，朝廷何必招募这么多的匠师跟过来？刘兄，又想马儿跑得快又想马儿不吃草可不行，休整也是为了差事，你说呢？"

刘百户因为先前使绊到底有些心虚，摸了摸鼻头有些不情愿地说："前方的驿站还有多远？"

叶思北回道："大约两个时辰，日落前应该能赶到。"

刘百户嗤笑一声，"若是你不让休整这半个时辰，我们还能早些到。"

叶思北没有接话，眼睛里却泛出几分冷意，将马缰勒了勒，又将马鞭在空中一甩，掉转马头朝向后面急驰而去。

刘百户气得忍不住啐了一口，"还不是看上孙舍人了，这一路上都等他几回了？还说什么这次画千佛洞的飞天非他不可，我看是你非他不可吧？一个大男人长得跟兔儿爷似的，走这么些路就要死要活的，要不是这差事指着他，我才不管他死活。”

这些话自然不会传到叶思北或者孙言瑜的耳朵里，要不是停下来休整了半个时辰，孙言瑜觉得自己可能真坚持不下去了，别说日落前能到官驿休息，就是官驿近在咫尺，她也爬不过去了。

休整了半个时辰，再喝了碗司画烧的热姜汤，后半天的路程，孙言瑜才能坚持下去。

天蒙蒙黑时，他们终于抵达了驿站，看到夜色里亮起的灯笼上“嘉峪官驿”那四个字时，队伍里欢呼声一片。

从张画师出事那天起，这一路上他们就没几个时辰是在驿站歇息的，一路上风餐露宿，十分辛苦，眼见可以到官驿休整一晚，都很开心。

许是因为临近沙州卫，嘉峪关官驿占地面积广，有前后十几进院落，二十多排房子，看着就很整洁干净。

驿丞是个精明利落的中年男子，名叫莫日根，颇有些勇武之相，瞎了一只眼，戴着个黑眼罩，看着有些凶悍，倒是说话间笑呵呵的，很是卖力地招呼他们。

莫日根语气有些得意，“京城那边不敢说，我们嘉峪关官驿是沙州卫这边最好的驿所，因为我们这儿临近安远林，那儿盛产好木头，要什么木料都能备上，所以就多修了些屋子，也方便京城来的大人和商旅们休整好了再进城去。”他的语调有些怪，不大像汉人说话，但还算口齿清晰，仔细听倒也能听得明白。

“我们这里到沙州卫还有近两天的脚程，今日你们歇下，明晚怎么都赶不到，附近有个大城镇，你们不如停个半日到镇上转一转，购置些补给，大后日赶到沙州，我这也好给你们换些驿马，好好地备些草料食物，大伙也能看看我们这里的风光。"莫日根看着凶悍，倒是个啰嗦的人，一路唠唠叨叨地说，令叶思北等人对沙州卫的情况了解了不少。

也因为莫日根在絮叨中透露的一些信息，令叶思北想在嘉裕驿多待上两日，当然，他没有说自己的真实考量，只跟刘百户讲一路风尘赶路，人疲马倦，在这里休整好了等去往沙州卫的时候，大家伙都有精气神，才能更为彰显朝廷的风范。

刘百户虽然是叶思北说东，他偏要往西，一路总爱和叶思北对着干，但在大事上，他明面上和叶思北还是很和睦的，加之他也有自己的小心思，想在嘉峪关这边多待些时日，当下便应了下来。他笑得一脸和气，"这差事是东宫领的头，一路上也是叶兄弟你说了算，你是正使，这点小事就不用同我商量，你尽管做主就是。"

叶思北似笑非笑地看着刘百户，"这一路上，刘兄还是头一次这么说话，平日里可没见你拿我当正使，这会儿倒样样都听我的了？"

刘百户仍然笑眯眯地，"我痴长叶兄弟几岁，有时可能托大了些，但公是公、私是私，我还是分得清的。"他压低了嗓音，看了眼在不远处吩咐驿卒做事的莫日根，"想来这种时候，叶兄弟你也不想被别人看到咱们争执吧？"

叶思北哼了一声，不再理会他，只对安排完驿卒走过来继续招呼他们的莫日根笑着说："我刚才和刘兄商量好了，便在你这驿站多歇息两日，也好整整仪容，免得到了沙州卫失仪。"

听到他们肯多留两日，莫日根更为殷勤，说起当地的风土人情滔滔不绝，夸赞沙州卫就是西域的明珠、塞外的江南，朝廷能够在这修建大明的洞窟，他作为当地人也是与有荣焉。

"历朝历代的朝廷，都在我们这儿修建了洞窟，要不然怎么叫千佛洞呢？那可不是单单指洞窟里有上千的神仙、菩萨，还说的是莫高山上修建的洞窟之多，宛若繁星，成百上千。你们要用当地的匠人，那是最好不过了，王公一定会下令，让下面的人鼎力相助。"莫日根的口音虽不似汉人，但中原话说得非常流利，他虽然是蒙古人，却对京城很是向往，提起朝廷也是言语恭敬，听到叶思北说要在当地征召一些匠人修缮洞窟，还推荐了自己熟悉的几个匠人，远比他的外表看上去和善。

　　来之前叶思北等人就知道，沙州卫和罕东卫、赤斤蒙古卫、哈密卫这几处卫所，大明朝并没有派遣一兵一卒镇守，仍由册封的蒙古王公管理着当地的军事、经济和民生等，虽然算作是大明朝的势力范围，每岁朝贡，但其实京城那边对这里的辖制非常微弱，他们这次过来，除了想在千佛洞修建本朝的洞窟，还带着朝廷对沙州卫那位蒙古王公、西宁郡王，也是任沙州卫指挥佥事的困即来传达皇上对他的嘉奖，商谈用沙州卫的骏马、牛肉和朝廷换些兵器之事。

　　在叶思北问及他们这些人怎么安排住宿时，莫日根乐呵呵地说："没关系没关系，你们想住哪个院住哪个院，如今这驿站里只有上午到的两拨人，一拨是往沙州贩丝绸、菜叶的江南商户，一拨是往辽东那边去的，地方宽得很，随便你们住。"

　　叶思北他们这一行人，连随行护卫的兵士和匠人差不多有四五百人，莫日根不仅自己忙前忙后，还指挥着驿所里十几个兵士准备饭食、草料、柴火、用水等。

　　原本还算安静的驿站顿时变得喧闹起来。

　　叶思北主要负责匠人们的安全，看见文进先生歪坐在屋子的台阶上一脸凝重地和孙言瑜说话，就走了过去。

　　看到叶思北过来，文进先生和孙言瑜都站起身，拱手行礼。

　　"还好叶大人你让在这驿站停歇一晚，不然老夫这把老骨头真是扛不住了。"文进先生看了一眼孙言瑜，笑眯眯地感谢叶思北。

叶思北笑了笑，"文进先生客气，您老是皇上跟前都数得着的画师，我们自该要小心些，只是差事在身，有时身不由己，这一路辛苦您了。"

他看了眼孙言瑜，"我瞅着孙舍人脸色不大好，要不要让人喊个大夫来给你看看？"

孙言瑜道谢，"不用，林大夫他们这一路也很辛苦，难得这会儿歇下来缓口气，就别麻烦他们了，我没什么事，就是一路行得急，累着了，好好休息一晚，吃些热汤热饭的就能缓过来。"

叶思北看着天边的晚霞，唇角微扬，笑着说："孙舍人看着文质彬彬的，身子骨还可以啊，这一路基本没掉队，也没喊苦，好几次我都以为你坚持不下来要回京城呢。"

孙言瑜睁大眼睛看着叶思北，惊讶他竟然会夸奖自己，"叶大人说笑了，给朝廷办事，谁敢说走就走？自然是再苦再累也要拼命撑着。"想了想这一路上叶思北有意无意间对自己的关照，她拱手施礼道谢，"也多亏叶大人这一路关照，小人才能坚持到现在。"

晚霞的红光倒映在孙言瑜的眼睛里，看上去莫名璀璨，熠熠生光，叶思北恍了一下神，有些苦恼自己这一路上对孙舍人似乎真是有些关注过头了，他移开看着孙言瑜的目光，看着文进先生道："虽是给朝廷办事，但上面也不是不通人情，真有撑不住的，还是可以送回京城将养。"

想了想，叶思北又解释道："毕竟，到时候粗活还是用当地的匠人做，你们主要是做一些细活，这样初期其实更多是指点别人做事，就是晚到几个人，也能应付得来。"

孙言瑜明白了，这是暗示她万一撑不住，在这歇息几日再去沙州卫也可以，反正路途不远了，也不可能有什么不长眼的山匪在沙州卫附近打劫，她就是晚些去也不碍事。

"没事，我撑得住，谢谢叶大人的好意。"想了想，孙言瑜还是谢绝了，她觉得还是跟着大部队安心一些。

这一晚，虽然驿所的床称不上舒适，因为舒舒服服地洗了个热水澡，又吃了尚算可口的饭菜，孙言瑜还是睡了个好觉，直到日头照进屋里才醒过来。

＊＊＊

在嘉峪关官驿歇息的这一晚，恰好杜子衡那一队人马也赶了过来。接过玄武大人传来的密令，叶思北看了半晌，沉吟片刻后，将密令借着桌案上的烛火烧了。

来传令的杜子衡也是玄武的手下，他的妹妹是皇太孙嫔孙清扬身边的侍女，所以杜子衡虽然不像叶思北和皇太孙有表兄弟的情谊，也是颇得信重。

看了密令叶思北感叹道："没想到因着张画师被杀之事，还带出了汉王所行的其他不法之事，真没想到皇上会削减他的两队护卫人数，还将封地改在乐安，也不枉我们费了那么多心思。"

杜子衡却摇摇头，"其实，查出汉王那些事后，皇上曾在五月下令将他关起来，打算废为庶人。是太子殿下全力回护，才改成了削减两名护卫，徙封乐安的。汉王此人怀有异谋，只怕早晚还会兴风作浪。"

叶思北讶然，"既如此，太子殿下为何要为他求情？"转念之间，他便想明白了，"太子殿下是怕皇上并不是真正想处置汉王，若是殿下不求情，恐皇上疑他刻薄寡恩，不念手足之情，所以不得不全力回护？"

杜子衡点点头，"皇上既然不是真心想处置汉王，只怕他就不会甘心臣服于太子殿下……算了，不说这个。玄武大人这次让我过来除了传话，还让我留下助你一臂之力，等沙州卫那边将骏马和牛羊交付了，我再押送回京。玄武大人听闻你这次打算在当地寻找能用的工匠，特意让皇太孙在皇上那儿请了道旨意，令沙州卫那边协助你。我寻思着，若是当地有合适的工匠，那张画师的活兴许能有人顶上。"

因为以前一道办过不少事，双方颇有默契，杜子衡看叶思北的神情多少知道他在想什么，又道："但我听了这一路上发生的事情，只怕这事不那么简单，说不定他们会一计不成就另生一计，毕竟明枪易躲暗箭难防，你这个差事只怕十分难办，可办不好更给了他们攻讦你的借口，多半还会牵连到东宫，你打算怎么做？"

"刘百户这一路上虽然和我不对付，但在大事上他还是拎得清，也能约束自己的手下，并不像锦衣卫平日里那么飞扬跋扈。看情形他也是想办好这门差事。不管那边是什么意思，这差事办砸了他肯定是首当其冲，我估计不到万不得已，他那边应该不会给我使什么绊子。要想从中找出纪纲有谋反之意，只能另想其他法子，或者等那边自己露出马脚……"因为是自己人并不需要遮掩，叶思北索性将当前局势掰开了讲，又将密令中所说之事细细分析，让杜子衡对眼前这局面有了更多了解。

杜子衡听了微微皱眉道："按你的说法，我看这沙州卫也是一团乱麻。原本想，朝廷对沙州虽只是分封没有派兵，但每年沙州卫都要向朝廷岁贡，也算是大明的属地，如今看来，咱们此次之行，说不定会惹得哪位蒙古王公猜忌，这个时候你要用当地工匠，说不定就埋进了别人的钉子，但不用当地人，我们带来的人手根本不够，且人生地不熟，工作根本没法开展下去。大人派我来，除了咱俩熟悉此地情况，还有个原因就是我手下有一个沙州本地人，到时候用他便于合纵连横一些当地的豪绅。当然这事咱们要徐徐图之，不宜操之过急。"

叶思北微微点头道："的确，如今这事情乱得像一团麻，快刀斩乱麻是行不通的，这事急不得，毕竟斩开之后还是一团乱线，丝毫没有帮助。我原想着出了张画师的事，要早些赶到沙州去，拜访了那位蒙古王公再做打算，到时咱们手里掐着那根线，一点一点地往下找，总会找到头。昨日我们到这嘉裕驿，原想着今日就动身前往沙州卫，但听那驿长莫日根说起沙州卫的情形，我觉得应该在这停留两天，把事情看得清楚些，免得入了乱局困在其中。"

"莫日根只是一个小小的驿长，却敢说出他们王公定会鼎力相助的话，他凭什么敢这么断定？他的后面有什么依仗？出了嘉峪关，朝廷的兵马就鞭长莫及了，我们得趁这两日好好部署一番，免得有个什么变故没有退路。"

"至于锦衣卫那边到现在都没对张画师的事给个说法，也只能先暂时搁下，反正这桩命案他们早晚要给个交代。刘百户这次看似附和于我，可他暗中应该另外打着什么算盘，要不也不会那么痛快地答应在此停歇两日，我琢磨着，他无非是想着在这段时间，和莫日根套套近乎，在将来要在本地招用的那些工匠里下手。至于沙州卫那儿，若是私下里他们想整什么名堂，难不成我们就能任他们去干不成？就是京城那边再蠢蠢欲动，等洞窟修建起来他们自然就死了心，况且这修建洞窟的费用朝廷拨得并不多，交在太子殿下手里，这分明是让东宫想法子在当地筹一些出来，刘百户和这边有了交情，也未尝不可以借借他的道，这次就由着他说事。好在皇上说沙州这边每年的岁贡可以用来修建洞窟，差不多应该能凑齐。"

听了叶思北这番话，杜子衡冷哼了一声，"可我瞅着，刘百户在人前，事事都说听你吩咐，私下里却是我行我素，这次留在嘉裕驿更是把一应事务都甩给你，这分明是想把你当刀子，架在火上烤，难道你就心甘情愿当他的刀子吗？"

听出杜子衡的担忧，叶思北淡淡地说："刀子能伤别人，可不还有伤着持刀人的时候吗？眼下他纵有别的心思，但我瞅着他还是想办好这趟差的，殊途同归，他都能忍下气来事事以我为先，我为什么不能借力打力趁机达成自己想做的事？"

"其他人光想着锦衣卫和东宫有旧仇，可就是仇家敌人，也有可以短暂结盟的时候，只要这次差事刘百户不另起幺蛾子，我正好借着这个机会把兵马养得肥壮，就是进了沙州卫，也不会叫人轻易辖制住我们。况且你看，刘百户这次出行前就挑明了，望我和他能搁下旧怨，难道我还不如他？如今大家都是为了修建好沙州的洞窟，从前的恩怨，以后再说。"

杜子衡见他心里有成算，就放下心来。

他把那位蒙古王公的家事理了理，告诉叶思北，"如今主掌沙州卫的是前朝西宁王的后裔，名唤困即来，我手底下有个人曾经救过他的一位谋士，先前听他说过，这位西宁郡王的大儿子喃哥和二儿子克罗俄领占都是先前故了的可敦所生，如今的那位可敦甚是得宠，她生的小儿子锁南奔也就更得西宁郡王欢心，甚至有意将沙州卫这个位子传给小儿子锁南奔，但喃哥甚得民心，又得亲兄弟克罗俄领占相助，底下的官员也都大多更喜欢喃哥，只是郡王爷觉得大儿子木讷，妇人之仁，倒是那锁南奔极擅长溜须拍马，哄得他父亲团团转，所以大台吉喃哥就被变相放逐到了嘉裕这边。"

想了想，杜子衡又道："不过，这一路走来，我倒觉得单凭大台吉能够将嘉峪关这一带治理得民泰安和，都得冲他竖竖大拇指，这年头这些卫所的大小官员，谁捞了钱不是往自家藏，恨不得从百姓身上扒层皮。他宁可得罪自个儿的父亲，也要保这一方百姓安康，应该算是个好官，论亲近朝廷，也是大台吉更亲近些，他中原话说得颇好，还喜欢吟诗作对，但沙州卫那边，大台吉恐怕使不上力，那边牢牢把握在王爷的手里，等于是在四台吉锁南奔的手里，倒是二台吉克罗俄领占，或许能帮衬我们一二。"

叶思北听了沉吟片刻道："照你说沙州卫在那位蒙古王公的手里，如同铁桶般密不透风，虽说这次咱们有朝廷的明令，谅他们也没那个胆量明目张胆和咱们作对，可就怕他们阳奉阴违，暗地里行那鬼祟之事，我听闻那位蒙古王公和汉王颇为交好，只怕对太子殿下领的这项差事不会尽心。不过，若是他那个儿子锁南奔想上位，肯定也想得到朝廷的承认，这方面倒是可以运作一番。"

杜子衡有些犹豫，"可大台吉喃哥才是心向朝廷，若是让四台吉上位，且不说太子殿下那边肯不肯帮着做这件事，只怕于理于情都不太好。"

"只是个饵罢了，沙州卫和京城遥遥千里，咱们帮着四台吉可不意味着一定能帮成功。"叶思北狡黠地一笑，"再说有什么事，也不过是你我所为，与朝廷何干？与太子殿下何干？"

两人正说着话，就听到屋外隐隐约约传来呼救的声音。

那声音听着有些熟悉，叶思北率先冲出了房门，杜子衡顿了顿，也跟了上去。

第六章　逼问

虽然屋里的东西，看上去和她们下去吃晚饭前没什么不同，但孙言瑜就是知道，她的画被人翻查过，颜料被人翻检过，衣物、鞋袜都被人检查过……甚至连床铺上的被褥都被人翻开看过。

但说这驿站有贼又不像，因为一样东西都没有少，连她刻意留在柜子抽屉里的一些碎银，还有她解下来放在案几上的头冠都在。

若说这驿站进了贼，她实在想不通在那么多人里，她会有什么东西被人惦记上。除非，是有人怀疑她的身份了。

好在出门前，她特意将月信带那些明显是女子用品的东西扎了个包袱让司画随身带着，不然，不管那些人是出于什么目的，翻看到那些物品都会令她露出马脚。

只是，这些人想找些什么？他们发现了些什么？

而且，孙言瑜还知道，虽然是在驿站，除了做饭的阿婶，为了防止嘉裕卫的人向工匠们打听事情，那位姓叶和姓刘的大人，还安排了不少军士在工匠住的这进院落附近，能在那些人的眼皮底下溜进来并翻动这么多的东西，还能掐好时间，算准她的来去，若说跟驿站的人没有关系，孙言瑜半点也不相信。

但她一个小小画师，有什么好叫人惦记的？想到张画师之死，孙言瑜只觉得后背一阵发凉。

难不成，对方打着釜底抽薪的想法，打算对他们随行的这些匠师一个个下手？毕竟，这次修建洞窟，若是没了他们这些能工巧匠，就得再招募其他人，那样一来耽搁时间不说，恐怕也不如他们用着顺手。他们这批人，可是大明选了又选的一批，不说个个都是数一数二的高手，但确实都是能手。

幸好迄今为止，同行的其他人只知道她是个醉心书画、痴迷千佛洞里那些飞天画像的文弱画师，并不知道其他的事情，也没人怀疑她是女扮男装，想来不管是驿站还是工匠、军士里面有内应，应该都不会是对她的身份起了疑心。

这一路上，她已经够小心了，就连之前下去和其他匠师一起在驿站的大堂用饭，也是不想有人说她们主仆不合群，总爱窝在屋里像个不能见人的大姑娘。

虽然不知道对方查看她房间物品的意图，但看着眼前和之前离开时没什么区别的房间，孙言瑜的眉头微微蹙了起来。来者分明很谨慎，甚至怕她发现了，所以把东西在查看后一一归位，说明对方不想打草惊蛇，如此一来万一那人没有找到想要的东西，恐怕会直接对她下手。说不定先前的张画师就是因此着了道。

为了不让对方发现她是个女子，为保安全她必须在引起其他人猜疑之前，先找出在她屋子里探查的人。可是，要如何才能将那些人逼走？她要做些什么才能引开那些人对自己的注意？孙言瑜的脑海里一时间转了数个念头，但不过片刻工夫，她就冷静下来，她垂下手，手背向身后朝司画做了个退出去的手势。

司画看到孙言瑜做的这个手势，立刻准备夺门而出。

"进去！"

还没等孙言瑜转身跟着跨出房门，就听一声低喝，连带着司画都被狠狠地推进了屋子。

有两个人跟了进来。

其中一个正是孙言瑜之前见过的，杀害张画师的鞋拔子脸陈秋山。另一个，看长相是蒙古人，而且她可以肯定是这里的驿卒之一。

若是在普通人的眼里，乍看之下这个驿站的那些驿卒长相都很相似，蒙古人典型的宽脸高额，只能从高矮胖瘦来区分他们，但孙言瑜是个画师，而且还擅工笔人物，但凡是她见过的人，都能够牢记对方的相貌特征。

这个驿卒没和她直接打过交道，只是安顿院落的时候，他站在驿长的左侧身后，孙言瑜无意间看了两眼。看到这个驿卒，再想想陈秋山也不知先前去了哪里，竟然一路跟到了这儿，还伙同驿卒在嘉裕官驿动手，肆无忌惮到这个地步，说不定连这里的驿长都和他们串通好了。

孙言瑜心里一沉，但也不敢大叫，当日张画师说不定就是因为喊叫被杀，从前面的动静来看，他们是想在她这儿找东西，找到之前，她和司画暂时是安全的。

果然，威胁孙言瑜主仆不许出声后，那个蒙古驿卒从怀里拿出把匕首来指着她俩，被锋利的匕首指着，孙言瑜和司画很识相地闭上了嘴。陈秋山则一把抢过司画手里的包裹，仔细检查起来。

这一举动，令孙言瑜证实了之前的判断：他们是为了找东西。再想到被杀害的张画师，只怕他们要找的那样东西，应该和修建洞窟有关。

包裹里带出去的月信带之类有可能会暴露身份的东西，在回屋之前，已经被司画放回了马车厢底部，孙言瑜倒不担心他们会查出来。但她怕在包裹里找不到他们要的东西，这两人会对她和司画搜身。

念头一转，孙言瑜表现出一个文弱书生只求保命的孱弱模样，哆嗦着说："两位大侠，你们要找什么？小可愿意奉上全部财物，只求你们不要伤害我们主仆的性命。"

她白着一张脸，垂眉奄眼的懦弱模样，一副舍财免灾，希望这两人赶紧离开的神情。看见孙言瑜如此，人高马大的司画这会也装戻了，全不像平日勇猛。她腿抖脚抖，还往孙言瑜身后躲，戻得快瘫倒在地。

她们主仆二人害怕的模样令陈秋山两人心情大好，尤其司画那般腿软到几乎瘫倒在地的样子惹得蒙古驿卒一脸嘲笑：白长了那么高的个子。这两主仆一脸恐慌的模样，让他们一眼就能看出：在这个时候，这两人肯定是问啥答啥，要啥给啥，只要能留条小命给这两人就行。

陈秋山和蒙古驿卒都不知不觉地放松了一些警惕，孙言瑜感觉到指着自己的匕首都离得远了些，便不动声色地朝司画使了个眼色。

这会儿虽然心里很害怕，孙言瑜还是尽力保持着冷静，她耳朵也竖得高高的，留心外面的动静。

能够迅速冷静下来，不光是因为她相信司画能够有一定的对敌之力，还因为这是驿站的客房，她这次并没有选靠里面的屋子，而是挨着文进先生，这驿站今日被他们一行人挤得满满当当，不消片刻，那些到大堂吃饭的人就要回来，只要她们走出屋子，这两人投鼠忌器，就得有所收敛。

真要是无所顾忌，也不会推她俩进来之后，就掩上了门。

虽然全神贯注地留意外面的情况，但孙言瑜还是一脸惊慌，瑟瑟发抖地问道："你们要找什么？我的银两和一些日常要用的玉佩都在这里，就在那个柜子的第二个抽屉里锁着，钥匙在这里，你们要就尽管拿去好了。"

孙言瑜示意司画解了钥匙给那两人递过去，装作完全不知道已经有人翻检过自个东西的样子。

司画手抖，本该递过去的钥匙不小心掉在了地上。

那两人交换了眼神。

"孙舍人，我们不想为难你，只要你把东西交出来。"鞋拔子脸陈秋山尽量使自己的声音听起来很友善。

他说话间，蒙古驿卒手里的匕首就往前送了送。

被匕首指着，孙言瑜听到鞋拔子脸这句话，越发感觉受了威胁，她脸色发白，战战兢兢地说："什么东西？"

"把青金石制色的配方给我们。只要你交出来，我们就离开你的房间，保证不会伤你一根头发。"蒙古驿卒在她身后冷冷地说道，虽然他的中原话说得很不标准，但那语气里透出的狠厉，相比陈秋山掩饰的恶意，显得更为狠辣。他的狠辣里，还带着一股子莫名的兴奋。

即使孙言瑜看上去哆哆嗦嗦像只寒号鸟，蒙古驿卒也不得不承认，眼前这个文文弱弱的书生长得十分好看，若是他会些诗文，恐怕在气质上会更接近千佛洞里最清冷幽冽的飞天，于翩然行走中，有着凛冷的风姿，哪怕他穿的不过是一件普普通通的青布夹棉衣袍，举止间却安之若素，有股子令人为之折腰的风华与气韵。

要不是之前得过吩咐，找东西尽量不要伤人，蒙古驿卒真想抓了这文人一道回屋。这书生生得比娘们儿还要俊俏，兴许滋味也更好一些。虽然知道应该拿了东西快些走人，他还是按捺不住地有些蠢蠢欲动，因为起了色心，他的眼睛就大多停留在孙言瑜的身上，并没有太留意司画，也使得司画做的一些小手脚没被发现。

听了蒙古驿卒的质问，孙言瑜哆哆嗦嗦地回答："你们说什么？青金石制色的配方？这样重要的东西，我在这次出门之前已经上交朝廷。你们也知道，去千佛洞建洞窟绘壁画，用青金石制成的蓝色需求量极大……"

孙言瑜没有否认自己有他们要的东西，她估计若是说没有配方，下场就会跟张画师一样死得很难看，还不如说自己确实有配方，但已经上交朝廷了，拖上一拖。

更何况，她确实知道青金石制色的配方，青金石是佛教七宝之一，颜色如同蔚蓝天空一般，其中还点缀着闪闪发光的金色矿物，看上去十分美丽，而大多数青金石因为含有黄铁矿，杂质矿物比较多，并不能制成上乘的蓝色，但孙家手里的青金石制色配方，能够提纯，制成的颜料色泽细腻，呈浓艳、纯正、均匀的蓝色，这也是她和哥哥的画作，比其他画师所用蓝色更浓，颜色更鲜明、更持久的原因。

而绘制洞窟里的菩萨、金刚、飞天，都离不开这种青金石提炼的蓝色。孙言瑜和哥哥甚至怀疑过，朝廷将孙延振征入这次千佛洞的工匠人选，和孙家画作里的这种颜色更鲜亮持久有关。

只是这两人，是从哪儿知道她这儿有青金石制色配方，又为什么还先找上了张画师？

这会儿孙言瑜还不知道，陈秋山正是从张画师口中逼问出她的画作中绘制所用的蓝色与众不同。而陈秋山一开始会找上张画师，是因为他平日里爱炫耀、张扬，说自个儿对绘制洞窟壁画的种种颜色无一不精，还说自个儿手头有贵重颜料的配方，价值千金，就是文进先生也得礼让他几分。

"已经上交朝廷了？那好，你现在就给我们写一份。"陈秋山并没有罢休，仍然继续逼问，只是这次的话语里，他带着志在必得的狠厉。显然，若是孙言瑜不肯写或者说写不出来，他就会像杀死张画师那样对她下毒手。

竟然在知道已经上交朝廷后还要逼她写出配方来……看来对方是不拿到手不肯罢休了，孙言瑜心里一紧。

来者不善，非常不善。

孙言瑜一脸惊恐地缩到屋角，小声地说："既然已经上交朝廷，你们就该知道，即使是我本人也不能再向外泄露，若是写给你们，朝廷问罪下来我可担当不起。"

陈秋山恶狠狠地说："若是不写，你现在就得死。"

随着他的威胁，蒙古驿卒手里的匕首往前递了递，险些要刺破孙言瑜的衣衫。

孙言瑜只好答应，她看看屋里，"可这也没有笔墨纸砚啊，怎么写？"

张秋山发出一声冷笑，"你是画师，怎么可能没有笔墨纸砚？少废话，快点写。"

孙言瑜磨磨蹭蹭往自己放东西的柜门前走，借着打开柜门遮掩的瞬间，她拿出一盒粉就朝陈秋山脸上扬了过去，蒙古驿卒站在下手，也被纷纷扬扬的粉波及。

这粉是无味的，色泽偏黄，原是孙言瑜扮男装每日用来压暗肤色的，听到让她寻笔墨纸砚时，她就想好了主意，要趁机用香粉迷了那两人的眼，所以连站立的位置，都是在心里筹划过的。

在陈秋山和蒙古驿卒手忙脚乱之际，司画出手了。她用了全力踢向鞋拔子脸，手上还拽着蒙古驿卒，之前那两人心神都在孙言瑜身上时，司画做的一些小手脚也起了作用，她悄悄往地上泼的灯油令陈秋山和蒙古驿卒脚下打滑，站都站不稳，被她打得东倒西歪。

就在司画和他们缠斗之际，孙言瑜边往门口跑过去边大声呼救，"救命啊——"

孙言瑜本来就是性子冷静的那类，之前面对这两人的害怕和孱弱半真半假，更多是为了让对方降低警戒心，果然，这两人只顾着找东西，没有太在意她和司画，她才能听到了隔壁房间好似有些动静，先前她只知道自己这间屋子的左侧住着文进先生，右侧当时没有看到人，也不知道是谁。

但不管是谁，肯定是一路同行的。她们这边喊救命，对方若是普通的工匠未必敢出来救她们，若是敢出来查看，就算没什么武力，鞋拔子脸他们投鼠忌器，至少也不敢对她俩下狠手，说不定顾着逃跑就放了她们。

万一呼救声没被右侧屋里的人听见，她跑出去，还能找院落里的其他人援助。如果那些人个个胆小怯懦，当没听见一般，就只能怨她和司画运气不好了。不管怎么样，跑出去总比坐以待毙强，趁着混乱，她和司画才有机会逃生。

想来还没拿到他们要找的东西，那两人应该一时半会还不至于对她和司画下杀手。

孙言瑜必须赌一赌。

她赌赢了。

没等鞋拔子脸和蒙古驿卒站稳脚，房门"砰"的一声被踹开了。

"叶大人……"

"放心吧，有我在……"

陈秋山的匕首还没掉转过去，一个沉重的声音就响起，他闷哼了一声，一个字都没来得及说，就发出了痛苦的呻吟。接着只听见乒乒乓乓的一阵乱响，夹杂着哼哼的痛苦叫声。

躲到门外的孙言瑜只觉得眼花缭乱，不过片刻就看见陈秋山躺在地上，捂着肚子直翻滚，蒙古驿卒靠在墙上喘着粗气，踹开房门进来的叶思北还回头好整以暇地给了她一个安抚的笑脸。

叶思北正想开口问发生什么事情，外面又进来两个人，一个正是杜子衡，一进门他就挥拳冲向正朝叶思北使阴招的陈秋山，另外一个人则用脚踹向扑向叶思北的蒙古驿卒，这种前后夹攻让人避无可避，蒙古驿卒不禁失声惊呼起来，他索性借力打力，朝叶思北的后脑狠狠地打出一拳。

正在此时，只见叶思北轻轻一跃，再凌空飞踢一腿，刚好踢到要打他后脑的蒙古驿卒下巴，蒙古驿卒连他头发都没有碰着，就整个人飞了出去，碰到客房的墙壁上，重重地摔倒在地。叶思北这一套动作一气呵成，如行云流水一般。被他避开的蒙古驿卒收腿不及，刚好被叶思北扫到小腿，顿时跪在地上，抱腿痛呼。

孙言瑜这时才看清后面跟进来那个踹向蒙古驿卒的人，正是驿长莫日根。

叶思北负手而立，看着那两个被打得鼻青脸肿的人。

陈秋山和蒙古驿卒挣扎着爬起来，抡起拳头还想继续打，但叶思北和杜子衡这会儿站那动都不动，只看着莫日根将那两人摔倒在地。

"哼，劝你们识相一点，竟然敢在我的地盘下手，你们有几条命？老老实实回话，还能留你们一条狗命！"莫日根凶悍地扫了他们两人一眼，拍拍身上的灰尘，喝问道。

"事已至此，要杀要剐你们随意。他不过是被我用银子收买的打手，什么都不知道。"陈秋山看了蒙古驿卒一眼，很有义气地说。

叶思北和杜子衡饶有兴致地看着莫日根审讯。

"他不就是你们驿站的人吗，先前我还在驿长的身边见过他。"孙言瑜心里有怀疑，直接指着蒙古驿卒拆穿他的身份，看莫日根怎么处置。

"我们驿站的？不可能，我可从来都没见过他。"莫日根一脸惊讶。

孙言瑜越发疑心，她笑了笑，"驿长真是贵人多忘事，之前您给安排住宿的时候，这人就在您的身后，怎么可能不认识？"

莫日根没吭声，回答她的是直接上手，他朝那蒙古驿卒的脖颈掐了过去。

离莫日根比较近的杜子衡连忙上前阻止他。

就在杜子衡迈出两步向前时，他被一道光闪了下眼睛，那个躺在地上大喘粗气的陈秋山突然甩了支袖箭出来，直奔莫日根的后背而去。

那变化看得人心惊肉跳，喊莫日根躲开已经来不及，叶思北来不及思考，就一个侧劈腿朝陈秋山的手上踢了过去。

被他这一踢，陈秋山的手垂了下来，原本藏在袖子里的小小弓弩应声落地，而射出的那支袖箭因为没了准头，从莫日根的右肩上擦过，射到了墙壁里。

莫日根转过身，凶悍地说："自寻死路。"

他捡起了地上被叶思北踢落的弓弩，拿起来对准蒙古驿卒的喉咙就要扎下去，蒙古驿卒忽然道："阿木尔伊特格乐……"

莫日根怔了一怔，手一抬，袖箭扎到了墙壁上，"来人，把他们带下去，关起来我等一会儿问话。"他低喝道。

门外立刻进来了几个驿卒，架起蒙古驿卒就准备走。蒙古驿卒低头扶起陈秋山，狼狈地从莫日根身边走向外面。

第七章　起火

　　"等等——"孙言瑜出声阻止，莫日根还没解释这驿卒是怎么回事呢，明明是他身边的人装作不认识，这把人押下去再放走了怎么办？

　　"慢着，驿长就这么放他们走了？"叶思北也伸手挡住，他看向莫日根，脸上犹有三分笑意，声音缓缓却如同冰山雪水，有着叫人胆寒的冷意。到这会儿，他已经怀疑莫日根和这两人有些牵连，就算他事先不知道蒙古驿卒所为，只怕也是脱不了干系。

　　至于蒙古驿卒刚才所说的词看着平常，阿木尔意思是平安，伊特格乐是信任，但显然这个时候，这两个词连在一起有着其他的意义，不然莫日根也不会顿时没了杀意，先前看他的打算分明是想杀人灭口，虽然他的说辞是要关着这两人审问，谁知道是不是另有盘算。

　　但不管怎么说，这里都是莫日根的地盘，虽然以他们的人手拿下驿站这几十号人不成问题，但这里毕竟隶属沙州卫，叶思北也不好一来就痛下杀手，又情知这会儿若是揭破，说不准对方恼羞成怒反倒坏事，索性当没听懂那蒙古驿卒的话，只三分笑七分冷的模样问道："在这不能问吗？"他指了指陈秋山，"这人可是杀过我们一位画师，今天又找了人来对孙舍人下手，我想这事怎么都应当着我们的面问个明白吧。"

　　先前一直笑眯眯招呼他们的莫日根却沉了脸，"在我地头上犯的事，我当然应该给你们个交代，你们汉人有句话，强龙不压地头蛇，叶兄弟，你就当卖我个面子。这两人暂时杀不得，先关起来吧，不然……"他的语气里带了三分威胁，"我怕你们走不出这嘉裕官驿。"

叶思北看了莫日根一会儿，淡淡地笑道："这还没到沙州卫呢，你就不把朝廷放在眼里了？看来到了沙州卫，我要向郡王爷问个明白，什么叫强龙不压地头蛇。"

杜子衡则拍了拍胸口，表示自己被莫日根的话吓到了，他笑着说："这次真是太谢谢驿长了，这两个劫匪突然对我们的人下手，吓死人了。蒙驿长相助，等到了沙州卫，我们一定禀明郡王爷，给你个大的封赏。"

莫日根见叶思北和杜子衡两人一个唱红脸一个唱白脸，但话里话外的意思都是不肯放过此事，便没好气地往旁边让了让，"你们问吧。"

虽然不明白莫日根为何突然软了下来，但叶思北情知夜长梦多，当下就对着陈秋山问道："陈秋山，你究竟受何人指使，为何先后对张画师和孙舍人下手？"

陈秋山看了看蒙古驿卒，又看了看在场的几人神情，似乎知道自己今天躲不过去，就低头道："小人也是个画师，这次去千佛洞修建洞窟，原本有小人的名字，结果却被那张泽宝抢了去，小人一时气不过就找锦衣卫的亲戚拿了个身份，混在队伍里，想寻机杀了他。"

见陈秋山交代得这么痛快，叶思北冷笑了一声，"那孙舍人呢，你又为何要杀他？"

"我当天向张泽宝下手的时候，被他看见了，为了永绝后患，所以我一直想除掉他，只是这一路上都没找到机会，今日才寻了时机……"陈秋山的话听着，仍然是没什么破绽。

听上去虽然合情合理，但叶思北不相信，一个屡次杀人的凶手，会这么利索地交代作案动机？他摸了摸下巴沉吟片刻，指着蒙古驿卒问道："那他呢？别跟我说你俩是旧识，你一个中原人怎么结识他这个蒙古人的？"

蒙古驿卒用生硬的中原话说道："我俩确实是旧识，陈兄弟曾在千佛洞做过工，救过我的命。"

叶思北看了看莫日根右肩的血迹，皱了皱眉，冷言道："陈秋山，你上次用来杀张画师的刀，是锦衣卫的专用刀具，这一次的刀虽然没什么特征，可你方才射向驿长的袖箭，也是锦衣卫所用，你又做何解释？"

陈秋山半点犹豫都没有，答道："这些东西都是我的那个锦衣卫亲戚的，他本来就欠我人情，我又加了些银子，从他手上买了那把刀和这副弓弩和两筒袖箭。"

"看样子，不用刑你是不愿说出实情了，还是你觉得自己这套说辞能说服我们？"杜子衡一脸好奇地问，"要知道杀人偿命，你把事情都揽在自个儿头上，是嫌命长吗？"

杜子衡是个娃娃脸长相，再加上这副神情，看上去人畜无害，令人警惕心都消了三分，但他的话一点也不无害，听着反倒令陈秋山心头一惊，他抬起头看向叶思北他们，似有所动。

但没等陈秋山回答，蒙古驿卒就大叫起来，"你们不能动他，我是四台吉手下的呼德，你们若是敢动他，四台吉定不会放过你们，到时候，你们就别想再建什么洞窟。"

听到呼德提及锁南奔，叶思北也不为所动，脸上露出几分讥讽之意，"好大的口气，我就不信你家四台吉在这种情况下还会保你。敢谋杀朝廷命官，你这是嫌命太长了。"

莫日根却阻拦他道："呼德的确是四台吉手下，而且颇得倚重，你们汉人有句话，打狗还要看主人，眼下你们要去沙州卫办事，最好不要得罪他。"

孙言瑜在旁边嘲笑道："驿长先前不是说不认得他吗？怎么这会儿连他是四台吉的手下都知道了？"

莫日根一脸尴尬，也不理会孙言瑜，只看着叶思北道："叶大人，听我一声劝，你们初来乍到多少要给四台吉一个面子，这人暂时动不得，还是交给四台吉吧，他会给你们一个交代的。"

叶思北说："那就让我们把人带到沙州卫去，交给四台吉，看他怎么说。"

看到莫日根的人将陈秋山和呼德带下去，叶思北朝莫日根拱手道："有劳驿长把这两人看紧些，可别出现什么绳子松了、门忘关了人跑掉的事情。"

"你们放心，我一定让下面的人将他们看好了。"莫日根回礼，但神色有些不自然。

"你先前受了伤，让我看看。"叶思北伸手想去检查下伤口。

莫日根一僵，然后手一摔，侧身让过叶思北伸过去的手，"不用了，只是些皮外伤。天色不早，你们歇息吧，明天你们不是还要到镇子上逛逛吗，早点歇息。"

这次叶思北和杜子衡没有拦他，拱手相送。

等莫日根和他的人都走远了，叶思北方才看向孙言瑜主仆，温声问道："孙舍人你们有无受伤？"

看着孙言瑜摇头，他又道："放心，虽然这儿的驿长不一定能看住那两人，一击没有得手，他们应该不会再来的，若是有什么事，唤两声就行，我和杜校尉就住在你们隔壁，如果你在这屋子待着害怕，不妨和我们换一间。"

孙言瑜再次摇摇头，"无妨，有叶大人你们在旁边住着，小人很安心。"

***

在嘉裕官驿的某个偏僻院落，有间屋子亮着盏昏黄的灯。这个地方，离孙言瑜的住处隔着两三个院落。

正屋的厅里面有两个人，在屋里来回踱步，一脸焦灼。

面白长须的中年人说："想不到这次来的人手段颇为了得……我们的人竟然没有得手，看来只能让他们去沙州卫了。"

矮一些那个看上去孔武有力的男人道："让他们进沙州卫？朝廷的人这回来明面上是到千佛洞修建洞窟，实际上是想去查咱们沙州卫府的银钱，我瞧着这次来的人颇为精明，等他们到了沙州卫，查出来什么跟郡王爷说出来，岂不是让四台吉为难？再一个，他们进了沙州卫，咱们难不成还和朝廷直接起冲突不成？不行，绝对不能让他们过去，必须在路上截住。拿不到青金石制色的配方，只要杀了他们带的这批画师，到时候没有人手，他们就是想建洞窟也建不了。"

说话的两个人，孔武有力的男人是沙州卫的骑都尉苏赫巴鲁，管着卫所的兵士，中年人是沙州卫的长史阿拉坦，管着卫所的财政。因为对这事的看重，两人甚至都亲自到了嘉裕官驿，不过是以辽东马商的身份，并不引人注目。

心里烦躁，苏赫巴鲁踱步的速度不断加快，面色沉沉。阿拉坦神情稍松弛些，走了几步就坐下端起盖碗茶喝起来。

"咱们把时间什么都算得很合适，在那个时候动手正好是吃饭的时间，那个画师身边只有一个人，怎么会没成？"他问道，"再说还有呼德，那小子身手极好，出其不意，怎么可能不得手？"

"谁知道，莫日根派人将呼德他们关了起来，显然事败。"苏赫巴鲁没好气地说道，他往地下狠狠吐了口痰，"大明那么多卫所，想借机拿我们沙州卫立威，用在千佛洞修建大明洞窟的名义，想拿我们沙州卫的银子去给大明脸上添光，那我们就要他们的命，杀了领头的画师还只是个小小的警告，若是他们还不知惧怕，那就来一个杀一个。他们能那么命大，回回都能逃得过？供起来是佛，玩起来是泥，我们要是不想供着，他们要想进我沙州卫的城里，就没那么容易！"

"你也说供起来是佛，他们毕竟是朝廷来的，再说这儿虽然是嘉裕官驿，可不全是咱们的人。"阿拉坦叹了口气，"幸好这次有那个姓陈的打头，打算寻青金石制色的配方，纵然事败，也牵扯不到我们身上。"

苏赫巴鲁冷哼了声，也坐了下去，"你可是沙州卫的智多星，如果算计不了这些个黄毛小儿，岂不是浪得虚名？"

阿拉坦摇了摇手，"不要轻敌，这一次，我们算得这样周全，竟然还能让他们逃掉，可见这领头之人不能等闲视之，你也说他精明，如此一看，他可真是担得起有勇有谋四个字。"

苏赫巴鲁烦躁地说："那怎么办？真要放他去沙州卫，只怕我们的家当要搬空一半。"

阿拉坦闭了闭眼，"家当空了，还可以再挣，只怕他们这一回来，会叫咱们不死也脱层皮，你说要是沙州卫城里咱们的人少了一半会怎么样？"

"他要我们的命，也得看他自个儿有没有命过来拿。"苏赫巴鲁一脸煞气，"你说吧，咱们怎么办？人手这些我都准备好了，这一次可花了不少银子，我说用卫所的人你还不干，非要用些死囚和江洋大盗，这些人到底不及自己人称手。"

"用外头的人，万一事情不成，咱们还有脱身的机会，凡事总要留条后路。"阿拉坦说着说着，声音越发压低，"要不然，我怎么会叫了你在这里，就算他叶思北到了沙州卫城，你我打着外出办差的旗号，他怎么去查？除了安远那个小驿，这可是他们离卫所最后的一个驿站，也是大明补给的最后一站，若是在这儿出事，只怕他做梦也想不到和咱们有关。"

"那你的意思是，今儿个晚上……"苏赫巴鲁凑到他身边问道。

阿拉坦点了点头，"当然，月黑风高夜，杀人放火时，今晚星月齐暗又有东风，天助我们，岂能白白放过机会？"

苏赫巴鲁猛地抬头，"你疯了？他们这一次可是带了不少的人，若是杀几个画师还有把握，想放火全杀了，就咱们这些人还没走近就被连锅端了。"

阿拉坦没好气地说："那你说怎么办，不让他们进沙州卫，只能在路上截，越往后走离他们的地盘越远，那些人就会越警惕，沙州卫城里的那些军士可只奉郡王爷军令，不像你手底下的亲卫可以随便指挥。再说了，咱们不是有内应吗，也不用杀他们全部的人，只消把那些个有官职的烧死，其他人群龙无首自然就散了。天时、地利、人和，咱们占了两样半，未必不能成事。"

见苏赫巴鲁犹豫，阿拉坦又道："其实没什么大不了的，这些人不知咱们的身份，莫日根也会以为是郡王爷让这样做的，不管事情成败，咱们一时之间都不会危险，可这要是成了就是泼天的富贵。"

阿拉坦越说越信心十足，"这驿站的房子都是木质结构，年久失修，一场雷电或者有小儿玩火失手，都很容易烧起来……"

说罢，他笑得一脸得意，"你说，他们出事和咱们有什么相干？"

苏赫巴鲁点头，喊了外面的人来传令下去。不过片刻，低沉的脚步声在驿站的后院响起，有人影闪身而过，旋即隐没在黑暗中。

后院里厢房内灯光如豆，透过窗格可以看到驿站里负责洗衣的大婶，小解之后趿着鞋走到床边。

"死老头，又到哪儿喝酒去了，这个时辰了才回来，明天哪还有劲干活……"她嘟囔着，解了外衣，背对着门睡下，以此表示自己生气了，不愿搭理晚归的男人。

驿站里的三四十号驿卒需要吃喝拉撒，所以她和男人就被雇了来，一个负责洗衣做饭，一个帮着打扫清洁。除了他们夫妻，驿站里还有两个帮厨的、一个烧火的住在旁边的村子里，每天早晨来这帮忙，晚上收拾完就回去，只有她和男人住在驿站的后院里。

平日里没事，他们夫妻是不被允许进前院的，其他时候倒和从前在家里一样自在，挣的银子比起在外头也多些，所以虽然这些蒙古人时常吆五喝六的，他们也在这干了好几年。

装作生气自行先睡下的大婶当然没有看到厢房门外，她的男人正准备推门进来，身子却突然僵直挺挺地倒了下去……当然，没等他落地发出声音，就被一个人轻手轻脚地扶到墙边斜靠着。

那人从未闩的门缝里，用一根长管吹了些迷药进去。

只是起夜小解的大婶，转眼就睡死过去。

有两个人抬了她的男人进来放在床上，有个心细的还把脚上的鞋给脱了，不过是东丢一只，西丢一只。见同伴不解，他笑了笑，轻声道："酒鬼嘛，怎么可能睡觉还把鞋给摆整齐了。"

另一个不以为然，"反正一把火全烧了，摆成这样谁看啊。"他装成酒醉的样子，推翻了屋角放着的几桶菜油，然后和同伴退了出去。

同一时间，驿站的前院，叶思北他们安排站夜岗的兵卫打着哈欠，正在抱怨为什么换岗的人还不来，话音未落，就觉得一声轻响破空而来，"噗"的一声，喉咙一痛，他伸手捂住，感觉有黏糊糊、热热的液体从手缝里流出来，不由得瞪大了眼。

身边另一个站岗的兵卫已经直挺挺地倒在地上。

"有敌……"站岗兵卫嗓子眼里最后一个音尚未吐出来，就倒在了地上。他的两只眼睛尚未闭上，空洞地瞪着夜空，喉咙里插着一支羽箭。

军士里该换岗的人有个已经醒了，听见了外面发出的动静，以为是在催促他们，就一边穿衣一边推了推身边的人，"快起来，该换岗了。"旁边的人迷迷糊糊地爬了起来，穿衣，提裤。

衣带尚未系上，门被推开了。

"陈旗长！"先醒的那个连忙站立敬礼，他以为自己睡过头被旗长查岗发现，过来训话，所以态度格外恭谨。

另一个一手提着衣带，也跟着站立敬礼。

若是孙言瑜在这，一眼就能认出这位陈旗长正是之前被莫日根关起来的陈秋山，只不过他的外貌有很大变化，不是很熟悉的人都认不出来，

陈秋山冲他们嘘了声，"别嚷嚷，白天不是和你们说过吗？咱们今晚歇息在这里可是要小心，这虽然还是朝廷的驿站，可里里外外用的都是沙州卫那边的人，你们得打起十二分

的精神，做事身手要快，但也要保持安静。"

这两个连忙点了点头。

"拿着。"陈秋山扔过去一罐酒，"这是百户给我的，好酒，你们也尝一口提提神。这晚上可冷，喝点酒能驱驱寒气。记着，可别喝多了，后半夜可全靠你们呢，长点眼。"

"陈旗长，兄弟们跟着你真是太好了，有什么好事，都想着咱们。"拉腰带的那个觍着脸拍马屁。

陈秋山笑着呸了一声，然后正色道："快喝吧，身子热了赶紧去换岗，当我不知道你们偷懒呢。"

看着那两人打开瓶子，一人喝了一口下去，他才转身往外走，边走边说，"瞧你们那没出息样，过两天，等到了沙州卫，我带你们去喝花酒。"

"谢……"没有等后面的话说出口，那两个兵卫已经倒了下去。

陈秋山转身回房，吹熄了灯，走出去掩上了门，对着院墙角招了招手，"行了，里面我也解决了，趁这会儿人都睡死了，你们快些。"

他摆摆手，有两个身穿黑衣的人沿着院墙向上房摸去。

看着那两人的背影，陈秋山摸黑出去，拔出了院门前那两个倒下兵卫喉咙上的羽箭。他拔得很小心，那上面可是有毒的。然后寻了个地方把箭埋掉，来个死无对证。

约摸一刻钟以后，有七八个身影窜出了兵营，在他们的身后，后院里的火苗正以极快的速度朝正房烧过去。

"着火了，快救火！"

驿站外突然发出一声喊叫，把那七八个人吓了一跳。

怎么搞的，姓陈的不是该等他们走远了再喊这句吗？等到那个时候，火势已经不可收拾。就算有人查，也不过是酒鬼夜归踢翻了油桶，撞翻了油灯引起的着火。院落里堆放着柴火，加上房子是木质结构，年久失修，自然是一着火就不可收拾。这样天干物燥的时节，星星之火都可以燎原，何况沾着油。

上面查下来，奋力救火的陈旗长说不准还能升个一官半职，毕竟，关于不应该听叶洗马的话在此逗留的说辞，他都劝过百户好几回了，就算有防守不力的责任，看在他努力施救的分儿上，百户也得安抚嘉奖一番。

届时查到死伤，就是他们这一次来沙州卫的一行人死的死、伤的伤，尤其是领头的几个，身先士卒，所以和粗心大意的帮佣一家全部葬身火海。而姓陈的为了救他们的百户，也险些送命。除了那个孙舍人，就没人能认出姓陈的就是百户身边的陈旗长，这一路上他都没露过馅，届时，他这个活着又受了重伤的人，当然是汇报这次火情的最佳人选。

一切都计划好了，怎么会他们才放了火，姓陈的就在那喊救火呢？

"……真的着火了？"夜风习习，孙言瑜裹着长长的厚披风一脸吃惊，她看了看不远处院落里的大火，担忧地问，"你没告诉他们，里面的人不会有事吧？"

叶思北神色凝重，"除了我的手下和我绝对信任的几个人，其他人没说，我不知道我们的人里哪些人还可以信任，也不知道刘百户有没有参与此事，留了人等这几个放火的一出门，就去叫醒兵营里睡着的那些人，如今，只希望他们能及时醒过来。"

看着奔出院落的那七八个人，他头也不回地吩咐身后的近卫："只射腿，留活口。"

接二连三的箭声响起，从院落里跑出来的七八个人，先后

"哎哟、哎哟"摔倒在地三四个。

　　有个跑在后面的，猛地停下脚步，张弓搭箭。显然，他就是之前射杀站岗卫兵的那人。

　　就在孙言瑜他们发现情形不对之际，"嗡"的一声，利箭离弦，直奔他们而来。

第八章　狡辩

　　叶思北拉着孙言瑜往旁边闪了两步，避开那支利箭，而后一抬手，准确地从旁边近卫的手里拿过弓箭，快速张弓搭箭。随着弓弦拉开，箭羽飞速向前，射在了那射箭之人的胸部，而先发后至的羽箭则射中了树干，若不躲开，那箭会射中的就是孙言瑜。

　　随着叶思北的箭羽射过去，对方射箭的人应声倒地，手里犹自握着他的长弓。

　　说来话长，其实不过是一两秒间发生的事情。

　　"后发先至？叶大人好俊的箭法。"孙言瑜喃喃道，"好在叶大人您拉了我一把，箭法又够准，不然，这箭可保不准会射在我身上，您救了我一次。"

　　叶思北摆了摆手，"护卫你们是我的责任，夜里用箭不会发出声音，射程又远，比刀剑安全，若不是我们早有准备，他们这会儿已经得手了。"

　　"你们放下手中的兵器，举高双手慢慢走过来，我饶你们不死——"叶思北一面扬声高喊，一面扬手给了对面一箭，一个正在放火的人手里一软，火芯还没点燃就掉在了地上。

　　还有两个没有受伤的立马趴在地上，用前面人的身体挡住自己，一个瘦子问脸上有刀疤的男人："老大，怎么办？"

　　刀疤男咬了咬牙，按了按身侧鼓囊囊的火药，"怎么办？当然只能鱼死网破。如果咱们不干，家小都要受牵连，他们说过若是事败不许吐露半字，到时咱们的家小还能得个照顾。"

瘦子眼泪都要下来了，"老大，我不想死，我还没娶媳妇呢。"

"那你家的老母亲呢？难道让她去死？咱们本就是死囚，这样还能为家里挣些银子，死就死了，再找几个陪葬的，想挤狮子的奶水，要有斗狮的胆量。"刀疤男恶狠狠地说道。

"咱们降了、招供，对，招供，让他们去收拾那些人，狗咬狗，顾不上咱们……"瘦子越说，越觉得自己寻到了一线生机，他站起身，"我过来了，我投降，你们小……"

话音未落，瘦子就被刀疤男拖倒在地，一把利刃插在了他的心口，"你怕死，别连累我们！"

他朝着另外几个人道："咱们本是死囚，要是横下心去完成他们交代的事，妻儿老小还能有个照应，倘若活着没成事儿只怕比死还难，你们给个话，干不干？"

少顷，有个人回答："今儿个晚上点背，如今腿上有伤想跑也跑不了，还是那句话，我们听大哥的。"

那边，叶思北几个已经等得不耐烦，因为这边的几个人伏下身子，夜色里也看不清动静，有个近卫就大声喊道："还有出气的没有？快点过来，不然我们射箭了！"

以刀疤男为首，几个人都咬着牙站起身，举着双手，一瘸一拐地往隐在树下的叶思北他们那边走过去。

驿站里，已经有人陆陆续续跑了出来，跑在头一个的，就是陈秋山。

见他们越来越近，孙言瑜突然疑惑地问："我记得你们用箭射倒了五个，这过来的人，好像不对。"

一个近卫回答："这过来的不就是五个。"

"可他们是七个人，除开叶大人射死了一个，伤了一个，应该还有两个人根本没有受伤。"孙言瑜一急，也说不清，"他们的人数不对。"

算上射箭的，至少有三个人腿上并没有受伤，他们走路的姿势应该是正常，可现在分明有两个人倒在地上没过来，一个是叶思北用箭射死的，另一个呢？

等她想明白这点还没开口，已经听到叶思北大喊："你们站住，不要再向前走了！"

结果那几个人听了，非但没有减慢速度，反倒往这边跑了过来。

一点伤都没有的刀疤男跑在了最前面。

接着，就能听到他腰间发出刺啦刺啦的声音，有股火药的味道也随之传来。

"不好，他们身上有火药，散开——"叶思北说话间，拉着孙言瑜飞身就往后面跑。

"砰——砰——"几声巨响，火光四溅，映红了半边天际。

刀疤男几人被炸得肢体横飞，四分五裂。

从驿站里跑出来的人愣住了，跑在最前面的几个被火药的热浪掀得摔倒在地，远一些的，则赶紧往后退了几步。

这时候的火药制成炮弹还不成，但近距离的炸伤，威力还是不小。

半晌，陈秋山从地上爬起来，看了看远处叶思北他们模糊的身影，似才回过神来，大喊道："救火！救火！兄弟们还有好些在里面！"

跑出来的人这才同他一道跑回去救火。

因为混乱，他们谁都没有注意到，其中一个人并没有和他们一起去救火，反倒向叶思北他们跑去。

"叶洗马，里面的人大部分都得救了，我出来的时候，他们正在救火。"说话的人是刘百户的副手、络腮胡子马林，这两日陈秋山突然回来，还带着锦衣卫的密令，刘百户自然就瞒下了他的事，还让他尽量避开叶思北他们的视线。

傍晚的时候他们听说陈秋山被抓了，结果他不但出现在刘百户这边，还打着上头要犒劳大家的旗号宴请众人，马林和几个关系近的兵卫因为对张画师之死心里有疑虑，就偷偷将喝下的酒吐掉。

后来发现喝了酒的人刚刚入夜就睡得死沉沉的，马林担心有事，就趁着陈秋山最后一次查夜，从上房出来向刘百户回禀。

可惜刘百户那会儿已经醉得不省人事。

虽然都是为锦衣卫办事，不得不瞒下陈秋山所作所为，但马林不满陈秋山在刘百户面前先斩后奏，认为他这次回来拉帮结派，还叫人到镇上喝花酒，打牌、赌骰子，会坏了他们锦衣卫在外的名声。但陈秋山上面有人，连刘百户都要替他隐瞒行踪，以至于马林只是隐晦地提两句，都被刘百户呵斥。

所以喝了酒之后马林就回屋里装睡，以此搪塞陈秋山假意有事找他，实则想看看他睡了没有。

陈秋山却当他是喝了自己准备的酒，所以才睡得如此死沉。

等陈秋山前脚出门，后脚马林就起身，和那几个没喝酒的近卫，架着醉酒的刘百户出了院落避开了火势。

再加上他在入夜时还碰见了叶思北，叶思北不知刘百户参与了这事，还语意含糊地让他留意院里的动静，暗示他非常时期一定要先救人，马林听出弦外之音，这晚上就更是谨慎。

提醒马林时，叶思北把话说得语意含糊，冠冕堂皇，即使马林要对付他，听了那些话也不过当他这个东宫洗马是在打官腔，敲打他们锦衣卫的人。

而马林因为对陈秋山不信任，加之今晚的种种反常举动，就听出叶思北话里有话，觉得叶洗马所说就是今儿个夜里他得机灵些：警醒点，有什么事带着兄弟们快跑。

　　所以，他和几个自己的亲信装作酒醉假寐，骗过了陈秋山的人，又盯紧了进来的那帮人，等那些人放了火，几个人分作两队，一队救出刘百户，一队跟着叶思北的人截断了火势大燃的去向。

　　等那些人出了院落时，那火是看上去一堆一堆地着起来了，实际上连不成片，很快就被叶思北的人和马林他们用冷水泼醒的那些兵卫扑灭。

　　而这一切，一心想着离开驿站，等火势凶猛之后再装模作样救人的陈秋山一伙自然就没有发现。

　　黎明时分，叶思北见火已经全被扑灭，就让马林安排兵卫们挨个房间清点人数，看看有无遗漏，然后将所有人带到前院。

　　清点人数时，看到后院的帮佣夫妇也在其中时，大家都觉得奇怪。

　　起火的那会儿，他们连自己的人都救不过来，自然没有人会考虑后院的帮佣夫妇，这要不是一一排查，还想不起后院里的人。这一查，才知道这夫妇屋里的那几个油桶里，竟然只有一桶是油，其他都装着清水，就面上浮了些油花，在被推倒之后就在厢房的床边，形成了一个隔离带，阻挡住了火势。

　　被兵卫淋了冷水的大婶还莫名其妙，不知自己夫妇逃过了一场死劫。听马林问她怎么回事，就答道："是孙舍人说天干物燥，油放在睡觉的屋里容易出事，叫我准备些水用，正好那几桶油用完了，我就叫老头子都装满了水。"

　　正是因为那几桶都是水，大火没着起来，屋子里也就靠近那桶油的家什烧毁了几样，帮佣夫妇中了点迷药不过是睡得比往日更沉些，等火起来就被烧到肌肤而惊醒，便顺着那几桶水浇灭的地带逃了出来。

看见叶思北的目光，孙言瑜拢了拢披风，若无其事地说："晚上大婶来给屋子里送热水的时候，我试探过她，觉得她不像是那边的人，就提醒了一句。"

叶思北摇了摇头，没有吭气。

孙言瑜知道他觉得自己是妇人之仁，想想她也有些后怕，毕竟，这帮佣夫妇要是跟那些人勾连有心害他们，又怎么会被她试探出来？倘若这两人也是和那边一伙的，这会儿还不知谁躺在那里。可看见好端端站在那儿的帮佣夫妇，她觉得冒险也是值得的，那可是两条活生生的人命啊！

见叶思北看她的眼神露出不赞同，孙言瑜不服气地说："那几桶要真是油，火从后院着起来，前院能保得住吗？"

无论如何，两个无辜的人能活着到底是好事，叶思北也就没有说什么。

留了人手安置那些救出来的人，叶思北就去了前院。

叶思北到了前院，冷冷地瞧着地上被五花大绑的陈秋山几人，"你们还有什么话说？"

一直喊冤的陈秋山仗着自己的外貌变化颇大，一般人认不出来，听到叶思北问话喊叫的声音更大，"叶洗马，您要立威，要用人顶缸，也得做到叫属下服气，我们做什么了您要这么冤枉我们？"

他眼睛看向立在一旁的马林，"凭什么听他一面之词，就说是我和匪徒里应外合？他妒忌百户近日与我亲近，这次趁机生事陷害于我，叶大人你可不能偏听偏信啊，不去逮那匪徒，却抓着我来顶缸。"

听陈秋山话里话外的意思是说自个儿无能，想逮了他顶事，叶思北也不生气，只看着他道："不是你，怎么底下的兄弟喝了你的酒，就会睡死过去？不是你，怎么火光一起你就跑了出去，却不喊救人？不是你，几个毛贼如何能进兵营？我倒希望不是你，不然刘百户也难辞其咎。"

陈秋山见叶思北的目光没有半点暖意，不由得打了个寒战，但他知道这件事没有直接证据，只要他不松口，叶思北未必能拿自己怎么样，只要扛到刘百户醒来，他总会设法救自己。打定了主意，陈秋山就死不松口，一个劲儿地喊冤枉。

陈秋山不承认，那几人更无从说起，作为陈秋山的狗腿子，他们所知道的就是听陈秋山所说的机灵点，看见什么别吭气，有啥不对就往外跑而已。

见陈秋山不停喊冤，那几个也哭哭啼啼，"叶洗马，我们只是喝酒少些够机灵，情急之下没有想到救兄弟们，这也有错吗？"

"是啊，叶洗马，您大人大量，原谅我们这一回吧，回头我们给兄弟们买好酒好菜赔罪……"

"冤枉啊，叶洗马，小的真的什么也没做，您不能不讲证据。"

……

一时间，这些人吵吵嚷嚷，聒噪得令人心烦意乱。

"住口！"叶思北深吸一口气，强压住怒火，"冤枉？你们当别人都是瞎子吗？什么时候兵营里头能随意喝酒了？就算这是驿站，驻了兵就是兵营，陈旗长要不是心里有鬼，怎么会打了酒来宴请大家？"

声音并没有提高，却听得下面人心中一凛，乖乖地闭上了嘴，少顷才又继续喊冤，却不似先前那样大喊，只是小声嘟囔着。

只有陈秋山仍摆出一副沉冤莫白的神情，"叶洗马，虽然百户这会儿没醒，您也不能凭着想当然就定我们的罪，兄弟们这些日子日夜赶路颇为辛苦，我买些酒菜犒劳他们有什么错？虽说有规矩，可规矩也要讲人情。我又不是头一回宴请兄弟们，小的们在下面，不比你们官老爷高高在上，吃香喝辣的，也是我心慈体恤大家，难不成，连这个您也能揪着说事？"

不等叶思北回答，他又道："就算如此，您顶多只能定我个不按规矩办事，那里通外贼的罪名可安不到我身上。兄弟们累了，再喝点酒睡得早些，等火光起来，哥几个睡得浅些一时慌张跑了出来是不对，可后来，我们不是回去救人了吗？至于毛贼怎么进了兵营，该问问叶洗马你……"

他睨了叶思北一眼，"大家都看着呢，我们出来的时候，你们已经在外头了，比我们跑出来的时辰可早得多，难不成，您和这场火也有干系？那几个毛贼，谁知道是怎么回事。我们锦衣卫的人哪怕是在外面都守卫森严，从前可从未发生过这样的事情，怎么和您这一路，就频频出事呢？"

"大家听着，我听上面说，叶洗马先前可是说要尽早赶到沙州卫，可到了这儿，他却说要休整两日，算怎么回事儿？"煽动完之后，陈秋山又补了一句，"我可听说，有人和嘉裕官驿的驿长许诺，要让咱们的人在这多待些时日，挑些工匠带到沙州卫，也不知道私下拿了多少好处呢。"

这次留下休整，刘百户并未和底下讲明什么原因，只说是叶洗马的意思，大家救了一晚的火又是喊打喊杀的，脑子正迷瞪着转不过来，听到陈秋山所言难免就被蛊惑，院里站着的兵卫们，有些神色间就露出了怀疑，尤其是锦衣卫的那伙人，有些甚至骂骂咧咧起来。

一边的络腮胡子马林听陈秋山牙尖嘴利，颠倒黑白，不由得破口大骂，"放屁，明明是你放了那些人进来，还杀了站岗的兄弟，小八和虫子两人要去换岗，喝了你的酒之后，全都不省人事，要不是我们救得快，只怕大家都被活活烧死了。"

救火的几个兵卫也气得说："我们明明看见陈旗长进了房子，过一会儿出来，然后岗哨休息的那间屋子就着了火！"

陈秋山试探着问道："那你们亲眼看见我放火了吗？看见我和那些人说话了吗？"

有个实诚的兵卫摇了摇头，"晚上那么黑我们站得远，只看见陈旗长你进了屋子，然后屋子就着了火……"

"说什么屁话？站得远还能看清楚是我？昨个晚上黑得伸手不见五指，你们怎么知道不是贼人假扮的我？"

看那几个兵卫一时无语，陈秋山越发得意，"没看见你们还一个劲地说是我，小心让真正的贼人跑了。若真是我害了小八他们，倒是让他们来指证我呀，空口无凭就能定我的罪？老马，别说你的人看见什么，谁信呀？你妒忌百户看重我，就你那点小心思，这营里谁不知道？"

自己亲手从站岗的那两个喉咙里拔出的箭，小八他们喝了掺有迷药的酒醉得不省人事，再加上是陈秋山亲自丢了火捻在屋里然后才跑出的兵营，当时那种情况，就算马林他们冲进去救人也不见得能救出来，陈秋山想着这是死无对证的事，怎么都不肯承认。

想到自己把剩酒还有迷药什么的都处理得干干净净，真正能指证自己的那两个人又被火烧得生死不明，陈秋山说话的语气越发嚣张，"没有真凭实据，你们休想诬陷于我。捉贼见赃，捉奸见双，你们凭什么认定我们和他们是一伙的？要只凭红口白牙胡乱指认，我还可以说，看见老马你们和他们嘀咕，看见叶洗马你和他们勾结呢，咱们做事可不能凭一面之词，不讲证据。"

马林气得无语，当时情况紧急，他们截了火势，又要找水泼醒里面那些睡熟的兄弟，等想到岗哨休息的小屋时，火势已经极其凶猛，虽然救出了小八和虫子，两人却已经是大面积烧伤，根本无法开口说话。

马林也是闻到酒气猜测小八和虫子是和其他人一样因为喝酒误事，如何能指证陈秋山？他气得手指着陈秋山，话都不连贯了，"你，你要对得起自己的良心，你这样就不怕被雷劈……"

陈秋山从来不信什么神神鬼鬼的事，他眉眼带着讥讽，"我平生不做亏心事，怕什么雷劈？倒是你，老马，别以为攀上叶洗马就了不得，别忘了咱们锦衣卫可是监察百官，他要是拿不出证据却想办了我，咱们锦衣卫的人也不是吃素的……"

叶思北也不说话，只听任他们闹，站在一旁细听他们的对话里有无露出马脚。

正在这时，一个兵卫从屋里跑了出来，"长官，长官，那个孙舍人说是要救放火的人，就那个胸口中了一刀的瘦猴子，兄弟们不让，正闹呢，你们快去看看吧，属下要拦不住了。"

原来，在叶思北开始审陈秋山他们时，孙言瑜就和随行的大夫跟抬了伤员的兵卫一道进了屋子。

之前在清理的时候，发现纵火的那群人里，有个胸口插了把匕首的瘦子还有口气，因为要问线索就把他带了回来。

走了这一路，从京城带出来的很多药都用得差不多了，如今缺医少药的，自己人还救治不过来呢，谁肯救放火的人？所以兵卫们就和孙言瑜闹了起来，非要让大夫先救那些受伤的兄弟。

陈秋山听到这话，眼睛滴溜溜一转，大喊起来，"哦——还说你们不是一伙的，要不然，那个孙舍人怎么会救他们的人？一边扮土匪杀人放火，一边扮官兵打击异己，敢情你们在这贼喊捉贼呢！"

他这一声说出来，本来就有疑惑的锦衣卫其他人更是七嘴八舌地叫嚷开，加上陈秋山几个在里面起哄，一时闹得不可开交。

叶思北冷眼看了一会儿，方道："别吵了，先把这个人押下去，严加看管。"

看到陈秋山梗着脖子，打算再辩的样子，他冷哼了一声，"事情未明之前，你仍是最大的嫌疑人，现在刘百户没醒，我也不好处置你，暂时不会让他们绑着你，但这两天你就不要擅自出门了。"他朝马林使了个眼色，"有劳马旗长派两个人，跟着陈旗长他们，没有我或者是百户的命令，任何人不许放他出房间，一日三餐叫人送到他房里。"

马林虽然不情不愿，还是叫人解了陈秋山几个人的绳子，又派人将他们分押回房。

看到陈秋山几个的背影，马林问："叶洗马，真的就这么放过他？"

叶思北看了看周围，声音略略提高，"咱们得讲证据，不能冤枉一个好人，也不会放过一个坏人，等小八他们醒来再说。走，我们去看看大夫那边怎么回事。"

看见走在前面的陈秋山听到他说的话，脚下分明一滞，叶思北嘴角浮现一抹玩味，他拍了拍愣在一旁的马林，"走吧，我们看看去。"

走进屋子，只见孙言瑜正挡在一张床前，"不行，你们现在不能审他，他失血过多，必须马上救治。"

叶思北问道："怎么回事？"

一个兵卫气愤地说："我们要审讯那个瘦子，孙舍人不让，说是得先救人，明明是他们放火烧兵营，干吗还要救他？也不知道孙舍人是不是和他们一伙的，一帮兄弟等着医治呢，竟然要先救他！"

要不是知道这个孙舍人在画师里颇有地位，又是朝廷封的舍人，他们都要直接冲上去打人了。

看到叶思北望向自己，孙言瑜正色道："要是不先救他，林大夫说他根本撑不过你们的审讯。"

听了孙言瑜所说，叶思北沉吟片刻道："就依孙舍人所言，先救这个人。"

长官发了命令，再不情愿，兵卫们也只有服从的份儿，当即按照大夫的安排动手救人。

第九章　夜袭

当晚，陈秋山并没有等到醒来的刘百户来看他，看着兵卫送来的一碗米、一碗素菜和一碗大叶茶，皱着眉拿起了筷子。

这样的粗茶淡饭，他实在是吃不下，但中午只说了句饭菜无味，不好吃，外面的人就立马把饭菜全部收走，害得他一直饿到了晚上。

他实在没心气儿再饿下去。

吃完之后，他就躺在床上，无聊得犯困，想着如何给刘百户讲明这利害关系，好将他放出去。

从早晨被押回房间，连他上厕所都有两个人陪着。那些平日里见了他点头哈腰的兵卫，像把耳朵塞住了一样，不管他说什么，都不回应。

正迷糊的时候，外边传来低低的说笑声，像是换班来的兵卫们正和门前的这两个絮叨说笑，听他们时而高时而低的声音，神秘兮兮的样子，可想而知是在传什么小道消息。

陈秋山竖起了耳朵，嘴上却故意发出沉睡的鼾声。

也许这些人说的话对他半句也没用，但这一天连个说话的人都没有，他实在闷坏了，就对什么话都起了三分兴趣。

"……那个孙舍人，竟然真让人把瘦子给救活了？"

"嗯，也是那瘦子命不该绝，叶洗马说留他一口气要等着问话。"

难道那个瘦猴儿竟然真被救活了？

陈秋山顿时心里翻江倒海一般，觉得心都要跳到喉咙里了，他不由得下意识地屏住呼吸。

外面的声音更小了，"……不光是瘦子，还有小八他们，大夫说再给他们喝些参汤，估计明儿个一早，他们俩就能说话。"

"真的假的？"有个兵卫表示怀疑，"……都烧成那样了，还能说话？"

"肯定是真的，就那个瘦子不都说活不成了吗，可他不是好好地活过来了，还能说话。可以啊，咱们林大夫有两把刷子，这以后要是有个头痛脑热的，就不用担心了。"

"你们说，瘦子会招供不？"

"那还用说？林大夫对他可有救命之恩……他不也说了吗，等伤口好全确定自己死不了，他就把全部事情……"

"嘘……别说了，小心里面听到了。"

"没听到那呼噜声吗，猪一样，能听到……"话虽如此，兵卫们的声音却都低了下去，任凭陈秋山怎么听，也听不到什么有用的话了。

心头犹如擂鼓一般轰鸣，陈秋山慢慢地吐口气，强压心神。

如果瘦子指证他，还可以说被叶思北借着医治买通证人，小八他们再指证，他无论如何都逃不脱，这一次，只怕刘百户也保不住他。

或许刘百户已经打算放弃他了，不然这一天怎么半点动静也没有。

只要小八他们开不了口，刘百户就不得不为他周旋，至少能帮着他脱身，大不了他回锦衣卫就是，他日叶思北就算回了京城，总不能到锦衣卫去要人。

必须杀了小八他们，只有死人才能够叫人放心，只有死人再也不会开口。

没有实证，叶思北再认定是他干的，也拿他没办法。

等到叶思北这一行人被截杀在沙州卫，他笃信，就凭着自己立下的功，也能去个更高的位置。

他得铤而走险。

毕竟是锦衣卫的人，陈秋山还是有些自己的门路，他借小解之际，打晕了陪在身边监视他的那两个人，在夜里四五点，人睡得最沉的时候，摸到了小八他们养伤的房里。

借着月光，他看着两张皮肉已经烧伤，看不出原来模样的脸，半分犹豫都没有，拿起靠自己近的一张床上的枕头就捂了上去。

这张床上的脸，从轮廓上看，依稀是小八的样子，他死命地抓着陈秋山的手腕，不住地摇头，"呜呜"地呜咽，像是在哀求他放手！

黑夜里，月光影影绰绰地照在屋子里，陈秋山隐约能看到小八那双惊恐的眼睛，他咬了咬牙，依旧狠绝坚定地按了下去，旁边还有一个人等着他处理，他可不能心软。

就在他感觉到枕头下的人已经渐渐没有力气挣扎的时候，屋子的门突然被推开了。

呼啦啦进来一堆人，提着数盏灯，一时间屋子里灯火通明，人声鼎沸。

陈秋山下意识地用手挡住了眼睛。

叶思北挥了挥手，等屋子里安静下来后，问道："怎么，你还打算再杀他一次吗？"

一向口若悬河的陈秋山支支吾吾，"我，我……我只是想来，想来探望一下他们，对，我是来看看他们伤势的，作为旗长，我关心下属理所应当。”

听陈秋山死到临头还如此嘴硬，床上的人跳下了床，“你胡说！哪有探望人用枕头捂的。今儿个若真是小八他们躺在这儿，还有命在吗？陈秋山，你好狠毒，他们被烧成这样你竟然还不肯放过！如今这么多人看见，你还想抵赖？做梦！就是告到指挥使那里，兄弟们也不会饶了你。”

“对，不能饶了他，这种人就该千刀万剐。”

“就是，连自己的弟兄都不放过，先前还诬陷马旗长，原来贼喊捉贼的就是他自己。”

“杀了他，杀了他！给死去的兄弟们报仇。”

“杀了他，杀了他……”

“杀了他……”

听到周围一片喊杀声，陈秋山看到小八站在自己的面前，他定睛一看，这哪里是小八，分明是脸上涂了油彩，假扮成小八的一个兵卫。

他脚下一软，瘫倒在地，中计了！

跟在后面的孙言瑜开口道：“我怎么瞅着这人有些像陈秋山？”她见叶思北有些疑惑，解释道：“陈秋山就是杀死张画师，还在昨个傍晚和那个蒙古驿卒闯进我房里的那个人。虽然这个人变了些模样，但我能肯定，他就是陈秋山，你看，他这张脸要是把这两块去掉，是不是个鞋拔子脸？还有这眉毛，分明是剃了半截的，还改了个眉形……”

叶思北听着她一点点描绘比对，点点头道：“你这么一说，他还真是陈秋山。没想到他竟然就是百户的手下，还是个旗长……”

没等他说下去，和叶思北并肩而立的刘百户一听，眼中露出杀意，抽了一个兵卫腰上的刀就朝陈秋山砍去，“贼人，竟然敢冒充我锦衣卫的人，还做下这么多恶事，真是找死！"他这一刀不仅砍破了陈秋山的半边脸，还在他的咽喉处割了一刀。

陈秋山捂着脸，倒了下去。

叶思北没有阻拦，只阴阳怪气地说："百户这是要杀人灭口吗？"

刘百户砍了陈秋山一刀，又捅了他两刀，确定陈秋山已经当场毙命，方才闻言摸了摸鼻子讪讪道："我一时气不过。不过我们锦衣卫可没有这等贼人。想来这陈秋山就是个画痴，这一路竟然为了青金石制色的配方，做下这许多恶事。"

他知道，叶思北也知道，陈秋山为锦衣卫办事肯定不敢说真话，再审也审不出个名堂来，而东宫和锦衣卫此时还不到撕破脸的时候，真坐实了陈秋山是锦衣卫的人，留也不是杀也不是，不如就顺着刘百户的意思，以这人只是冒充锦衣卫的名头做坏事为由了断此事。

杜子衡拍拍手，轻赞了一句，"刘百户好果断。可惜这就没法问出他是如何从莫日根手里逃脱的了。想来，他的另外一个同伙，那个叫呼德的应该也不在了。"

刘百户振振有词，"这点小事，咱们直接问莫日根就可以，哪需要留着他的性命？至于呼德，我听说被莫日根押到沙州卫去问罪了，确实不在此地。"

叶思北听了似笑非笑道："莫日根倒是带人跑得快，这下一个死了一个押到沙州卫去了，我们什么都问不着。"

"等到了沙州卫就什么都清楚了，只怕莫日根也是怕夜长梦多，才先行一步去了沙州卫。"刘百户为莫日根辩解道。

这话听得连杜子衡都摇头，"短短两日，百户竟与莫日根这般熟悉，真是一见如故啊。"

刘百户听着打哈哈，"哪里哪里，就是昨日一起小饮了几杯，恰好听他提及。"

出了这事，就打乱了叶思北的原计划。莫日根已经带呼德去了沙州卫，他们在这儿待久了，还不知会出什么事。便留下一队人马给杜子衡，让他安顿两日在嘉峪关做些安排，免得自己此行不顺利又被人断了后路，来个瓮中捉鳖。

和杜子衡细细商量了一会儿今后的打算，叶思北方才和刘百户带着大队人马，开拔往沙州卫而去。

距沙州卫还有二十里的安远驿，甚至算不上是个驿站，不过是人们歇脚的一个小院落，坐落在驿道左侧，有十几间陈设尚算舒适、能防风挡雨的房间，安排了一个驿长，几个小小的驿兵在此迎候南来北往的官差和投宿的商旅。

因为一早接到了消息，因为七月末晚上的风还有些凉，兵士们穿着整齐，不仅备好了热汤热水，还有人专门站岗放哨，严阵以待等着叶思北一行人的到来。

按驿长巴图的估计，顶多半个时辰，就能迎来京城的一行人，做这些可能令上差满意的表面功夫，也许并不会得到夸奖，但至少不会让人觉得怠慢，影响来年的升迁。

然而，一个时辰之后，驿道上仍然不见大队人马前来，巴图觉得奇怪，便打算派人前去查看。就见一个兵士指着驿站背面的一个方向道："安远林那边着火了！"

安远林是此处驿站西南方的一处密林，因为在驿站的后方，所以除非刻意往那边张望，很难注意到那片的动静。巴图听闻转身抬眼往西南看去，只见安远林浓烟滚滚，有灼目的火焰冲空而起，晚风中，那火光竟是比天边的火烧云还要红，看上去火势甚是惊人，也不知烧了多久。

等他亲自带了两人赶过去查看时，火势已经小了许多，而叶思北一行人，个个面染灰尘，拿着各种物什在端水往浓烟处浇上去，显然他们因为忙着救火，耽搁了行程。

叶思北正抓着一把灰烬细嗅，他的眉头微皱，"火油？我说怎么火势这般骇人，原来是有人泼了火油在林带里，故意放了这把火。"

巴图看着浓黑的余烟，脸上一片迷惑，"谁敢在安远林放火？这里是离沙州卫最近的林子，那边修缮千佛洞的木料很多都要从这里运……"他喃喃自语。

"你说什么？"叶思北闻之色变，一把抓住巴图的胳膊，"这安远林的树木是为了修缮千佛洞养护的？"

"是啊，所以附近的人就连砍柴都不往这边来，免得林木长得不够高大、修直，会影响千佛洞那边用料！"巴图仍然一脸疑惑，"擅自入林砍伐都要重罚、坐牢，何况是纵火，谁敢这么做？"

还没进沙州卫，接二连三的事情就整得人焦头烂额，至此，叶思北哪能还不明白，有人在阻止他们去沙州卫，阻止他完成这项差事。

离沙州卫不过短短二十里路了，还不知道会有什么事情发生。

尽管提了十二分的小心，但在他们翻越鸣沙山时，还是出了事。

在安远驿补给了食物和水之后，叶思北一行选择继续前进，连夜赶到沙州卫。这是临时计划，事先没有泄露给任何人，他们在路上，应该不会再遇到什么事了。

鸣沙山下有一大片沙丘。叶思北他们行至鸣沙山时，风沙渐渐大起来，整个山峦都笼罩在沙尘之中，到这个时候，他们才真正体会到了西北天气的烈性。

本来是月圆的夜晚，然而月亮才露出头没多久，就被乌云遮挡得严严实实，四周变得黑漆漆的，除了队伍中点点灯火，就只有人和马在沙子上行走发出的声音。

"嗖……"

"嗖……"

"嗖……"

随着接二连三的箭声响起，显然是沙地里有人埋伏着朝他们放了箭。

"灭灯！大家散开，找合适的地方卧倒！"叶思北传令下去。

随着队伍散开，大部分灯火熄灭，黑暗中的箭羽失去方向，除了极个别来不及躲闪被乱射扎中的人以外，纷纷落空。

兵卫们听令从事，匠人们却做不到随令而行，慌乱中，孙言瑜和司画被冲散了。

"公子，小公子……"

司画的急切呼声还没等孙言瑜应答，就由近而远，渐不可闻。

孙言瑜正想高声喊回司画，却有双手将她一伸一拉，她转瞬就被带入了一个人的怀中，硬硬的胸膛，还没等她惊呼出声，那人就和她换了个位置，旋转着在沙地里滑行，将她带离了之前所站之处。

箭羽划过空气，射入沙地的声音清晰可闻，想来，如果不是她被带离了刚才那个站立之处，这支箭射倒的，只怕就是她了。

这是一场足以致命的刺杀。

除了箭羽落地的声音，叶思北还能感觉到落入他臂弯的孙舍人腰身纤细，盈盈一握。

叶思北有些困惑，在他的印象中，绝大多数男人虽然没法和从军习武的人相比，但像孙舍人这样绵软的，他还是头一次见。

大概，与之能相比的，只有女子吧。

叶思北带着兵卫，是想负责引开夜袭他们的人，让他手下的一个总旗叶八和刘百户一起，带着人将工匠们护到安全的地方，恰好看到了孙言瑜在沙地里惊惶奔走，便拉了她一把。

看到射过来的箭羽，似乎呈合围之势，叶思北拉着孙言瑜滑移到沙地另一端，想从那边找出路。

由于担心对方会采取两面夹攻，所以他们是后退到沙地的另一端，而且滑过去就矮身向下，匍匐在一处隆起的沙丘后面。

臂弯里的孙舍人与他似有默契，他的每一个动作，对方都能心领神会地配合到位，后退、侧移、转身、伏身……仿佛是合二为一的契合。

最重要的是，除了最开始的低呼声，孙舍人一声都未出，并不像其他工匠，在黑暗中时不时传出来惊呼，很容易就成了对方的靶子。

他们刚刚伏下身子，只听一阵乱箭，然后有闷哼此起彼伏，跟着，一股子浓郁的血腥味儿就在黑暗中弥漫开来。

显然，有人中箭！

叶思北的几个近卫借着箭声和场中的零星火光，已经到了他们跟前，形成半圈，将他们掩护在里面。

"叶大人……叶大人……"远处叫叶思北的声音越发急切。

甚至还有人喊，"孙舍人，孙舍人……""文进先生……"

叶思北循声开箭，近卫们也朝着那几个地方点射，扑通，扑通……陆续有人倒地。

在这个时候，还会一个劲地喊叶大人，叶思北认为自己带的兵里不可能有这么蠢的，分明是对方想他现身。还有他们喊孙舍人、文进先生，这种时候是想给对方当靶子吗？

虽然不排除喊孙舍人、文进先生的小厮不懂这些行军的基本道理，但之前在他们的掩护下，叶八他们护着大部分人已经突出重围，而且听那些人的喊声也不像是平日跟着孙舍人他们的那些人。

所以在叶思北的箭射出之后，近卫们也明白了，他们这头的兵卫里面有内贼，务必速战速决。

然而，对方显然也抱着同样的想法，虽然没有听见应答，还从他们回射的那几箭判断出叶思北他们这边的人来头不小，就越发要合围将他们拿下。

包围圈不断缩小，再待下去，就要被对方瓮中捉鳖了。

箭声渐渐停了下来，黑暗中，偶然有一两声张弓搭弦的声音就显得异常清晰，虽然看不清，但叶思北能感觉到对方的箭羽正直指他们的方向，只待确定了位置随时都会脱弦而出。

不知是谁之前提的灯被夜风吹得翻了个身，一点点光影照出对方黑压压的人手。

对方的人迎着光，所以被叶思北的人看得一清二楚。

叶思北这边背着光，被对方看清楚，就延迟了一会儿。

就在这白驹过隙的瞬间，叶思北他们已经变换了位置，箭羽放倒了对方的几个人。

跟着，一声暴喝响起，"走……"

随之，近卫们的箭羽连续射出，连成一道防护线，孙言瑜只感觉腰间一紧，身子就被叶思北搂着，从沙丘滑移而下。

在他们身后，也先后跟着滑移下了十几个人。

有叶思北的近卫，也有对方的人，但因为从沙丘滑移下来有先后顺序，加之滑移的力度、角度不同，所以那些人离叶思北他们都有些距离。

第十章　奸细

即使是在这样紧急的时刻，带着一个人，叶思北滑移也很有技巧，他没有走直线，避开了追射过来的箭羽，甚至在搂着孙言瑜翻滚在沙地里的一处草丛时，都没有被草棘扎着。

孙言瑜因为被他护在怀里，身上连沙土都没沾染多少。

叶思北看着因为翻滚躺在自己右手臂弯里的孙言瑜，声音不自觉地比平时温柔了几分，"孙舍人，现在已经安全了，放开我吧。"

孙言瑜这会儿才意识到自己还紧抱着叶思北的胳膊，连忙松手，"啊，那个……那个……现在安全了吗？"

从叶思北的怀里挣脱出来，孙言瑜涨红了脸，完全没有了之前被叶思北带着从如雨箭林中脱身的那股子从容，她摸摸自己发烫的脸，心里暗自庆幸是在夜里，谁也看不见她的神情。

叶思北也觉得心如鹿撞，怦怦直跳，虽然两人都站起了身，却觉得比刚才逃出包围圈的那会儿还要慌乱。

定了定神，叶思北方才回答孙言瑜，"还没有安全，但这会儿我们在暗，他们在明，就比较好应付了。"他抬起左手中一直拿着的弓，从腰间的箭囊里取出箭来，一支一支，向跟着他们过来的人射了过去。

即使在黑暗里，他也目力如炬，每一次箭出都恰好避开了自己人，射中都是对方的人。

见叶思北如此勇武，孙言瑜眼眸微闭，长睫不断颤动，心里头一时五味杂陈。

如果说在张画师死亡时她还只是个旁观者，那天被陈秋山他们逼问青金制色配方时，她已经感受到了血雨腥风，今晚，就更是一只脚踏进了鬼门关。此时此刻，她对这趟差事是否要继续下去，充满了迷茫。再向往千佛洞，飞天壁画再迷人，她也得有命才能看见啊。

因为生出了逃跑的心思，孙言瑜不敢看身边的人，就转开目光观察周围的情况，虽然第一批追来的人被叶思北和他的近卫们杀得差不多了，但若是后面再有大批追杀的人赶过来，恐怕还是会很麻烦……

离他们最近的三个人倒下了两个，另一个踉踉跄跄地跑过来，"大人……"

那人正是叶思北手下的一个总旗叶八，他的一只脚受了伤，有血迹顺着裤管蜿蜒而下。

叶思北皱了皱眉，之前安排叶八和刘百户保护那些随行的工匠撤离，没想到叶八竟然到了这边，也不知道其他人怎么样了。

"大人，对方跟下来的十五个人，已经全都解决了，但兄弟们也……"叶八说不下去了，声音里带着哽咽。

叶思北有片刻沉默，因为想避开危险所以赶了夜路，没想到却一样遇到了敌袭，还为此枉送了好几个兄弟的性命。

这次跟他出来的，全是精挑细选出来的近卫，除了带着其他兵卫保护工匠们突围的，跟他在沙地上撤离的人，只有五六个，这些人个个都是以一抵十的好手，大好的生命竟然会葬送在这里。

尽管对方跟过来的人已经全部被解决掉了，可这代价实在是太高。

"过来，让我看看你的伤。"叶思北虽是文职，但他从小是在军营里长大的，隶属玄武，从事的是搜集情报、打探军情、暗杀防卫这些事情，习得一身好武艺，见过不少生死。尽管心里痛惜近卫们遇害，却没有时间为这些情绪纠结，只是声音有些低落，"处理完你的伤，先想办法把他们埋一下，后面再叫人过来好好安葬。"

那是与他患难与共的兄弟，为了护着他脱身，断送了性命，他不能让他们曝尸荒野。

"大人，我先去埋了他们吧，万一后面对方再有人追过来……"叶八拖着腿，转身往离自己最近的尸体走去。

叶思北拉住他，淡淡地说："这会儿不是逞能的时候，等一会儿还得赶路，派出这么多人来围截我们，对方不会善罢甘休的。"

孙言瑜见此情形，对叶思北说："你去收拾那边，我来给叶总旗看看。"

叶思北扬眉，"你不是晕血吗？"

"看不见没事儿，我对血腥味虽然很敏感，但要同时看到了血才会晕。这会儿我拿帕子包了口鼻，闻不到什么味，也不去想就行了。"说话间，孙言瑜已经从怀里摸了丝帕出来，折成三角将口鼻包住在脑后扎了个结。

她看着叶八说："出门前，因为担心路途遥远会受伤，我专门跟大夫学了两个月日常需要的药理知识，不能治伤看病，但应个急还可以。看叶总旗走路的样子，伤得恐怕不轻，倘若不及时处理，将来这条腿说不定会废了……你还要跟着你家大人，岂能任由这条腿废了？"

叶思北听她这么说，拿了自个儿的佩剑转身走开些，准备去挖些坑放置那些倒在沙地上的尸身。

叶八虽然嘴上没有拒绝孙言瑜，目光却随着叶思北转开，甚至一瘸一拐地跟了他几步。

"小心……"

乌云恰好散开了一些，露出的月光照到叶八手上，只见他的手上隐隐有什么东西在发亮。忽然，那亮光猛地朝叶思北的后心刺去，孙言瑜来不及发出声音，只得下意识地喊叫提醒。

叶思北闪身，避开了那一刺。

他反手朝叶八打过去，叶八踉踉跄跄在沙地上退了几步，见叶思北抬腿朝他踢过来，他连忙扑到孙言瑜身边。

电光石火间，孙言瑜感觉到脖间一凉，有把匕首架在了她的颈上。

"快停下，不然，我要孙舍人的命！"

叶八的声音里，有着说不出的阴狠和怨毒，半点也找不到之前的忠义。

内奸？孙言瑜闪过一个念头。

孙言瑜转念就想过来，叶八抓住她是为了胁迫叶思北。

她虽然害怕，却努力令自己镇静下来，还好，从小行南走北的经历，令她比大多数女子冷静，即使吓得瑟瑟发抖，她也能忍住不惊声尖叫。

看到孙言瑜吓得一动不动，叶八有些得意，不慌不忙地拉她站定，看着叶思北走过来。

叶思北走到离他们两三步的地方站定，看着叶八问："为什么？论人情，我自问待你不薄；论前程，你若不是隶属东宫，也不会这么快升到总旗；论交情，他们都曾和你患难与共，你怎么能下此毒手？"

叶思北这次带出来的三个总旗，也是他叶家的家生子，跟了他家姓叶。按年龄大小排行，从叶一到叶十二，从小和他一起习武从军，因为功绩基本都升了官职。这次他出来带了三个，叶三、叶七和叶八。叶八在这三个人里年龄最小，平日里却很是稳重，现在的这批近卫，最早也是由叶八他们带出来的，却没料到他会下狠手。这也是那些近卫猝不及防，会被叶八迅速得手的原因。

或许是因为胜利在望，太过得意，叶八竟然回答了叶思北的话，他狠狠地说："你知不知道，这些年来，我每回靠近你，都有杀了你的冲动？"看着站在离自己不远处的叶思北，叶八有些得意，"王爷说过，只要我做成了这件事，荣华富贵指日可待。废话少说，把你手里的剑扔过来。"

叶思北犹豫了片刻，将手里的剑放在了地上，还踢了踢，让剑离叶八更近些。

虽然近些，但叶八想够那把剑，还有些距离，除非他放开孙言瑜再弯腰，不然还真没办法捡到那把剑。他将匕首朝孙言瑜脖颈上压了压。

兴许是沙漠里的夜晚本来就凉，孙言瑜只觉得挨着自己肌肤的匕首寒意刺骨，但她尽量保持不动声色，死死将一双手握成拳头。她知道这个时候，只要自己稍有异动，就有可能刺激到叶八，可还是忍不住吓得发抖。

望着黑暗里仅能看清些面部轮廓的叶思北，叶八阴狠的声音如同毒蛇一样吞吐着芯子，"我和你一起从军，比你还要努力，可偏偏你生就好命，就因为你是主子，我们是你们姓叶的家生子，所以不管我们多勇猛善战，都是你的功绩，无论什么时候，都是你先晋升，而我们，只能跟在你的后面，匍匐在地仰望，做你的副手，当你的跟班。不管走到哪里，人们的眼里，只有你叶思北，叶大人，从来都看不见站在身后的人……就因为你命好，就事事压我们一头，而我们每走一步，都是用命拼出来的。你有今天的位置，是死了多少像我这样的人得来的？”

叶思北冷冷地说：“别我们、我们地叫唤，相信叶三他们，没有一个人会像你这么想。而且，就算你恨我，想让我死，可你为什么对他们下手？刚子他们几个都是和你同生共死过的人，是你亲如手足的好兄弟，你怎么能下得了手……”

“呸！”叶八狠狠地啐了一口，“你一向是这样的假仁假义！他们是我杀的不假，但他们都是为你死的，要不是为了护着你，他们也不会死。你知不知道，为了摆脱刘百户他们，我牺牲了三个手下，那可都是我辛辛苦苦才带出来的人，还不是一样丢了命？你要真当他们是好兄弟，就该和他们一起上路。你叶思北享了这么多年的福，怎么都值了。说起来，你为了这小子，连兄弟们都不顾了，说，他究竟是什么人？”

叶八把匕首往孙言瑜的颈上压了压。

叶思北当然不想向他解释自己只是在引开夜袭的那群人时，碰巧遇到了逃散的孙言瑜。他看着叶八，声音里多了几分冷厉，“叶八，你现在住手，我会给你留个全尸。”

叶八气得大叫，“叶思北，这句话该我来说！”

“叶总旗，我劝你最好将我放开，不然王爷知道了，可饶不了你！”孙言瑜听了叶八的话，觉得这里面有文章可做，便努力表现得镇定些，声音里多了几分骄纵。

“你是王爷的人？”叶八心里虽然疑惑，但手里的匕首松开了一些，“你可别想骗我，你说，王爷为何让你跟着过来？”

“自然是和你一样的任务……”孙言瑜说话声音低了好些，令叶八身体不得不靠近她。

就在叶八分神之际，叶思北一个虎扑，手如刀落，猛击在叶八的太阳穴上，看着他吃痛倒地，又飞速拾起佩剑，狠狠朝叶八右边的眼睛扎下去。

看到叶八倒在地上嗷嗷直叫，叶思北松了一口气。他解下叶八的裤腰带，将他的双手牢牢扎紧，狠狠踢了两脚，冷声道："等我埋了兄弟们，再杀了你给他们祭拜。"

绑了叶八还不够，叶思北又扯下孙言瑜脸上的面巾，全然不顾她的抗议，将她的双手拧到身后，用面巾绑住道："要不是他，我还不知道，孙舍人竟然也是王爷派出来要叶某性命的。等我埋了兄弟们，还要请你好好给我说道说道。"

孙言瑜目瞪口呆，"叶大人，我那明显是为了脱身骗他的说辞，你怎么能相信呢？"

叶思北怀疑地看着她，仍然没有解开绑着她的面巾，"真真假假，我叶某如今已经搞不清楚了，连身边的人都能被人收买对我下毒手，孙舍人究竟是什么身份，恐怕不是三言两语就能说清的。现在你不想引人过来就闭嘴，等我先埋了兄弟们再说。"

孙言瑜还想说什么，看看叶思北对着她挥了挥手中的宝剑，果断地选择了闭上嘴，只是在心里暗骂叶思北好坏不分，杯弓蛇影。解了面巾，隐隐约约传来的血腥味就挡不住了，幸好是夜里看不清，孙言瑜虽然觉得心里一阵阵恶心，但还能勉强撑着不晕过去。

她在沙地上走了几步，换到了上风向，血腥味淡了许多，才缓过气来。

叶思北也不理会她，径自走到沙丘处去挖坑，好在是沙地，坑不需要挖太深也能用沙子将尸首掩埋住。

用手中宝剑默默挖了些浅坑，将死于敌手、死于叶八之手的几个近卫抱到坑里，用沙子埋上，叶思北一把将已经痛得昏死过去的叶八拖到那些草草垒就的坟前，逼着他跪下，同时，也想问出更多的情况。

他要搞清楚：派叶八来的，是汉王和赵王那两位王爷中的哪一个？今晚夜袭的那伙人，又是谁的人手？他们究竟想做什么，是阻止朝廷来的这帮人去沙州卫，还是阻止他们去修建洞窟？

不管查出来是谁主使的，叶八都不能留下，就冲他今晚朝自己人下手，叶思北也要为那些枉死的近卫报仇，把这笔债分毫不少地讨回来。但这一点不妨碍在叶八临死前，给他些折磨，让他吐露些真话。

然而叶八也知道，只要自己说出叶思北想要的消息，性命肯定保不住，再加上他本是行伍之人，并非软弱可欺的那类，所以哪怕叶思北将他折磨成了血人，他仍然只是一味地大骂，并不肯说其他。

最后，叶思北担心叶八的骂声会引来其他人，索性将他一剑刺死，将他的尸身摆了个磕头的跪姿在那些沙坟前认罪。

站在那些沙坟前良久，叶思北才转过身看了孙言瑜一眼，拉起她道："走吧。"

此时，乌云已经渐渐散开，月光照在沙地上，也照在孙言瑜漂亮的杏眼里，看着孙言瑜恶狠狠看着自己的眼神，叶思北想，如果眼睛能够放箭，估计自己已经被他射死了。

"说吧，是哪位王爷派你来的？"叶思北一边拉着孙言瑜走，一边问。

"你用用脑子！如果我是那边的人，刚才就会大叫喊他们过来了。"孙言瑜白了他一眼，没好气地解释道。

叶思北想到刚才被追击时，孙言瑜确实一声不吭，沉默片刻他又道："之前叶八还为我挡过一箭，可他一样背叛了我。"

听出叶思北说她没喊人其实是为了博取自己的信任，孙言瑜一时无语。这人一旦生出疑心，她说什么做什么都像是别有用心。但性命攸关，面对这种根本无法自辩的事，她只能再三解释，"叶大人，我只是一个画画的文人，哪能高攀上什么王爷？你搞错了，刚才我真是为了脱身才那么讲的。"见叶思北不置可否，她只好问，"到底你要怎么样才能相信我不是那边的人？"

"等我们这次修建的洞窟完成了，我就信你。"叶思北侧头看了她一眼。

孙言瑜深深地吸了一口气，眼下这关还不知道能不能过呢，还修建洞窟？不过经叶思北这么一说，她先前打退堂鼓的念头倒是消了几分，担心万一被叶思北看出她有退缩之意，真把她当奸细对待，可就不妙了。

和过来寻找他们的兵卫会合后，叶思北他们又碰到了一些零散追杀他们的人，好在都不成什么气候，轻伤了几个就将对方全歼了。不知道是不是来追杀他们的这批人尽是精锐，刘百户那边有惊无险，除跑丢了两个工匠、轻伤了四五个兵卫外，没有其他伤亡。

点了人马去找那两个工匠，叶思北轻吁一口气，沙州卫近在眼前，总不成还有人来拦着他们吧？

刘百户却有些焦虑，虽然因为陈秋山是锦衣卫的人又奉有上头的命令，他不得不打掩护，但千佛洞之行是他和叶思北共同的差事，若是办砸了，他肯定是被上头推出去顶缸的那个炮灰。

再怎么说，他们也不能连沙州卫都没到，就灰溜溜地回去。反正上头没有直接的指令下达给他，他就当不知道这回事，继续按出行前朝廷的安排行事。

所以他就忧心忡忡地问叶思北怎么办。

"无非是兵来将挡，水来土掩。"叶思北沉吟片刻道，"眼下想再多也没用，只有走一步看一步，总之，我们不会束手待毙就是了。"

从鸣沙山到沙州卫，急行只需要一个时辰，叶思北他们一路急赶，到达沙州卫城门时，天色刚刚黎明。

朝霞满天，像火烧云般绚烂，一群群飞鸟掠过，在空中盘旋飞舞，它们欢快地鸣叫着，发出悦耳动听的声音。一条蜿蜒曲折的护城河围绕着高耸的城墙，蜿蜒前行、流淌而过，在日光的照耀下波光粼粼，闪烁着晶莹剔透的水波。河边的树木郁郁葱葱，枝繁叶茂，在微风的吹拂下发出沙沙的声响，仿佛在欢迎远道而来的客人。

第十一章　抵赖

进沙州城的时候，岗哨颇严。

叶思北微讶，问迎出来招呼他们的莫日根："最近出了何事？为何沙州卫会戒备得这般森严？还是说平日里，你们就是三步一岗五步一哨？"

莫日根笑得一脸憨厚，"四台吉知道叶大人、刘大人在路上出了事，说要严查，我到的当天就把呼德砍了不说，还在城里加了岗哨，这会儿城里头人人自危，那些敢对你们下手的人，还不知怎么害怕呢。"

虽然不知呼德被处置一事的真假，但事已至此，自己又在人家的地盘上，叶思北也无可奈何，只好说："有劳四台吉费心了。"

就是想知道什么，他也该问困即来郡王爷或者是四台吉锁南奔，以莫日根的身份，他问了也是白问。但陈秋山从莫日根手里逃脱，还在夜里放火想烧死他们，这笔账无论如何他都要讨回来。

因为呼德一事，叶思北见了从府邸里迎出来的四台吉锁南奔就没那么客气，行过礼后径直问道："四台吉，我们这次奉朝廷之命到沙州，一来商谈郡王爷以骏马、牛羊换些军火之事，二来是打算在千佛洞那边添几座大明洞窟。先前郡王爷曾许诺朝廷将鼎力支持，可叶某一进嘉峪关，就险遭毒手几乎丧命……"

他看着锁南奔，眼神犀利，"最奇怪的是，经我们查证核实那些匪人招供他们虽不知指使之人，但能够将他们从沙州卫的死牢中放出，必是沙州卫里位高权重之人。叶某想知道，先前那呼德是四台吉身边之人，劫杀叶某一行的是沙州卫的死囚，不知在郡王爷的管辖之下，何人敢如此胆大妄为，竟然使出这些手段来离间沙州卫和朝廷？此事还望严查。"

锁南奔二十来岁，虽然是蒙古人，长相却颇为阴柔。听到叶思北的话，他揉了揉眉心，一双狐狸眼微微挑起，言语恳切地说："想我沙州卫对朝廷忠心耿耿，岁岁朝贡不断，年年音信不绝，那可恨的呼德竟然勾连外人欺瞒于我，将那些死囚放出给叶大人你们找出这些麻烦。好在你们平安无事，不然我们谁也担待不起啊。"

"叶大人，虽说这事是呼德和心怀不轨的赤斤部落勾连做下的，那些死囚也是他假借我的命令放出去的，那呼德已经被我一怒之下命人斩了，赤斤部落那边，我也让人去查了。知道这事以后，我立刻安排增加了人手防护，但不管怎么说都是我识人不清，为了弥补这次过失，我特意将自己最大最好的一处庄子腾出来作为你们此行的居所……"

见叶思北不语，锁南奔又道："我们沙州卫对朝廷忠心耿耿，请你相信我万无理由做出那等破坏彼此情谊的事情，赤斤部落一直不满我父王掌管沙州卫，屡屡生事，这次也是他们想离间我们，所以才收买了我身边的人做出此事。我也被蒙在鼓里，若不是莫日根将呼德抓了回来，我还什么都不知道呢。"

叶思北不知道锁南奔说的话是真是假，不知道他增加防卫的人手是想借此名正言顺增加驻防，想威慑赤斤部落暗地里蠢蠢欲动之人，还是想趁机削减大台吉喃哥的人手，减少他自己上位的阻力。但事已至此，也不能为了这个翻脸，便点了点头，"希望如四台吉所言，接下来我们在沙州卫的安全能有所保障，不然就太令人失望了。"

刘百户也说："郡王爷可是向我们纪指挥使许诺过，我们到了沙州卫，他一定全力配合，尽快安排人手开始修建洞窟的。"

锁南奔满脸堆笑，"叶大人、刘大人尽管放心，来了我们沙州卫，就跟回到自己家一样。你们的差事就是我的差事，等兵器交易的事情商谈完毕，我们这边就调配人手到三危山那边，帮朝廷修建洞窟。其实，早在接到朝廷说你们要来的驿报之时，我这边就已经在着手招募合适的人手了。这一路行来风尘仆仆，你们先安顿休息，晚上还有个接风宴，休整之后，咱们再好好商谈。"

看了旁边一直没吭气的莫日根，叶思北拱了拱手，"还有一事，在嘉裕官驿的那晚，呼德和另一个叫陈秋山的刺杀中书舍人孙延振。我们逮住那两个人后，都交给了莫日根驿长，他带了呼德来向四台吉交代，可那个叫陈秋山的在当晚伙同死囚企图放火烧死我们，这又做何解释？"

一听叶思北的质问，锁南奔凶相毕露，反手就给了莫日根一个巴掌，"让你看管的人，你给关到哪里去了？还不快给叶大人交代明白！"

莫日根捂着脸低着头，委屈地说："那人拿出锦衣卫纪大人的手令，下官不敢继续关着他，便请了锦衣卫的刘百户做主，是刘百户说交给他就行了。下官怎么知道他会那么胆大，竟然敢在当晚下手放火？这事要问，也该问刘百户。"

听闻和锦衣卫有关，锁南奔立刻打哈哈，"如此说来，竟是刘百户的过错了。想来你应该和叶大人有话要说，我就不在里面掺和了。我们蒙古人有句谚语，'毛毛细雨伤衣服，流言蜚语伤好汉'，下次再有这样的事，还望叶大人查查清楚再问，不然我的人白白担了这份不是，也伤了咱们的和气。"

叶思北回头，生气地看了看露出尴尬之色的刘百户，拱手赔礼道："抱歉，是我叶某不分青红皂白，冤枉了莫日根驿长。"

"好说，好说。事情搞明白了就成。这一路上你们也辛苦了，其他事咱们过两天再议，我安排人先送你们去庄子休整休整。我那处别院还算是雅致，希望你们能住得舒服。"

见锁南奔这么说，叶思北只能道谢，再安顿一行人往那处庄子先住下。

一路上，不管叶思北说什么，刘百户只推说他也是受了欺瞒，并不知道陈秋山会做出那等丧心病狂之事。甚至在叶思北说将会把这事呈上去照实说的时候，他仍然毫不在意，嬉皮笑脸地让叶思北尽管照实说，若是上面处罚下来，他接着就是，绝无二话。

见刘百户那般有底气的模样，叶思北怀疑他私底下奉了纪纲的什么指令，才会这般有恃无恐。

"叶老弟啊，这份差事可是咱俩共同领的，再怎么着我也不会故意砸自个儿的饭碗。你往上呈报此事我不反对，但你要考虑清楚，要知道，纪大人可是最忌讳别人诬陷他的，没有真凭实据，你最好不要乱编！"刘百户的语调里透露着浓浓的威胁和警告。

"刘兄放心，我自然知晓轻重，只是据实上报，断不会胡言乱语，添油加醋。"叶思北淡淡地说，他似笑非笑地看着刘百户，"倒是刘兄要好好想想，真有什么事会不会被推出去做替死鬼。你可要仔细想想，'狡兔死，走狗烹'的事情，从古至今可是屡见不鲜。"

刘百户若有所思，看向叶思北的目光欲言又止，最终还是说："叶兄弟，我还是那句话，纪大人为人最是公正严明，绝不会指使陈秋山干出那等卑鄙下流之事。这次的事情不仅你要上呈，我也要把这事呈上去，以免辜负纪大人的一番栽培！"

见刘百户油盐不进，叶思北也不再多劝。眼下刚到沙州，他如果和刘百户撕破脸只能是削减自己这边的势力。这一路上除了陈秋山之事和口舌之争，在大事上刘百户还是颇为得力，在没有找到真凭实据前，他俩只能面和心不和地继续共事。

一进到锁南奔的那处别院，司画就看呆了。

因为叶思北的安排，文进先生、孙言瑜和一些重要的匠师都和他住在同一进院落，也是这处别院里最好的一处府邸。

这是一处金碧辉煌的府邸，门厅照壁的后面，是大型假山，上面盘松苍翠，下面流水潺潺，池里还有颜色艳丽的金鱼摇摇摆摆地游着，看着就令人觉得清凉不少，驱散了盛夏的暑气。廊柱和屋檐上都贴有琉璃，夕阳的余晖落在上面折射反光，落在院落中的花树上，映得花朵熠熠生辉，如同梦幻一般开出点点星灿。加之主屋的窗户上也都镶嵌了琉璃，夜里被灯光衬着，从外面看过来，这处府邸就如同一座不夜城。

这处府邸豪华得简直不像是在沙州，倒像京城里那些高门大户的居所。

"小公子，你说这是什么布置？明明光线可以透得清清楚楚，可站在外面，看里面却只是个影子？"从走廊穿过，司画兴奋地摸了摸窗户上的琉璃。

孙言瑜也摸了摸那些琉璃，"许是贴了琉璃花吧。我听说海外有这种工艺，但不便宜，没想到远在西域的沙州卫竟这般富饶，这样的好东西都能用在窗子上。"

司画冷哼了一声，"可见这位四台吉贪了多少民脂民膏。这不过是他的府邸之一，用来招呼客人的都如此奢靡，还不知道他住的地方什么样子，怕是和皇宫大内也能比一比了吧。"

"你又没去过宫里，怎么就知道能比肩了？"孙言瑜笑了笑，提醒道，"此处不比在家里，说什么话要想一想，免得惹事。"

司画连忙点点头，捂住了自己的嘴。

休整两日，在沙州卫的官署大厅里，听叶思北问及朝贡和这次交易的骏马和牛羊情况，沙州卫的大小官员都叫苦不迭。

管财政的阿拉坦面色白净，慢吞吞地说道："想来叶大人也知道，京城的兵器充足，而西域则是牧草茂密，牛羊成群，而我们沙州卫居中，南来北往的客旅都要在这儿歇脚，所以郡王爷就想着通过沙州卫把伊吾道那边的骏马和牛羊运些过来，跟朝廷换些兵器，也好抵御那些有不轨之心的人。我们原是准备好了要交换的骏马和牛羊，可今年春天下了几场大雪，冻死骏马和牛羊无数，用来交换的牛马数目恐怕还得往下降降。兵器你们已经带过来了，那能不能先拖欠着，来年我们再多买些牛马羊补上？"

没等叶思北开口，他又道："原本我们想着用银子从民间再收购些填补，但叶大人你也知道，这几年边塞那些部落总是蠢蠢欲动，战火不断，入不敷出，别说收购牛马羊了，就是今年的岁贡，我们都还犯愁要从哪里多收些税银来充实呢！"

"是吗？可我怎么感觉，沙州卫之富庶不亚于江浙，连四台吉借给我们住的府邸都是金碧辉煌。别说一城之守，就是京城的皇子们也未必能比得过。究竟是入不敷出还是有人中饱私囊，阿拉坦大人不会不知吧？"叶思北懒得和他们兜圈子，直接单刀直入，"皇上仁慈，念着京城和沙州遥遥千里，往返不易，所以令我等此次一并将你们想交换的兵器带了过来，却没想到你们竟然这般推三阻四，这是想着东西到了你们的地盘我们便没法拉回去，只能便宜你们吗？倒要有劳阿拉坦大人和苏赫巴鲁大人想好了，究竟是换还是不换。若是你们不能做主，不妨请郡王爷出来说话。"

阿拉坦仍然不急不躁，赔笑道："郡王爷外出还没回来，有什么事跟我们说也是一样。叶大人尽管放心，我们绝不敢欺瞒朝廷，实在是今年这个倒春寒太长，我们的人毕竟不像那些草原上的牧民，他们没有伺候好那些牲畜，死伤了好些才导致没法交差。要不这样，我们沙州卫的瓜是一等一的好，不如用蜜瓜抵扣剩余的部分？"

而骑都尉苏赫巴鲁黑黑壮壮，听了叶思北的话气得站起身，"叶大人，您太过分了，我们再怎么说也是沙州卫的官员，不是你的下属，更别说你竟敢给我们的四台吉大人乱扣帽子，还诬陷我们贪赃枉法！"

"诬陷？"叶思北此行，一早拟定要速战速决，所以完全不按常理出牌，根本不和他们客套，他也没回答阿拉坦的话，朝自己的近卫长叶三看了一眼，"叶三……"

"有！"

为了给沙州卫的官员从心理上形成威慑，叶思北一行均着统一的军服，听到他的话，身着暗红色绣衫、外套金色山文甲的叶三上前一步。

叶三虽然才二十来岁，但身上的着装显示他已经是一名总旗，他一行走，金色的山文甲亮得晃人眼睛。听到叶思北唤他的名字，立刻上前应答，还将一双黑漆闪亮的马靴"叭"的一声，在后跟上碰出极清脆的响声。

不光叶三这身装扮好看，他们这一行人都是这样的行头，看着实力就不一般，也可见朝廷对在千佛洞修建大明洞窟之事的看重。

这个念头不仅闪过了阿拉坦的脑海，就是苏赫巴鲁的神色都凝重了两分。他俩对视一眼，眼神里都明白叶思北这行人实力着实不一般，也难怪他们这边接连追杀数次，都没有得手。

"叶三，你把那封密函拿出来让他们瞧瞧。"

听了叶思北的话，叶三从怀里拿出一封信，说是要亲呈给沙州卫的都指挥佥事、西宁郡王困即来。四台吉锁南奔却表示他父王最近去巡边，有关政务最近都由阿拉坦在处理，示意叶三将信直接递给了阿拉坦。

叶思北心里一凛，困即来迟迟不露面，要么是他极为看重锁南奔，要么就是已经被锁南奔和阿拉坦他们挟持。不管是哪种原因，锁南奔敢让他们住进那府邸，显然是不怕朝廷知道沙州卫并非拿不出交换兵器的牛马羊，而是意图耍赖毁约，想玩以小博大。能让他们上上下下都这般嚣张，显然是有恃无恐。

而锁南奔为了避嫌让他们把信函交给阿拉坦，也不过是左手倒右手，但他此举摆脱了自己干涉沙州卫政事的干系，万一有什么事，他也更好脱身罢了。

想到这儿，叶思北的神情凝重了几分，他看了看刘百户，右手握拳抵在嘴角轻咳了两声。

刘百户却没有如他们事先约定的那般找个理由脱身，而是老神在在地看起了官署里的屏风。

叶思北心头有些急，但面上半点也不显。

阿拉坦接过信函，打开一看，上面潦潦草草写了几行字，大意是告沙州卫官官相护，上下欺瞒，以致像去年这样的好年时好收成，结果瓜农和农户地里的收成被压低了价格，总的收入反倒不如平年、荒年的进项。官商勾结，压低买价，以致农民辛辛苦苦种了一年的蜜瓜和米粮卖不上价钱不说，还说朝廷要骏马，让他们家家户户凑钱给卫所买马供奉朝廷。他们不想卖就只能烂在地里，卖了又只能亏本。

信函的最后，写着鲜血淋漓的几个大字："卫所空，百姓穷，金银均被蛀虫偷"。

"叶大人，"阿拉坦看后，轻飘飘地将信函合上，一脸的不以为然，"刁民诬告，你也相信？这样的事情，哪个卫所没有几桩？把这事交给苏赫巴鲁，不出三天，他定能将刁民捉拿归案，把这事讲个清楚，还我们清白。"

叶思北却不理他的话，冷哼了一声，"是不是诬告，得看了账本才知道，你们既然说连朝廷的岁贡都给不起了，那就把账本拿来看看，到底是不是如此。"

阿拉坦一听，似笑非笑道："叶大人，这恐怕不合规矩。沙州是羁縻卫所，朝廷虽然分封了咱们郡王爷，但本地的所有产出收益都不用给朝廷税收，只是每年岁贡。您虽是朝廷来的钦差，怕是管不着这块吧？"

一直在旁边没吭声的锁南奔轻声说："不妨事，普天之下莫非王土，我们沙州卫虽然不用每年交税，对皇上的赤诚之心却日月可表。阿拉坦，你派人把账本拿过来，我相信就是父王在这，他也是这个说法。"

"那就有劳骑都尉苏赫巴鲁大人，派你的人把账本拿来吧。"阿拉坦恭敬行礼，看向苏赫巴鲁。

苏赫巴鲁听了，苦着脸搭腔道："哎呀，对不起得很，按照我们郡王爷的规矩，账钱分开，阿拉坦管钱，每年的账本则是我的人在看管，免得有人改动做手脚。这几日听说你们要来，我更是派了兵卒严加看守，谁知天灾人祸，前天晚上一道雷火劈在了屋顶上，那屋子起了火，把账本烧了个精光。好在，倒是没有什么人员伤亡。因为一早忙着过来见叶大人，我还没把这事给四台吉和阿拉坦长史讲呢。"

说罢，他拱手行礼向锁南奔赔罪，然后靠在椅背上擦汗，他甚至将衣服领子敞开歪斜在椅上，看上去并无半点慌张，一副账本都没有了，你能奈我何的无赖相。

听了他这话，叶思北并没有立刻发火，他的眼睛从沙州卫在座的大小官员脸上一一扫过去，笑容浅淡，眼神清冷，看得官员们有些低下头去，有些人虽与他对视片刻，却终究败下阵去，转开了视线。

就有人在心里想：这个少年将军看上去白净英俊，端地是一身煞气，难怪会跟着皇长孙陪同皇上出征蒙古，看这模样，他亲手杀的人没有一千也有八百，恐怕对他来说，杀他们这里的个把人根本就不是个事。别看长史大人他们跳得高，但真闹起来，卫所恐怕也不会为了这点事跟朝廷翻脸，万一到时要推人出去挡刀，这刀砍到了自己这里……有人就不由得偷偷摸了摸自己的后颈。

"好，好啊！"叶思北轻轻地拍起了手，"先前看了这信，我还不大相信沙州卫的官员，竟然如此坐大，现如今看来，竟是我小瞧了你们，连天上雷火都能随心所欲地控制，你们还有什么不能做、不敢做的？"

"账本不是没了吗？好，那要换兵器的骏马、牛羊不够，我就从你们身上要了银子在当地现买。谁叫你们这样失职呢。在座的各位，若是没人想出如何将账本还原，就以渎职同罪。"

不等那些官员抗议，苏赫巴鲁已经摆出死猪不怕开水烫的样子，恶狠狠地道："我说叶大人，账本是我保管不力，你罚他们干什么？要杀要剐，你冲我来，拉他们垫背算什么英雄好汉？咱们这可是沙州卫，不是你的京城，大明对我们沙州卫只有管辖权，可不能随便喊打喊杀，何况大明有律法，更不能凭你一言堂。你就不怕大伙儿告到京城去，你吃不了兜着走？"

"法治？若是你们讲法治，这大好的沙州卫城里，就不会是一边是官商歌舞升平、醉生梦死，一边是百姓民不聊生、卖儿果腹了。没关系，我不怕你们告，不过……"

　　叶思北的声音突然变得阴冷，"在你们告我之前，得自己还有命在。来人……将这座上的官员，全部收押入狱，沙州卫账目一日查不清，他们就在里面待一日。"

第十二章　对峙

随着叶思北的话音落地，等候在外面的两排兵士，整齐地迈着步子走进了沙州卫的官署。

"叶大人，你这就有些过分了——"锁南奔站起身道，"在座的诸位都是官身，不是你叶家的仆从，怎容你如此飞扬跋扈、为所欲为？我父王是朝廷分封的都指挥佥事，主管沙州卫，没有皇上的明文诏令，即使你是朝廷派来的，也不能从他手里头接管沙州卫。"

"是吗？"叶思北摸了摸腰上的火枪，抬手就是一枪。

这枪是西洋那边来的，临行前玄武大人交给他，让他在紧急时候才能用。

那一枪正打在锁南奔旁边的阿拉坦面前，吓得他连连跳脚。

"这次出来，太子殿下在皇上面前请了道折子，若是我们此行沙州卫顺利，就向郡王爷转达朝廷对他的嘉奖，若沙州卫有不臣之心，就先斩后奏换个人来管理沙州。况且，将在外君命有所不受。我叶思北孤家寡人一个，纵然朝廷将来降罪于我，你们也得走到我的前头。所以你们最好乖乖听话，不然我不介意这里躺下几个。"叶思北吹了吹枪孔残余的火星，微笑道，"除非有人现在站出来，给我说说那些骏马都上哪去了，不然你们就一个都别想回家去。"

"大家别担心，我们是郡王爷报请朝廷任命的官员，都有官身，他想随便决定我们的生死怕没那么容易，等郡王爷回来自会找他算账。"阿拉坦站起身,对惊慌失措的官员们安抚道。

沙州卫的军饷都要从他手里出,更别说四台吉不可能容忍叶思北断了他们的财路。

锁南奔这几天在沙州城里城外严查可疑之人,还增加了防军,装模作样地说要找出刺杀叶思北他们一行人的杀手。但实际操作起来,也不过是盘查下那些无权无势的草民,一点儿也没动自己人,可谓是雷声大雨点小。这天底下哪有把自己的金主给刨了的道理?真要把账本拿给朝廷的人看,他锁南奔就第一个吃不了兜着走。

当然了,眼下他们好歹得做做样子,让叶思北他们认为沙州卫和朝廷同心,才能解了疑心。再说,叶思北他们还得上千佛山去修建洞窟,那些兵器还能拖着上山不成?等他们走了,哪怕是以暂时帮忙保管的名义,也能将他们带来的这批兵器全数留下。

想到前些天和锁南奔的推心置腹,阿拉坦神情越发沉着,"身正不怕影子斜,随便怎么查,诸位就随我去那大牢住着,看他能不能以朝廷钦差的名义只手遮天!"他一甩手,率先朝门外走去。

沙州卫的那些大小官员都对钱袋子阿拉坦唯命是从,见他如此,也个个忙着整理衣衫,挺直弯下去的腰,以示清风傲骨,不畏权贵欺凌。

锁南奔则装作掸了掸衣衫上的灰尘,云淡风轻地说:"既然叶大人要查,你们就好好配合他查一查,我相信你们都是父王的好帮手,不至于做出那贪赃枉法的事情。"

他又看向叶思北,脸上犹有三分笑意,"叶大人好生威风,是不是也要将我一并关押?"

锁南奔毕竟是困即来的儿子,再加上他又没有官身,眼下也没有理由关押他。叶思北便摇了摇头，"四台吉您是明白人，这事既然和您没关系何必硬要蹚浑水呢？再说了，沙州卫这些个蛀虫还是早清早了，不然赋税都进了他们的腰包，搞明白到底是谁在贪赃枉法，这对朝廷、对沙州卫都好。"

锁南奔挑了挑眉，拱手道："那就有劳叶大人好生帮着查一查，也让他们知道普天之下，莫非王土。"

看着被军卫押下去的官员们，叶思北神色凝重。

他原想快刀斩乱麻，以雷霆之势查案，这些文官怕死，必定会为了保命互相推诿、指认，只要打开一个缺口，就能一步步将里面撕开，掀出内幕来，却不料这些人竟然浑不惧死，表现得如同铁板一块。

看来这沙州卫城里，水很深呀。

坐在官署的办公桌前，叶思北翻看着公文。

一旁的叶三忧心忡忡，"大人，这些官员有恃无恐，怕一时半会问不出什么究竟。属下担心，郡王爷是借刀杀人，想借机一箭双雕。"

来到沙州卫的当天，就有人奉困即来郡王爷之命与他们接触，还把那封信函交给他们，说是拜托叶思北以朝廷的名义，查一查沙州卫这几年的账，说他有心无力，患病在身，这两年已经使唤不动下面的人。

"你说得也不无道理，郡王爷打着幌子至今在外巡视不归，只怕就有坐山观虎斗，他好坐收渔翁之利的打算。"叶思北没好气地哼了一声，随即才漫不经心地说，"不过，咱们也正好有此意，帮他是一层，我们也不会做对自己不利的事。牵一发而动全身，更何况这儿的根子恐怕得烂透了，我不敢挖他也不能挖，早晚会出大事。没有银子，只靠我们带来的那些，可不够修建大明洞窟。"

他在桌子上画了画，"只要挖出这后头的大家伙，不光骏马和牛羊能有保证，咱们修建洞窟的银子，也能跟上。沙州卫少几条大蛀虫，郡王爷没了掣肘，边塞的将士们有了足够的军粮，百姓在好年头也能拿到好收成带来的增长，这买卖谁也不亏！"

叶三停了一下说："属下只是担心郡王爷的为人，毕竟他又没露面，只凭一封信函就让我们和四台吉龙争虎斗，别咱们铲除了这些大蛀虫，他没有了掣肘再倒打一耙，害了您。连叶八都能被汉王收买，说不准那边和这位蒙古王公也有勾连。"

叶思北沉吟了一会儿，"要说这位郡王爷的为人想来是有心计的，单看他这次的做派就知道，想借了我们的力，还不想让那边有半点察觉，要不是有倚仗，就凭一个无官无爵的四台吉，你以为这帮人能这么猖狂？我看那位郡王爷对他这个四儿子分明用的是捧杀之招，欲要取之必先予之。至于他对朝廷是否忠心，那就更难说了。只是有些奇怪，明明大家都说四台吉更得宠爱，为何他会如此呢？"

"兴许，兴许是为了引开大家对大台吉的注意力？"叶三猜测道，"之前您不是还奇怪既然都说大台吉不得宠，为何还会被派往嘉峪关那样的要塞驻守吗？不知道他是不是想借此支持咱们太子殿下，这次来沙州卫，他们的中原话很多都说得不错，有些虽然不太流利，但也能把话讲清楚了，有些甚至能引经据典，显然颇下了一番功夫，若非想靠拢朝廷，没必要上上下下都学说咱们中原的话。"

叶思北看了看这个对他忠心不贰、曾为他挡过两次刺杀的副官，点了点桌子，"沙州卫是西域和中原的必经之地，商旅颇多，学说中原话的人自然就多了起来，这倒没什么。倒是这位困即来郡王爷在太子殿下和汉王跟前是左右逢源，都颇有交情。但正是这样的人，更不会轻易倒向谁，他要的是从中获得最大的利益。单看他先前在沙州卫危难之时，毅然选择归顺，受朝廷节制，肯舍得自己表面的荣光，甘为臣下，就是个有长远眼光的人，不像有些人只会鼠目寸光顾着眼下，捞一票算一票，只会为自己谋划私利。"

他叹赏道："这一路走来，沙州一带的民生，比起乱哄哄的伊吾道那边都要好很多，能有这样的政绩，与这位郡王爷广开商路、增加贸易、增加富口不无关系。不过，那位四台吉也不可小视，他能令阿拉坦和苏赫巴鲁死心塌地地追随他，颇有些手段，我们既然在中间，当然是左右逢源，两不得罪。"

"那……"叶三看看叶思北那冷峻的面孔，大着胆子问道，"听说郡王爷有意和咱们联姻，玄武大人这次让您过来，听说是郡王爷家那位小县主有意招您为婿，可是真的？"

"那样的话你也信？别听那些人乱嚼舌头，败坏人家姑娘清白的名声。"叶思北不愿从自己口中坐实此事，毕竟，此事一日未定，就一日不能说出去，万一不成，岂不坏了小县主萨仁高娃的名声，若萨仁高娃是男子，那别人怎么说都无所谓。但她是女孩子，那样的后果不该由女孩子承担。

来之前，他对联姻之事无所谓，萨仁高娃是那年他随皇长孙殿下西征蒙古时偶然结识的，当时他射杀了一头恶狼，救下了在草原上骑马迷路的她，没想到那小姑娘长大后，竟然会想着要嫁给他，还让他父王带文书到京城，向玄武大人透露了此意，这也是这次会选他带队来沙州卫的一个小小原因。

只是这一路上，他时不时会关注另一个男子，倒叫他有些迷茫自己是不是应该像其他人一般娶妻生子。

不过那迷茫只在夜深人静时偶然泛上心头，很快就被他压了下去。

"那大人你有无和沙州卫联姻之意呢？依属下拙见，若此次之行能玉成此事，对于咱们这次行事可是方便很多，真成了亲，郡王爷就会当你是自己人了。"叶三跟了叶思北数年，加之这次路上，两人风雨同舟，生死与共，交情更是不同往日，索性开起了玩笑。

"你收了谁的好处？"叶思北似笑非笑地看着他，"要来打听这些？平日里，你可不是这等多嘴多舌之人。"

叶三不料叶思北心细如发，竟然从一句话里就看出了端倪，连忙低头认错，"属下唐突。是斯琴恳请属下打听打听这事，大人也知道，属下要从斯琴那儿打听沙州卫的事情。"他瞧了瞧叶思北的神情，并无生气的意思，遂加了一句，"斯琴是小县主身边侍候她的很得力的一个大丫鬟，那年属下跟您到蒙古，您救了小县主，属下也结识了斯琴，昨个晚宴上，她看到属下甚是高兴，就聊了起来。"

斯琴为何会让叶三打听这事，这话说得，后面的意思已经呼之欲出了。

"这事不要再提。"叶思北想了想道，"我与小县主多年未见，不能开这样的玩笑，被那些无事生非的人听了，平白害了人家姑娘名声。眼下，咱们还是商量下，怎么打开这个僵局吧。"

"是。"想到目前的局面，叶三颇有束手无策之感，"如今这些人摆明态度不开口，咱们怎么办？总不能真把他们杀了吧？"

叶思北冷哼了一声，"杀是要杀的，不过不是现在，没有查出个子午卯酉来，就杀了他们，岂不真叫人说咱们和土匪无异？别看这里头表面铁板一块，也是分了人的，有那审时度势的，也有骑墙观望的；有随大流的，也有独善其身的。千人千面，怎么可能这沙州卫城的官员都一个样的铁骨铮铮呢？"

叶三听了眼睛一亮，"大人的意思，这里面其实也有不满他们的人，但怕咱们是雷声大雨点小，走个过场就回去了，他们若是贸然出头，等事情过了，就无法在沙州卫立足，所以索性跟着观望观望？"

叶思北点点头，"这天底下，但凡是好官、清官，为民谋利的，百姓就会夸奖，那坏官、贪官，与民夺利，巧取豪夺的，百姓没有不怨恨的。你在下面先打听打听他们为官的名声，有那老百姓夸奖的人，就记下来，从他们身上找突破口。"

叶三听了大为佩服，连连点头道："大人说得是，难怪您说困即来郡王爷为人虽然奸诈，但还不失为一个好官。属下仔细留心，沙州卫这个地方，城防严密，文教昌隆，武备齐整，他能够在当地官员被几大部落把持、各种关系盘根错节的情况下取得这样的局面，可见是个实心做事的。"

"是呀。"叶思北叹了口气，"太子殿下曾经说过，要考察一个官员的政绩，是贤是愚，是勤是惰，不能单看其人的笑脸和表面的殷勤、吹嘘奉迎，那些都是虚的、假的，只有看他做的事有没有给老百姓带来实惠，有无获得民心。当然了，有时候民心向背，也未必就是真的，毕竟这世人中也不乏目光短浅之辈，往往为了眼前利益舍弃百年大计，所以得从方方面面去考虑，方能知道谁是真正的好官、清官。"

两人正说着话，就见从外面急匆匆跑进来一个兵士，"叶大人，不好了，不好了——"

因他跑得急，门口站着的两个卫兵一时都没拦住。

叶三呵斥他，"有什么话慢慢说，这样成什么体统？"

那兵士方想起来自己没有行礼，忙双脚一并端端正正地行礼道："大人，外面来了好几百人，要求大人您放人，说要是不将阿拉坦长史他们放出去，他们就要冲击官署，他们还挟持了好些人质，听人说，其中有个人质是困即来郡王爷的女儿，小县主！"

叶思北听了，并未慌乱，反倒问叶三，"你说那小县主，是被迫还是同他们一伙？"

叶三没想到叶思北会这样问询自己，低着头想了一阵，说道："这很难讲，若是被迫，困即来郡王爷总不成连护着女儿的本事都没有，若说同他们一伙，又何必让咱们来蹚这个浑水，火中取栗？今儿个这事情，还真是不可思议。"

叶思北冷冷道："不管她是被迫还是自愿，咱们先去瞧瞧！"他让叶三附耳过去，吩咐了几句。

那站在一旁的兵士只听清"明修栈道，暗度陈仓"几个字。

走出官署，就看见兵士们持枪拿箭对着一群人。那些人显然是沙州卫的兵卒，个个拿着刀剑，有些平常衣着的人，想来是他们的人质。

叶思北站在台阶上，居高临下，目光扫过人群，落在一个女子的身上。

不管是谁，看到一群糙汉子里面居然有妙龄少女，都要多看两眼。

况且那女子身姿高挑挺拔，合体的蒙古劲装勾勒出她身形的曼妙纤柔，又不失英气俊秀。

萨仁高娃英姿飒爽，腰背挺直，虽被后面两个人用刀剑挟持着，但神情悠然，完全没有人质应有的惊慌失措。

看到叶思北一行人出来，她扬眉一笑，蜜色肌肤的小脸上，一双明眸晶莹清湛，望之令人刹那失神。

也是这笑容，令萨仁高娃露出了小女孩的情态，两颗虎牙平增三分可爱。

"郡王爷还真是疼女儿，小小年纪，竟然舍得让她冒险。"安排布置完毕的叶三走到叶思北身边，有些讥讽地低声说。

为了扳倒自己的政敌，捧杀儿子，推出女儿，这位郡王爷，是个狠人啊。

"事情都办妥了，大人。"看到叶思北的目光扫向自己，叶三连忙正色回答。

叶思北点点头，目光从人群中收回，低声道："那就开始吧。"

"喂……下面的听着……"按叶三的吩咐，一个兵士高声叫道，"你们有什么要求，到官署来，叶洗马，叶大人亲自和你们商谈！"

下面先是沉静片刻，接着有人笑道："什么叶洗马，老子拿刀拿枪的时候，他还光着屁股呢！"

叶三的眼睛看向说话的方向，大声道："谁是你们里面的头？出来说话！缩头缩脑的，算什么好汉！"

下面窃窃私语了一阵，有人答道："你别想用激将法，谁不知道你们这招，不就是捉了人去，让我们群龙无首。"

"看不出你们还有些见识。"叶三大声讥讽着笑道，"居然懂得擒贼先擒王的道理。可惜，你们冲击官署，挟持小县主做人质，这本来就是砍头的重罪，有没有首脑都是一个死字，要想活命，也不是不成，谁先站过来谁活命，快些放了小县主再和我们商谈，否则，可别怪我们手下无情！"

"只要你舍得这些人的性命，我们也不在乎这条命了。告诉你姓叶的，这些人里，可是有小县主，你难道连她的性命也不顾了吗？我们可听说，你是她未来的夫婿，难道你就舍得这个娇娘子和我们一道丢了性命？"

叶思北冷笑一声道："你们当中有没有人还想活命？我只有一句话，谁想活，谁就放下武器举起手走上来。不然，你们就和里面关押的那些贪官污吏一起受死。"

"凭什么说他们是贪官污吏？你手头有什么证据？告诉你，姓叶的，你要真想逼死老子，就别怪老子拿了他们垫背！"

有几把刀背打在了押来的那些百姓的腰背上，不过，仍然没有人对萨仁高娃动手，只是她后腰上顶着的剑，往前送了送，离她不过寸余。

"没有证据，你一个外来户竟敢私押我们沙州卫的官员，还软禁了郡王爷和四台吉，你们这是根本没把我们沙州卫放在眼里啊。兄弟们，让他们放人！"一个声音大喊着。

"放人，放人！"

"放人……"

……

第十三章　县主

一时间群情激昂，大有风雨压城之势。

"放个屁！"叶三勃然大怒，大声吼道，"再不退后——就放箭啦，兄弟们！"

"在！"听到叶三的吼声，兵士们大声回答。

"把箭都给我搭弓上！——听着，你们这些王八蛋，平日里欺行霸市，耀武扬威，这会儿还不知死活，非要去捧里面那些人的臭脚，那今儿个你们就一起受死吧！"

看到兵士们手头寒森森的箭羽对准了自己，下面人群似乎被震住了，过了一会儿，几个兵油子推搡着几个满面惊慌的人质出来，冲着叶思北他们冷笑道："我们数三声，如果你不答应要求，我们就杀一个人质，直到杀到你们答应放人为止！"

叶思北听后，顿了一下，放缓了声调，问道："除此之外，你们还有什么要求吗？"

说话时，他已经举起了右手，像是在和那群人挥手示意一般。

那伙人听他的口气似乎软化了，大喜过望，高声说："我们还要……"

话未说完，几声箭羽离弦飞射，这几个人已经倒在地上，抱手抱腿哎哟哎哟直叫唤。

下面一片慌乱，意图避开上面对着自己的箭羽，竟然没人注意到那几个人质被一些也穿着沙州卫兵服的人趁乱护到身后，脱离了危险。

一群乌合之众。

叶三见此，心头大定，再次高喊道："下面的人听着……你们已经被包围了，刚才那几个人已经被我们的神箭手射中手脚，再有负隅顽抗的，就会被直接射死……"

"你们竟然敢放箭，老子和你们拼了……"一个高个子大汉叫骂道，"放箭呀，朝老子这儿放箭呀！"他撕开了衣领，指着胸口大喊道。

虽然做出一副豁出去的神情，他却不忘扯了个人质挡在身前，"有本事，你就把老子射成刺猬，老子就是死，也拉个垫背的……"

叶思北再次举起右手示意。

"嗖"一声箭响，正中高个子大汉的眉心，他顿时倒地，甚至带倒了那个人质，吓得那人质哇哇乱叫，手脚并用在地上乱爬。

叶思北的无情冷酷一下子震住了全场。

这个人，竟然连人质的死活都不顾。

在一片寂静声中，他们听见叶思北冷冰冰的声音再度响起，"你们不要心存侥幸，战场之上，无辜之人死得少吗？以为用几个人质就能要挟于我，你们想错了。我是只问结果不论过程，今天就是这样，想活的放下兵器，举手过来，不然格杀勿论。"

一听他的话，人群中有人扯着嗓子叫："又不是只有他们有箭……"话没说完，叶思北右手举起，"嗖，嗖"又是几声箭响离弦，几个刚抬起手准备拿刀剑砍人的，刀剑都掉在了地上，他们持刀拿剑的那只手，都中了一箭。

说话的那人，连刀都没有砍出来，就倒在了人群中，血渐渐从他的太阳穴流了出来，染红一地。

叶三在上面大声讥讽地笑道:"你们里面,有谁真正上过沙场?我们的神射手可都是千锤百炼出来的,只要有人敢动手就会被射死,我劝你们还是老实些好。"

"老子不活了……"站在萨仁高娃身后的一个人,低头拿剑顶着她,"有本事,你就先杀了小县主,老子烂命一条,有小县主作陪,黄泉路上也不寂寞。"

听了他的话,立刻又有好几个人抓过他们手里的人质,有模有样地学那人的样子,以人质为盾,依次排开,向上攻过来。

叶思北皱了皱眉,这人显然是个老手,躲在萨仁高娃身后的他,连个衣角都没露出来,无论从哪个角度,要想射杀他,必定会伤及萨仁高娃。

刚才他之所以会下那样的狠手,是因为官署的楼顶,已经布置好了神射手,而他身后拿箭羽的兵士,可以吸引这些人的注意力,正好打得那群人措手不及,认为他冷面冷血,用人质要挟也无用。然后,十几个精选出来的官军早已换上了沙州卫兵卒的衣服,寂然无声地混进了人群,慢慢控制局面。

不想还没完全得手,竟有人悍不畏死,把先前只是拿着做样子的萨仁高娃推了上来。

他原本就不信那些人真敢拿萨仁高娃下手,之前看她的神态也并无慌乱之色,想是她也心知肚明那些人只是在拿她做戏。

可如今,局面反转,那些人竟起了鱼死网破之心,竟欲用萨仁高娃为肉盾,杀出一条血路来。

这真是打老鼠还要防着砸了玉瓶。

正犹豫时,萨仁高娃却大叫,"不用管我,叶大哥,你该怎么办就怎么办,放箭吧——别被他们威胁住!"

话没说完，萨仁高娃就挨了那人两个耳光，顿时嘴角淌血。

叶思北举了举手。

"砰……"几乎是同时，飞箭急弦而响，那只是伸手打萨仁高娃时露出一点脑袋的人，额角中了一箭，仰面倒地。

萨仁高娃顾不上擦拭脸颊被溅上的血迹，一矮身，跑到了几个台阶前的兵士队列里。

有那手快的，连忙将她护到了身后。

那几个挟持人质的兵油子，也被混进他们队伍的人下掉了刀剑，其中一个看着那个仰面倒地的人，吓得扔下手里的长刀道："饶了我，饶了我，我家里还有妻儿老小，没必要为了些银子给他们卖命！"

他这一带头，人群开始松动，开始是三三两两，后来几乎全都空了手，刀剑扔了一地。

由兵士护卫着送回家，换了衣服稍微小息之后，萨仁高娃就到官署来找叶思北，但因为要处置当天那些人冲击官署的后续事宜，等叶思北抽出时间来见她时，已经是两个时辰以后。

萨仁高娃看到身形高大、身姿稳重的叶思北，脚步轻捷地走了进来，一身甲衣更为叶思北增加了几分森寒，古铜色肌肤上的英俊眉眼有些倦怠，下巴上青色的短胡楂，却更添男人的魅力。

走进门来，叶思北对她轻笑额首，算作打招呼。

深邃冷淡的眸子，从萨仁高娃身上掠过，她却全然不觉，心里只是一阵欢喜，好似十岁那年被恶狼环伺正不知所措，突然看到这个人，听到这个人说"别怕"时的心安。

"听说小县主一直在等我，不知是何事？"只是淡淡的一句话，萨仁高娃却觉得被叶思北从外面带来的热浪逼得心口一紧，脸上红晕泛起，滚滚发烫。

但她是个直爽之人，并没有因此羞涩不语，而是站起身扬眉一笑，"叶大哥今日又救了我一次，我自然要当面致谢。外面的事情，你都处理完了吗？"明明是多年未见，她的语气却一如旧识般熟稔。

"嗯。"叶思北示意她坐下，自己也坐在离她最近的一张椅子上，"都是些欺软怕硬的家伙，没什么真本事，好收拾得很。"

"那为何还拖到了现在？叶大哥是不想见我吗？"等了小半天，萨仁高娃有些好奇，她还没被人这么慢待过呢，竟然在此等了小半天。

"是另外有些事情，我也没想到小县主会一直等到现在。"叶思北的语气，客套而生疏。

只是这样一句解释，萨仁高娃就满意了，她落落大方地说道："叫我高娃，叶大哥，七年前一别，我一直对你念念不忘，今日相见，你还是如此神武。"

这样的话，换个旁的女子来说可能就会显得轻佻，但这话从萨仁高娃嘴里说出，就反倒令人觉得她磊落大方，不忸怩作态。

"噢……"叶思北眼里多了一抹探究，"你不觉得我冷酷无情吗？"

萨仁高娃愕然，"怎么会……两军对阵就是那样的，不是你死就是我亡，肯定不能心慈手软……"她看着叶思北，笑吟吟地说，"叶大哥，你别听他们瞎说什么。那个时候如果不像你那般当机立断，还不知会死多少人呢！"

毕竟是挟持了人质的，即使有神箭手在暗处，刚才在混乱之中还是伤了几个无辜之人，萨仁高娃想到之前的局面，知道定然会有人为着这个质疑叶思北，她轻声安慰道："我自小喜欢舞枪弄棒，哥哥们不喜欢，家里只有我一个人爱在兵营里待着。我扮了男装在父王手下做事，凭着军功，一步一步从下等兵升到了都尉。可旁人都认为是父王宠爱我，向朝廷求了个官职给我……我，我先前很在意这件事，后来就不放在心上了，做事但求无愧于心，不必和外人去解释什么，懂你的人自然会懂。"

叶思北有些吃惊，他笑了笑，"别说其他人，连我也这样想，你一个小姑娘，凭什么能坐到这个位置？你看我跟前的段总旗，三十来岁了，也不过是个总旗，这还是他从军十五年，身上的伤疤都落了好多，险些丢了半条命才换来的。"

萨仁高娃咬了咬牙，仰头傲然道："不错，我今年十七岁，从军不过三年，是不及段总旗资历老。但先前和哈密那一战，我打赢了，也是那一回，我升到了都尉。叶大哥你也不过比我年长五六岁，想必受的质疑也不少，你应该最能明白这种感受。"

沙州卫和哈密那一战，以少胜多，以弱胜强，是沙州卫和周边部落争斗中颇为著名的一战，叶思北只知道是个年轻人拿下的，不想竟然是萨仁高娃。他的神色凝重了三分，"小县主，刚才是我冒犯了，想不到你年纪轻轻，竟然有这样的成就，真是年少有凌云之志，前程似锦。"

萨仁高娃见他对自己说话的语气，如同长辈对待晚辈的赞赏，有些啼笑皆非，"叶大哥，不过数年不见，你说话怎么如此老气横秋的？当年您的英姿我可至今都记得呢。还有，都说让你叫我高娃了，怎么还不改口？"

"女孩子的名字，可不能随意乱叫。"叶思北看到萨仁高娃失望的神情，有些不忍，"小县主这些年过得可好？"

"不好。"萨仁高娃幽怨地看着他道，"你那年走了之后，答应会回来看我，可这么多年你都没有来。"

"我只是说如果有机会就来看你。"叶思北有心跟她捅破那层窗户纸，叫她不要挂念自己，但见萨仁高娃目光澄澈，坦坦荡荡的样子，反倒不知如何开口，说不定她原本只是感念他的救命之恩，让他挑明了反倒有挟恩自报之嫌。

"对了，你怎么会被那些人挟持的？"叶思北看着萨仁高娃看自己的眼神，岔开了话题。

"我被他们骗了。"萨仁高娃有些不好意思，"我跟前侍候的人里，有一个人是他们的人，他伙同自己的姐姐骗我，说让我带着那些人去官署欢迎朝廷来的使臣，我想来看看你，就跟着一起来了。谁知到了官署，他们却用剑挟持了我……我因为想着看看你这些年的功夫有没有长进，也没太反抗。"

看到叶思北不说话，萨仁高娃知道他有些疑心，红着脸道："当然，我束手就擒的主要原因是四哥他说，叶大哥你这么久都没有音讯，早就把我忘了……所以才会一来就给我们沙州卫一个下马威，他让我跟过来看看，看你是不是冷血无情之人……"

叶思北明白了，萨仁高娃虽然是凭着军功升迁，自以为瞒得众人她是小县主，但她身边不乏知道她身份的阿谀奉承之辈，所以这一回推她出来领队欢迎他，再加上锁南奔在中间撺掇，她也就没起疑心。

另一层意思，叶思北没有去细想。但显然那侍候的人很清楚地知道萨仁高娃对他的好感，这拙劣的骗局才会轻易得逞。

"叶大哥，你不会笑话我吧？"见叶思北沉默不语，萨仁高娃小声问道。

眼前这个高大的男子，虽出身行伍，却于勇武矫健中带着儒雅之风，他的目光虽然内敛冷淡，但偶然的对视，仍会使她心头直跳。

虽然是多年未见，萨仁高娃却觉得很安心，像是回到了小时候被救的那次，有他护着担当着，她就能稳稳地安心。

在兵营里，她是说一不二的将官，但在他的面前，她仍像一个小女孩。她还记得那一箭，射在她身后那人的额角，血花四溅，他的眼神定格在她的脸上，然后是释然——知道她无恙后的释然。

也就是那一眼，萨仁高娃知道他仍是七年前救她的那个少年，知道他并不像外界传言的那般视人命如草芥。

看了叶思北一会儿，萨仁高娃突然调皮地对着他摇头晃脑道："嵇康身长七尺八寸，风姿特秀。见者叹曰：'萧萧肃肃，爽朗清举。'或云：'肃肃如松下风，高而徐引。'山公曰：'嵇叔夜之为人也。岩岩若孤松之独立；其醉也，傀俄若玉山之将崩。'"

"嗯，这些年你的学问长进不少，竟然都会背《世说新语》了。"叶思北夸奖道。

"叶大哥既然知道这是《世说新语》里的句子，当然知道，这是夸赞嵇康相貌的。"萨仁高娃毫不忸怩作态，笑着说，"小妹一时为叶大哥神采所迷，想到了这些句子，就脱口而出了。"

因为性子清冷，很少有人敢当叶思北的面说及他的相貌，像萨仁高娃这样的当面夸赞者更是绝无仅有，他不免有些尴尬，轻咳两声方道："你既然会背《世说新语》，想来应该也知道，'以貌取人，失之子羽'。"

"怎么会？"萨仁高娃笑嘻嘻道，"叶大哥你是内外兼修。再说了，凭什么就不能夸赞男人的相貌？我觉得秀色可餐这个词，对男女都是通用的，对着好看的人，不管是男是女都会心情好些，多吃两碗饭。"

"是吗？"叶思北忽然想逗逗她，"难道秀色可餐的意思不是说，好看的人或事物令人看着就心满意足，连饭都不用吃了吗？"

萨仁高娃愕然，呆呆地问："这句还能这样解释吗？怎么和我理解的不一样？"

叶思北指指外面的日头，"不然怎么会到了这个时辰，你还在这里说话，连晚饭都不想吃了？"

"哎……真是的。说得投机，我都忘了这次来是为了感谢你，叶大哥，你又一次救了我，小妹今天特设家宴，邀请你晚上出席。"见叶思北并未立刻答应，萨仁高娃又道，"父王今晚也在，他刚巧巡边回来。"

"郡王爷回来的还真是巧。"叶思北一语双关道。

"是啊，要是他在，那些人肯定不敢挟持我的。"想是因为打小受宠，萨仁高娃虽然于军事上颇有天分，对于其他事情却没什么心机，一点也没领会叶思北的意思，反倒顺着他的话说道，"所以今天晚上，父王要好好感谢叶大哥，要不是你，他回来就见不着我这个宝贝女儿了。"

叶思北笑了笑，含蓄地说："若不是我，你也不会有这场无妄之灾。"

萨仁高娃以为他是客气，摇了摇头，笑道："和你有什么关系，是我自己笨，上了那歹人的当。说出去简直丢死人了，我堂堂一个都尉，竟然被人挟持，实在有辱往日威名，少不得要挨父王训斥。"

"都说郡王爷对爱女千依百顺，他还会训你吗？"叶思北不动声色，他想多了解些困即来其人。

"那都是外界以讹传讹罢了。"萨仁高娃苦着脸道，"家父疼我是疼我，可若我做了错事一点也不会轻饶我，小的时候我就总被他罚。不然，你以为我怎么会背《世说新语》的？那些'四书''五经'，就是他用来惩罚我的工具，只要做了错事，就要背书，不背完不许吃饭……"

那么早以前就让女儿掌握中原文化，想必那些法子不光是萨仁高娃领教过，其他几位台吉也一样，要不然锁南奔他们的中原话也不会说得那般流利。听了萨仁高娃无意间透露的消息，叶思北神色多了几分凝重，困即来还真是不简单啊。

他朝萨仁高娃点点头，"好，你先回去，我稍事休整后就去府上登门拜访郡王爷。"

第十四章　飞天

郡王爷的家宴，除了叶思北是主客外，沙州卫的官员世家、富商巨贾也云集而来。

连那些被叶思北关押在牢里的大小官员，也被困即来以个人的名义，请叶思北放了些人出来在宴会上出现，打破了那些说朝廷和卫所不和的谣言。

作为困即来的爱女，萨仁高娃出场的时候，吸引了全场的目光。

她穿着水红色纱质襦衣和水蓝色的马面褶裙，束起双环的仙桃髻，一边戴了朵洁白芬芳的玉兰花，一边戴着衔着明珠的金步摇，倚着侍女的手，缓缓而出。

红衣将萨仁高娃的肌肤衬得更加明艳，平日里风风火火的她，此时走路时如同微风吹动了杨柳枝般轻柔，她就那么缓缓地走出来，并没有涂抹多少胭脂，只于唇上抹了一点粉红，却仿佛一屋子的脂粉和颜色都被压了下去。她的红衣上绣着大朵大朵的牡丹花，这样浓烈的色彩要是换个人穿在身上就会觉得俗气，偏穿在萨仁高娃的身上，只令人觉得明艳照人，十分耀眼夺目。

平日里那个英姿飒爽的女子化身成了楚楚动人的飞天仙子，几乎连夜风都要为她倾倒。

萨仁高娃走出来的时候，嘈杂的花厅，就在刹那间安静下来，无数宾客齐齐望向她。

困即来的女儿，在沙州卫的这个地头上，就如公主一般高高在上，滔天的权势，令她这个本来就很美丽的女孩子，更增添了几分魅力。

孙言瑜和一些有官身的工匠也在邀请之列，她站在人群里，和其他人一样欣赏着萨仁高娃娴静优雅地走进花厅，看着她即使众人注目也仍然面不改色的样子，想是她打小就习惯了这种万众瞩目的场面。

虽然学习了很多中原文化，但在沙州，男女大防并没有那么严格，宴请的时候，仍然会有年轻的男女载歌载舞，就像今晚，萨仁高娃会出现在男女宾客混杂的花厅。

这也就难怪女人们在背后提起她时，语气里总是难免有种莫名的羡慕和嫉妒。

司画站在孙言瑜的身后，小声和她说："小公子，这位就是要和叶大人结亲的小县主？"

孙言瑜警告地看了她一眼，"她就是小县主，是不是要和叶大人结亲我却不知，你也不要把那些道听途说的话到处传，万一不是，对叶大人、对那位小县主都不好。"

立在一旁的文进先生捋了捋下巴上的胡子，压低声音说："依老夫看，叶大人恐怕无意于这位小县主。"

孙言瑜惊讶地看了他一眼，想是没有料到文进先生竟然会关注这种事情，"何以见得？这位小县主生得貌美如花，家世昌隆，是个男子就会喜欢吧？"

旁边立着的另一位舍人李画师也嘟囔，"就是，虽然叶大人也是一表人才，但论家世、论官职，还是配不上这位小县主，小县主能够看上他，他欢喜还来不及，怎么还会无意？"

文进先生笑了起来，老神在在地说："依老夫之见，叶洗马对这位小县主并无男女之情，你们且瞧着吧。"

孙言瑜和那位李画师对望一眼，都将信将疑。

他们正在人后闲聊着，一位穿着团花绸衣、肥头大耳的公子哥走过来，打招呼道："你们不是本地人吧？看着好眼生。"

孙言瑜他们不知这人是谁，默默地站开了些，恰好三台吉克罗俄领占走了过来，见此情形便向他们介绍道："文进先生、李舍人、孙舍人，这位是骑都尉家的公子达达鲁，他也是我们郡王爷的女婿，娶了小县主的庶姐。达达鲁少爷很威风，家里有九房妻妾，他一向喜欢漂亮的人，不管是男是女，之前还夸奖过叶大人的相貌，不过自打叶大人扣押了他的父亲，达达鲁少爷就嚷着要打断叶大人的腿了，你们有机会还是劝劝叶大人，早些跟骑都尉大人和解，免得惹得达达鲁少爷不快。"

听到这番明褒暗贬的介绍，孙言瑜他们明白了，这是一个纨绔子弟，依仗家势为非作歹，欺男霸女。

达达鲁不高兴，但他也不能当面得罪克罗俄领占，即使这个三台吉不得宠，但身份摆在那儿，在人前达达鲁也不敢扫他的面子，只能勉强笑道："三台吉，您怎么能当着外人开这样的玩笑？若是他们当真了，岂不是坏了我的名声？再说了，有郡王爷在，家父还能埋怨叶大人不成？郡王爷先前让我们父子今晚过来时，就和我们解释清楚了，叶大人和我父亲只是政见不合，都是一心为了朝廷，没必要为此怄气。"

孙言瑜这才知道苏赫巴鲁已经被放出来了，便笑了笑，"我们人微言轻的，哪敢在叶大人面前说什么，劝告的事情可轮不到我们出头，倒是达达鲁少爷若是想说清楚，可以借今天这个机会，跟叶大人当面说说，毕竟冤家宜解不宜结。"

达达鲁见孙言瑜朝着他笑，越发觉得骨头酸软。他远远就看到这边有位文弱秀气的男子，除了皮肤黄些外，简直长得比女孩子还要俊俏，等再听到孙言瑜的说话，清朗中带着些许不易被察觉的娇柔，骨头都轻了三分，打开手里的折扇又关上放在掌心轻敲，摆出一副风流倜傥的样子，"今天高兴，咱们不谈那些，叶大人也是留我父亲问些话，送他回府这事就已经算过了。到了郡王爷府上大家都是客，这样吧，你们初来乍到对这园子也不熟悉，不如让我带你们四处转转。"

克罗俄领占婉拒笑道："达达鲁少爷天天在风月场上打滚，我可不敢让他们跟你走。你自去玩吧，回头吃完饭，我找个人领他们去转转。"

达达鲁一听，只好说："既然三台吉会安排人陪你们，那我就不打扰了。"

虽然说了这话，但达达鲁并未走远，等克罗俄领占走开后，他又走了过来，脸上露出三分狠色走到文进先生面前，压低了声音道："老头，我知道你在叶思北跟前是说得上话的，劳你带个话给他，别以为他能把家父怎么样，郡王爷一说话，他还不是得乖乖把我父亲放出来，叫他下次小心点，这可是沙州卫的一亩三分地，让他走路当心别撞着鬼。"

说完，他特意看了看孙言瑜，抬抬下巴显示自己的威风，毫不掩饰的目光像是在告诉孙言瑜休想逃出他的手心。

孙言瑜被他看得心里一阵恶心，抿抿唇，在文进先生没有回答前，指了指花厅中正和困即来说话的叶思北，"叶大人就在那里，达达鲁少爷何不自己过去和他讲？你说这么多，我们哪里记得住，怕记不全反而耽搁了你的事。"

"你倒是伶牙俐齿。"达达鲁色眯眯地看了孙言瑜小半晌，方才甩手走了。

"贤侄——"文进先生担心地说，"你这样讲，岂不是把他得罪了？他那个样子显然就是个小人，都说小人不能得罪的。"

"不得罪小人，难道就去欺负君子吗？"孙言瑜不以为然，"再说了，您以为不那么说，就没得罪他吗？咱们和叶大人是一道的，他这会儿恨透了叶大人，不过碍于郡王爷的面子不好当面发作，但不管怎么说，这梁子都结下了，又何必任由他威胁呢？"

文进先生点点头，"贤侄说得有道理，不过，我瞧这是位睚眦必报的主，在郡王爷这儿，他当然不敢拿咱们怎么样，但明枪易躲，暗箭难防，恐怕他们父子不会善罢甘休，咱们平日里一定得当心些。就是叶洗马那儿，也要提醒他别不当回事儿。"

听了文进先生的话，李画师在一旁没好气地说："这位郡王爷也真是，叶大人都把人关了，他又把人放出来，这算怎么回事？"

听到李画师的埋怨，文进先生叹了一口气，并未接话。

孙言瑜低声道："这可是在郡王爷的府上，真有什么问题自有叶大人、刘大人他们去周旋，咱们哪能知晓其中有些什么名堂，可不敢议论这事了，那些事情咱们又不懂，可别乱说惹祸上身。"

李画师这才觉得自己冒失，懊恼地对文进先生道："先生见谅，我今儿个失言了，还望您大人大量当没听见。"

文进先生故作吃惊状，"刚才你说什么了？不好意思，我和那边的朋友打招呼没有听见。对了，晚宴快开始了，咱们去落座吧。"

李画师闻听松了一口气。

吃过饭后，女子们游园赏灯，男子们则被请到另一处花厅里观赏歌舞。

令孙言瑜印象最深刻的，就是那场《飞天》。

不知那些人弹奏的是什么曲目，有细细的弦乐配着环珮声动，弦声悠扬，环珮声音清脆，听上去倒像是梵音袅袅，令人入静。

孙言瑜盯着那些跳舞的男女看。

女子们的头发都扎了起来，有的头发束成了桃形仙人髻，有的则是双环仙人髻，还有扎着仙童髻的女童，她们个个脖颈上戴着镶嵌着宝石的璎珞，手戴层层叠叠的环镯，腰系飘飘洒洒的长裙，肩上绕着颜色各异的七彩锦带，一举一动都如同仙女般令人目眩神迷。

那些女子或是双手合十，或是手持莲花，或是手捧花盘，或是扬手散花，不管做着何种舞姿，她们个个体态轻盈，衣衫轻软，飘曳的长裙和飞舞的彩带在风中舒卷翻扬，还有人在后边挥着洁白的棉花织物，如同流云飘飞。

而那些男子，个个头戴五珠宝冠，上体裸露，虽然也是腰系长裙，看上去却是孔武有力，他们的肩上也绕着七彩的巾带，怀抱着各种乐器，有的手持箜篌、有的反弹琵琶、有的唇间横笛、有的怀抱竖琴，弹奏着动听的音乐。

这俨然就是千佛洞里壁画上的飞天再现。

乐与舞相得益彰，一时间看的人竟不知是天上还是人间。

而正中跳舞的女子和男子的衣衫颜色更是与众不同，在两人舞动时，那衣裙的颜色竟然不停地变换，令人目不暇接。男子脸上戴着面具，如同怒目金刚。

花厅中，女子的舞姿时而翩然若仙，时而刚劲有力，如同仙与凡、神与魔。

和孙言瑜看得如痴如醉不同，叶思北看到这些，目光越发谨慎。

那些怀抱乐器的男子弹奏的乐声则时而铿锵有力，时而如泣如诉。

通过女子们的舞姿和乐声的配合，孙言瑜他们看出这是讲述飞天由来的故事。

轻盈舞殿三千女，缥缈飞天十二台。

传说中飞天分男女，天歌神乾闼婆和天乐神紧那罗，他们一个善歌，一个善舞，形影不离，融洽和谐，是恩爱的夫妻。

正中跳舞的女子和怀抱乐器弹奏的男子，此刻如同天歌神和天乐神的化身，领舞彩衣女子衣衫上的飘带如分花拂柳般，朝四周的乐器飞了过去，飘带每甩一下，就会有乐声不时响起，从琵琶到箜篌，从竖琴到古筝，她身上的飘带如同离弦的利箭一般，连在一起。女子脚踏乐声的步调，加上男子乐器的配合，将夫妻间的缠绵悱恻，相思入骨、琴瑟相合逐一展现。

飘带越甩越快，女子身上的外袍不知何时解下，那旁边捧花盘、持莲花的四个女子将手举高，花盘和莲花都亮了起来，在朦朦胧胧的灯光下，隐约可以看见那女子的身体上只余一层薄薄的红纱掩着，在那层薄薄的红纱之下，虽然可以看见她的身体若隐若现，但腾挪之间又半点也瞧不出什么。

无论女子做什么动作，无论从哪个什么角度去看，薄薄的红纱都如同游动的红霞，总是恰到好处地遮住了她身体的隐蔽之处。

这比什么都看得到还令人心痒难耐，就连身为女子的孙言瑜都看得连声喝彩，更别说观看的其他男子，刘百户开始还端着一些，看到后来也不由自主地往前走了几步，企图离那舞台中央更近些，离那女子更近些。

在场的每个人都目不转睛地盯着那飞旋的女子。

包括定力最好的叶思北此刻也身体微微前倾，目光投向场中，视线仿佛被定住一般，无法从那女子身上移开。

场中的两个人生动地演绎出天歌神的美丽动人、天乐神的强健阳刚。

刚与柔、力与美、烈和媚、欢和乐都被他们完美地展现。

即使平日里冷静自持的叶思北，也觉得似被什么拨动心弦。

当中女子两腿张开高高跃起，彩带飞起，仿佛真如飞天奔向遥远的天际一般。周围女子们手中的风灯旋转，流云飞旋，红纱薄透间女子晶莹的肌肤如雪，看的人目眩魂摇，却依旧无人看清那红纱下的身子究竟如何曼妙，竟然能做出这种种姿态！

待乐声由缓转急，听得孙言瑜等人心头莫名地一震，禁不住生出些异样心思。

亦飞亦飘的舞步，亦刚亦柔的身躯，还有看不清容颜的美人儿，不仅吸引了众人的目光，还勾动了众人的心魂。

微收皓腕缠红袖，深遏朱弦低翠眉。忽然高张应繁节，玉指回旋若飞雪。

正当孙言瑜倾身向前，试图看得更仔细些时，眼角余光突然见到红纱间闪过的剑光。

她一顿，场中多是飘飘洒洒的彩带，怎么还有剑光？

孙言瑜直起身，透过场中飞扬的彩带、浮云，目光一凛。

不知何时，那些柔软的彩带都变得如同利剑般，向众人逼近。因为大家的注意力都在场中的女子身上，竟然没有发现周围那些女子所舞，已经不全是先前的彩带。

这些突然冒出来的软剑如同蛇一般缠着那些彩带，因为场中的花灯渐暗，软剑像极了"嗖嗖"吐芯的毒蛇，朝他们袭了过来。

孙言瑜只觉得心头一寒，厉声一喝，"有刺客！"

她的声音比平日高，听着便不如平时低沉，带出了几分女子说话的清脆。

同一时间，叶思北脸色突变，高声喊道："出去，快出去！"

这一声，有清醒些的立刻转身往外，有那沉醉的一时半会儿没有反应过来。人多，又太紧张，有些人在转身时就不慎一下摔倒，甚至有往场中倒去的。

随着孙言瑜、叶思北他们的提醒，场中变成软剑的彩带也越来越多，且朝着周围的人就挥了过去，纷纷扬扬撩起一片血花，看得令人神魂俱裂。

明明场中只有十来个人，却令大家生出一种错觉：那剑冲自己来了。

终于有人顺利跑了出去。

而花厅外面的护卫也奔了进来，朝场中歌舞的那些人发起攻击。

还没有出去的人望着不远处的门，轻吐了一口气，逃出去就能活命。

然而，异变发生不过转眼之间。

无数的彩带飞起，如同利箭朝众人飞扬过去。

是之前场中那身着红纱的女子，她先前击打乐器的彩带，此时如同流星锤一般，飞向逃窜的人群。

孙言瑜亲眼见到离她不远处有一个人脚被彩带拖住，那彩带如同长了眼睛一般，拖住他刺中他，像一朵花合上花瓣，将他绞杀。而那人后面的、旁边的人都疯狂绕开，试图冲出门外。

门外的护卫们在往里冲，花厅里的护卫们则企图拨开人群，冲到舞者中间制止这场混乱，只是他们怕伤着客人不敢轻易动刀动剑，惊恐的人群挣扎逃散，慌不择路，你拉我拽，阻挡了他们的视线，也阻挡了他们前进……而那些舞者身上的彩带，跳舞时是飘飘洒洒的飞扬彩带，此刻就成了进可攻退可守的长练，因为柔软、易收缩，反而难以截断。

护卫们想斩断那些彩带，就要冒着刺中宾客的风险。

四溅的血迹、飞起的断臂残肢以及不时传出的尖叫、哀鸣，令花厅一时间如同阿鼻地狱。

孙言瑜用帕子捂住自己的鼻子，拼命地朝外跑，之前人太多觉得有些小的花厅，此时大得好像无边无际，离门口几臂的距离，却遥远得好像天涯，她脸色惨白，要狠狠地用手指掐着自己的掌心才不会因为晕血而倒地。

"救我——"眼看就要到门口，孙言瑜听到一个熟悉的声音。

第十五章　刺杀

孙言瑜闻声看去，看到在她右前侧的地面上，李画师绝望地伸着手，他几度试图站起来，但不知道是地上的血太多太滑，还是他被吓得腿软，屡次尝试都失败了。

孙言瑜咬咬牙停下身子冲过去，略俯了下身，左手一把紧紧地抓住李画师的手，用劲试图将他拉起来。

借着这股力李画师站了起来，但他似乎被吓软了腿，虽然起身却站在原地没有动。

"快跑啊！"孙言瑜的手还没有松开，用力拉了李画师一把，带着他跌跌撞撞往前跑。

感觉到什么，孙言瑜侧了侧身，有一条彩带如同利箭从她的左前方飞过来，几乎擦着她的面颊而过。

孙言瑜心跳加快，不由得松开李画师的手，往旁边闪了闪，方才回头准备继续拉着李画师往前跑。

回头时，只见一根琴弦飞驰过来，割破附近一个人的喉咙，又直逼李画师而去。

血雾中，一切似乎都变得极其缓慢。

孙言瑜听到李画师的尖叫，感觉到他用力一扯，看见他把她推着挡在面前，然后自己连滚带爬地往外跑，有护卫将李画师拉到了身后，他趴在那儿痛哭流涕。

那根琴弦并没有伤到孙言瑜，在李画师拉扯她的同时，另有一股力弹向她的膝盖，她矮身倒在地上，恰好避开了那致命的琴弦。

但在李画师拉扯她的同时，孙言瑜的右手因为惯性没有捂住鼻子，而那个被割喉人的血滴落下来，溅了她满身满脸。

看到满天的血雾，闻之令人欲呕的血腥气，孙言瑜再也控制不住自己，直接昏了过去。

在发现场中有异常时，叶思北就动了。

他整个人还有他腰间那把锋利的剑，几乎同时扑向了场中，卷起一片剑光，比他身体更快的，还有那最先击向人群的一根彩带。

他在动的同时，剑光就斩断了那根彩带，被斩断的彩带失了力，轻飘飘地飞到了尚在惊讶中的刘百户脸上。

刘百户回过神，他也迅速动了起来，抽出腰间的刀，拦住了离他最近的一个舞者。

那舞者用手里的箜篌做兵器，和刘百户打了个旗鼓相当。

那些人的招式虽然花哨，但叶思北并没有将他们放在眼里，毕竟今天来的宾客除了他们以外，还有沙州卫的头头脑脑们，又是在王府，人手足够将这些亡命之徒拿下。

谁料那些人一开战竟然直接捆住了困即来，令他投鼠忌器。

等叶思北斩断了一圈彩带时，却发现困即来已经被俘。

最中间那个女舞者掷出的彩带，还不是普通的彩带。

在叶思北扑向她的时候，她甩出了彩带。她的彩带在掷出的瞬间炸裂，如同千万支钢针直射而出，一根根扑向叶思北。

"叶大哥小心……"

"拿命来……"

萨仁高娃和女舞者的声音几乎同时响起。

萨仁高娃发现女舞者要对付叶思北，无暇顾及其他，端起手边的一盘油炸花生就撒了过去。她喜欢在观赏歌舞、看戏时吃点小零食，不想这会儿，这脆香的花生正好可以派上用场。

挥着彩带逼近叶思北的女舞者被满地的花生滑了个趔趄，下意识地侧了侧身转了个方向，虽然彩带去势未缓，仍然迸发出锐利的光芒，继续刺向叶思北，但势头到底没有先前那么快，叶思北也借此翻身藏在了一把太师椅的后面，躲过了这波攻击，并且脚下迅速一滑，攻向了女舞者的后方。

转瞬之间，叶思北的剑快得几乎横在女舞者的喉咙上，只要她一动，他就能割断她的喉咙。

"叫他们停下。"从先前的情形看，叶思北判断女舞者是这次刺杀的头目，所以没有着急下手，而是打着擒贼先擒王的盘算，先拿下女舞者，再扭转整个局面。

但女舞者恍若未觉，她的嘴里，发出了尖利的呼哨声。

花厅里不知道从哪里飞出了一些猛禽，有老鹰，有金雕，还有红隼。这些猛禽迅速飞向人群，奇怪的是，这些畜牲像是会认人一般，并不是无差别地攻击。

花厅里，渐渐呈现颓势的舞者们有了猛禽的加入，竟然有反败为胜之势。

听了女舞者的尖啸之后，猛禽时不时俯冲下来啄刘百户等人的头脸，舞者们的状态也和先前有所不同，此时这些人竟像不知疼痛、不顾生死一般，手折了就挥肘，腿断了就爬过去抱着人乱咬……

刘百户等人渐渐觉得吃力，纵然他们手上有刀有剑，面对这种不死不休的疯狂打法也觉得力有不逮，何况上面还有猛禽时不时飞下来啄他们，有一回，险些就啄到刘百户的眼睛，那只红隼虽被他挥刀斩落，却也在他的眼角狠狠抓了一下，导致脸上鲜血直流，非常影响视线。

不仅是刘百户他们应付得吃力，就是叶思北也因为没有及时挥剑，被一群猛禽飞下来攻击，那女舞者趁机逃脱。要不是萨仁高娃及时赶过来拽了个花盘朝那些猛禽扔过去，帮了他一把，他也险些被一只老鹰抓伤。

一看女舞者想趁乱逃走，叶思北顺势拿了萨仁高娃手里的花盘，瞅准了就往女舞者背上扔过去猛地一击，女舞者脚下一个踉跄，手里的彩带都飘落在地。那彩带一落，女舞者身上就只余红纱裹着身体，隐约可见她莹白如玉的身体。

女舞者竟然不管不顾，径自在花厅中跳起舞来，在她举手投足之间，红纱缠绕，如雾如幻。

虽然还是看不到半点隐私，但这女舞者勾魂摄魄的风情，已经足以令人流鼻血。

凡是看到那女舞者的人，个个动作都慢了下来，有的人连逃命都忘记了，甚至有人偶然一瞥鼻血就流下来，然后下一刻，就被一个弹奏箜篌的乐者收割了脑袋。

就连刘百户，也是因为被女舞者的春光分了神，才会被那只红隼趁机抓伤了眼睛，要不是因为那疼痛令他回神，鲜血流下来的时候，他就会被刺过来的一剑伤到腰腹。

就连同为女子的萨仁高娃，因为看到女舞者的姿势，动作也慢了下来。

叶思北却无半点怜香惜玉之心，他扔出盘子之后，又抓起自己的剑，朝女舞者刺了过去，女舞者一个翻滚，红纱一半裹上了身子，一半如同索命绳般套向叶思北。

能够将一个花厅几乎铺满的长长红纱，此时变成了女舞者的另一件利器。

就在女舞者翻滚之时，叶思北已经扯住了红纱的一角，他猛力一扯，女舞者便被扯向了他。

"郎君为何这么着急脱人家的衣服？未免也太急色了。"女舞者的神情、言语，仿佛他们并不是敌人，而是情人，说话间她媚音喘喘充满了诱惑，尾音长长好像恋人间的呢喃。比媚音更媚的，是那女舞者那亦嗔亦喜的柔媚眼波。眼波流转间，她似乎能看穿别人的内心，那是一种无声无息却又直击心灵的媚术，只要对方是个正常男子，必定会为她沉醉，可惜叶思北是个例外。

他虽然被女舞者的眼波勾住，于春水潋滟中，手中的动作也慢了下来，慢得就好像他想将女舞者拥入怀中，又似迢迢山水遥不可及，双手也不知何时被那截扯过来的红纱反裹住，但他面色冰冷，神情淡漠没有丝毫表情变化，只是轻描淡写地说："相比脱你的衣服，我更想杀了你。"

"啊？"女舞者媚色无边，娇嗔道，"郎君你也太不解风情了，怎么能这样对一个女儿家说话呢？"

女舞者手里的琴弦，以极慢的速度，慢得令人察觉不出来的速度朝叶思北心口刺了过去，而她的眼睛，满是笑意和柔媚，一眨不眨地看着叶思北。

这般近的距离，天底下还没人能够躲得过她的媚眼。

"呱，呱——"与此同时，萨仁高娃虽然动作慢，但到底斩落了那只老鹰的一只翅膀，击得旁边的猛禽惊声尖叫，四处飞散，在她四周的舞者、乐者手里的彩盘、乐器都被打落，和猛禽羽毛一起胡乱飞舞、散落一地，满室狼藉。

萨仁高娃一转身，发现了叶思北的不对劲，她便抓起了一个乐者朝女舞者扔了过去……

此时，叶思北心里正苦。他明明看见女舞者手中有根琴弦朝自己刺过来，可动作就是快不了。眼睁睁地，那些钢针一般的琴弦，就要刺向他的心脏。他真不该打什么留活口的主意，要是刚才一剑封喉，也不至于让这个女舞者搞出这么多事来。

正在危急时候，突然有个身影向女舞者这边投掷过来，飞身挡在了叶思北身前。

"扑哧——"刺破皮肉的声音传来，血花四溅，那个身影掉落在地，女舞者手里的琴弦刺中了乐者的前胸，她来不及收回，伤着了自己的同伴。

叶思北本来动不了的双手突然绷直，手中的剑朝红纱划下，裹着他的红纱立刻分崩离析，散落在地……

见刺中了自己人，那女舞者迅速将琴弦抽回，再度刺向回过神来的叶思北，叶思北却趁着她回抽的瞬间，一脚飞起，顺势把她踹倒在地，女舞者手中的琴弦被她掷了出去。

就是那根琴弦刺向了孙言瑜，要不是叶思北反应迅速，弹了颗花生米过去打中孙言瑜的膝盖麻穴，令她矮身倒在地上避开了琴弦，她的小命就要当场断送。

这一次，叶思北没有犹豫，他的剑直接刺中了女舞者，"我说过我会杀了你。"剑刺中女舞者的前胸时，叶思北的神态依然很平静，可那话中的寒气却冷如冰霜。

女舞者一死，场中的形势立刻扭转，叶思北他们迅速控制了局面，将困即来等人救出。

事后，经过审讯才知道，女舞者她们是瓦剌的死士，因为担心朝廷和困即来交好会对他们不利，所以决定先下手为强。至于他们是怎么混进王府的，经过抽丝剥茧后发现，竟然是锁南奔身边的人借着献舞的名义将他们弄进了府里，对此，锁南奔解释说自己毫不知情，将责任推了个一干二净，甚至先下手为强，以叛主之名杀了放人进府的内奸，来了个死无对证。

先前呼德死得不明不白，这次的内奸又是如此，任谁都怀疑四台吉锁南奔勾结了外头的人，但困即来极偏心这个小儿子，只说他不过是莽撞了些被小人利用，完全不相信这事和锁南奔有关，最后只抓了几个和瓦剌有勾结的官员交给叶思北他们交差。

因为要和沙州卫交好，纵使困即来这般护着锁南奔，叶思北他们也只得听之任之。

也不是没有好消息，至少因为这晚发生的事情，困即来不知道怎么和锁南奔说的，自这夜之后，阿拉坦他们再没有搞什么幺蛾子，不仅交出每年岁贡的账本，还顺利地购买了一批骏马和牛羊，和叶思北带来的兵器做了交易。

嘱咐杜子衡将那些骏马和牛羊护送回京城，叶思北方才松了一口气。

处理完交易之事，送走了杜子衡，叶思北第一件事就是吩咐亲兵，"去请孙舍人过来。"没等亲兵走到门口，他又摆摆手，"算了，我自己过去，孙舍人前些天受了惊吓，还是我过去吧。"

面对亲兵有些惊讶的眼神，叶思北鬼使神差地解释了一句，"文进先生伤势未愈，修建洞窟一事，孙舍人得管着那些画师工匠，眼下这情形可不能再出岔子了。"

***

"之前的事情，还请孙舍人见谅。"

用过晚膳，孙言瑜正在描绘一幅飞天，门外传来李画师的声音。

孙言瑜放下手中的笔，抬眼看去，在门外不知站了多久的李画师走了进来。

李画师站在桌案前，犹豫了半天方才开口，声音微微颤抖，"那日，我太害怕了……所以就想抓住什么，我不是有意的，真的是太……太害怕了。"

听李画师为那日拉扯着自己挡在他面前，从而逃生的事情道歉，孙言瑜并没有说话，只是静静地看着他。

"我不是故意的，我当时只是太害怕了，好在孙舍人你没出事。"李画师解释道，声音不知不觉地提高了些，也不知道是要说服孙言瑜还是说服他自己，"当时太混乱了，到处都是血，都是刀剑，我一时没想那么多，就是随手一抓，并不是存心害你……"

"如果当时我没有被救，"孙言瑜盯着李画师的眼睛，打断了他，"你再说这些有什么用？那一日，你并不是非得拉我挡在面前才能逃命，哪怕你当时自顾自地逃命，也不至于险些害我丢命。"

李画师神情有些难堪，显然他没想到平日里总是会与人为善的孙言瑜会这么犀利。

看着端坐在桌案后面色坦然的孙言瑜，李画师言语间透出些懦弱和讨好，"这不是好在没事吗，你是有福之人，自是遇难成祥，那日你虽然晕过去，但并没有受伤……"

既然没有受伤，为何还这般咄咄逼人，不肯放过他？想到这段时间叶大人和文进先生对自己的训斥，其他匠师对自己的冷落，李画师的懦弱和讨好中又生出了几分不甘和愤愤，语气中也带出了一些不快，"孙舍人，你是不是为那日拉我起来后悔了？"

孙言瑜眸光冷冷地看着李画师，"这话你该问问自己。"

看到孙言瑜冷漠的眼神，想到这些日子自己受的排挤和不如意，李画师的心中五味杂陈，涌上了几分怒意，"我已经知道错了，也向你道歉了，为何你还是不肯原谅我？当日的那种情况，谁不是只顾着逃命，哪会想到其他事情？要怪咱们也该怪那些瓦剌人，该怪王府防守不力，你这分明是吃柿子拣软的捏，不好找他们算账，就跟我这不依不饶的。当日你是拉了我一把，可你不拉我，也未见得我就会逃不出去，你若是不拉我，也不会在我旁边，也不至于慌乱之下我拉了你……"

听李画师越说越混账，孙言瑜不愿再搭理他，低头拿起桌案上的笔，"道不同不相为谋，你请回吧。既然你觉得自己没什么错，又何必来求我原谅？"

见孙言瑜完全不想理会自己，李画师暗暗地瞪了她一眼，方才施礼道："不管孙舍人你能否谅解，还请你相信，我的确不是故意的，只是情急之下没想那么多，是人在害怕时会做出的下意识反应……"

孙言瑜没有抬头，只淡淡地说："李画师自个儿能心安就好，不必向我解释什么。总之以后你我桥归桥路归路，大家离得远些比较好。"

等李画师走出门，孙言瑜方才抬头，看着他的背影摇了摇头。出了事以后这么些天才过来道歉，这分明是因为心虚想装没事人混过去，若非那日正好被叶大人看了个正着，救下了她，大家听闻之后总拿话嘲讽李画师，只怕他还不会过来。道个歉还明里暗地地推脱其过错，甚至因为自己不谅解他生出怒意，这种人，大概就是靠着脸皮厚才能活得这么久吧。

可惜被李画师这么一打断，孙言瑜也没了再继续画下去的心情，索性丢下笔等司画收拾，自己走出去到院里乘凉。

第十六章　揭露

走到孙言瑜所住的那处院落，叶思北才后知后觉地发现自己之前给亲兵解释的那通话，完全没有必要，也不符合他一向的为人。

自打那晚知道孙舍人其实是个女子，他就乱了心神。

那晚，见孙言瑜晕倒，叶思北杀了女舞者后，就去抱她，想着把孙言瑜放在一个安全的地方，结果在擦拭孙言瑜脸颊上溅到的血迹时，发现她的皮肤并不是平日里看上去的麦黄色，那露出的白皙肌肤令叶思北心里起了疑惑，这疑心一起处处细心留意，便令他看出了许多破绽，发现了孙言瑜是女扮男装。

因为这次来的人都是精挑细选的，他们的卷宗叶思北全都翻阅过，所以他知道孙延振有一个双生的妹妹，推测之下，便对孙言瑜的身份一目了然。

但他一直顾不上问，因为要处理刺杀之事，审讯犯人，再加上和阿拉坦他们交锋谈判，一直到忙完骏马和牛羊换兵器的交易，送走杜子衡带着人马上路，叶思北才空下来一些时间。

走到孙言瑜所在的院落，叶思北惊觉已经是入夜时分，夜风习习，他站在院落里的花架下，一时有些犹豫，不知道自己是不是应该拆穿孙言瑜的身份。等抬头看见院落里影影绰绰地坐着些人，他几乎是不假思索地闪身避到了一处死角。

那些人影，都是在此乘凉的画师，他们摇着扇子，交流着洞窟修建需要的种种画技，偶然，也有人会提及这一路走来的艰辛和前些天的那场刺杀，但总是会被其他话题掩过去。

如此星辰如此夜，大多数人都不想提那些令人不愉快甚至是痛苦的记忆。

站在叶思北的那个位置，正好可以看见孙言瑜懒散地坐在藤椅里，纤纤柔柔的手指握着一卷画，略低着头，头发垂落了一些在耳边，她身后的高脚花架上挂着一盏灯，暖暖的光芒下，她月白色的衣衫令她如同罩着一层薄雾。

叶思北望着她，眼底里映着她清冷的眉眼，想着自己从前怎么就把这个人当成了男子。虽然她外表看上去好像一个瘦弱的文人，但那流转的眼波，比春光还要明媚，这岂是男子会有的风姿？

可若揭穿她的身份，要么之后还要帮她瞒着，要么就得送她回京城。想到孙言瑜回了京城以后再见她一面很难，叶思北心头就是一窒，可这是他应该的选择，不能不做的选择，他不能让一个女子冒名做画师，这是欺君之罪。

他顶多让真正的孙延振回来，帮他们兄妹瞒下这事。

打算送走孙言瑜，是因为叶思北还有一重顾虑。他怕她留在这里越久，他越发会管不住自己的心，可如今，他必须要考虑和沙州卫联姻之事。

一方是卫所都指挥使之女，能够相助自己扬名立万，又对他一心一意的小县主；一方是父母双亡，于自己全无助益的小小画师。

孰重孰轻，一目了然。

可在这样的夜里，他看见她，心头还是一紧，本该移开的目光却久久不能移开。孙言瑜背后的花树正开得灿烂，团团簇簇，渲染如画，即使在夜色里，借着点点星光，也能看到那片片璀璨紫金。

花开得那么热闹，繁花似锦中，她却那样冷清。

不过二八年华，为何会有那如同老僧般参透世情的目光？据他所知，虽然父母亡故，有兄长的照料，她于物质上并没有受什么苦，不像那些戏文里的孤女尝遍人情冷暖，可为什么，她的目光有万花凋尽后的冷清？

平时总见她一团和气，待人接物都如春风般和煦，这会儿许是因为傍晚，没有刻意保持笑容，就显出了她的原貌，冷清淡雅的模样。

还是那张描画修饰过如同男子的面孔，但叶思北看久了，就觉得能看出女子的秀美和纤柔。

忽然，孙言瑜抬眼看过来，叶思北觉得她似看见了自己，下意识地往后退了半步，将自己完全隐身在阴影里。

其实那边有光亮，叶思北站的这处死角很黑，即使有人看见他，也不过朦朦胧胧的一片阴影，瞧不分明。

但叶思北就是觉得孙言瑜看见了自己，她的眼神分明是看见了他，似要把他的五脏六腑都看清。他退了半步就再无法动弹，只定定地站在那儿，任她打量。

满园子的花香，他却似是闻到一种淡雅的香气，那是她身上那种特有的香气，若有似无缠缠绕绕地直钻入他的三魂七魄里。

夜风吹着架上的花瓣簌簌地落下，沾满衣襟，周围一片黑寂，唯她是那唯一的光源所在。

他在黑暗里与她对视，千回百转，竟是不知不觉间如同痴了一般。

独坐黄昏谁是伴？紫薇花对紫薇郎。

而后，他眼看着她的眼眸垂下，如同一扇窗在自己的眼前关上。

叶思北不由得心头一室，他不想揭穿孙言瑜的身份了，就让她这么留在沙州卫，时不时可以看看她也好。

良久，叶思北抬脚转身，却不小心撞到了光滑无皮的树干。被他这一下轻撞，枝摇叶动，发出微弱的"咯咯"声，好像人突然被胳肢一般，笑个不停。

就在要转身之时，他突然听见院落里有个画师大叫，"哎呀，我的手上，脖子……怎么回事？"

稍后，又听见几个人也跟着在那里惊慌失措地喊叫。

叶思北有些担心，便抬脚走了过去。

"叶大人，您怎么在这里？"看到迈步过来的叶思北，有个画师惊讶地问。

"来看看大家对修建洞窟有什么想法。"叶思北看了看站起身随着众人一道向他行礼的孙言瑜，看向最早跟他搭话的那个画师，"才进来就听见你们大呼小叫的，怎么回事？"

不等那个画师回答，文进先生就挠了挠脖子说："也不知道为何，这脖子和脸好痒，可能是被蚊虫叮了，应该不要紧，过两天就好了。"

叶思北查了查，发现惊叫的这些人脖子、脸上都出现了被鞭子抽打过一样的红斑和米粒大小的水疱。

他又仔细地看了看，发现这些画师每一个人都是相同的症状。

"是不是有像被火烧了似的灼热、刺痛感？"叶思北问道。

听到他的问话，那几个有伤势的画师七嘴八舌地回答。

"是啊，好痛。"

"就像被火烧了一样。"

"还有些瘙痒……"

孙言瑜眼明手快，发现一个画师脖子上的小虫，挥扇将其驱赶开。

文进先生也发现了一个，举手准备拍死。

"别动……"叶思北伸手拦住他，"这种黑色小飞虫身上有毒汁，被这种虫子叮咬，切忌一掌拍死，以免皮肤溃烂。"

"找个人去请杜大夫过来，你们几个有伤的集中在一处，其他人都尽快回屋里去，把这花厅里的灯都灭了。这种虫子白天栖居在潮湿的草地等处，夜间喜欢向灯光处飞。"叶思北一边借着灯光查看那些人的伤势，一边安排。

听了叶思北的话，乘凉的画师们如惊弓之鸟般四散回屋。

在院落的休息小厅里，闻讯赶来的杜大夫正在让他手下的医徒用皂角水给受伤的几个画师清洗伤口，孙言瑜轻声问他："叶大人真是见多识广，我只知道这种小虫叮人很疼，可往年都是在秋夜出现，夏日里在外乘凉，还从没遇到过这种事。"

"我们在军中，受的伤见的伤多了，自然久病成医。就因为这种虫子多在秋夜出现，所以看见外面有灯光，我也没有在意。西域这边更是少见，许是今年沙州卫的雨水多潮湿些，它们就冒出来了。"叶思北微侧着脸，装作在看杜大夫查看伤情的样子，没有直视孙言瑜。

孙言瑜点点头，"如此说来，以后晚上还是待在屋子里好些，就是天太热了，在屋里实在闷得很。"

听到他们的话，杜大夫说："没事，我让人调了一种草药，每晚你们兑些清水涂抹在皮肤上，或者是喷洒在那些花叶底下，就会驱走那些虫子，不会被叮咬了。"

医徒把兑了水的草药拿过来，大家闻着那草药似有薄荷的香气，清清凉凉的，暑气都消散了不少，连忙叫医徒取些来就要涂抹在肌肤上。

杜大夫连忙阻拦，还特意交代，"不过已经被叮咬过的人，就不能使用这种草药，用些皂角涂抹就行了。"

孙言瑜没有受伤，便取了些涂在额角、手腕上，感觉到一片清凉，夏日的闷郁都退了些，便好奇地问："既然杜大夫您的草药这么有奇效，为什么还要给他们用皂角，反倒受了伤的人不能用草药？"

杜大夫边指挥医徒把皂角水兑浓些，边回答她道："已经被叮咬的人，肌肤会出现损伤，肌肤上的溃烂之处，用了这种草药会非常疼痛，不光是有伤的人不能用，怀孕的女子和太小的孩子也不能用。"

"那又是为何呢？"孙言瑜打破砂锅问到底。

毕竟，她就是个女子，将来不免会嫁人有身孕，有孩子，提前了解这些说不定就能避免出错。夏日秋夜在外面，免不了被这种那种的虫子咬上两口，虽然没什么大碍，但那痛痒的滋味，总是不好受，能够知道如何治疗，会省许多的事情。

本着艺多不压身的想法，孙言瑜眼睛亮晶晶地看着杜大夫，认真请教道。

好在杜大夫也不是那种藏私之人，这种小医术被外人知道也无妨，他便解释道："这种草药里有一味是樟木，樟木可以驱虫、防虫，但具有一定的毒性。怀孕头三个月内若过多地接触樟木，有可能会引起小产，保不住胎儿。"

樟木大家都知道，平日里在衣箱、衣柜里总要丢些樟木丸用来驱虫，想不到这东西竟然会引起孕妇小产，听到这般严重，不光是孙言瑜，厅里正在治伤的其他人都倒吸了一口冷气。

有那想得长远的，甚至打算立刻回屋修书寄回家中，免得影响了家里孕妇、产妇。

"若是婴儿、小孩用了这种草药，就有可能会出现全身发黄、口唇青紫、嗜睡等病症，严重的还会出现抽搐，即使解毒及时，也会落得个痴傻，所以这草药虽然有奇效，但最好不要给怀孕的女子和婴孩用。平日里大家用樟木丸驱虫也要小心些，别给怀孕和即将生产的女子用，也别给小孩子们用。"杜大夫一脸认真地说。

他这么一说，之前觉得这草药清清凉凉，就是不用来驱赶蚊虫，也是解暑良药的人全都断了念头，甚至那些没受伤，像孙言瑜一般随手涂了些在肌肤上的人都忙不迭地擦拭掉。

杜大夫见状忙道："倒也不必如此小心，樟木除了对怀孕的女子和小孩子有些妨碍外，是顶好的驱虫良药。怀孕的女子和小孩在夏日里被蚊虫叮咬了，可以像他们那样，用皂角水清洗伤口，或者用皂角擦一擦就能止痒。"

全部处理之后，杜大夫看着那几个被虫子叮咬的画师笑道："好了，回去睡一觉，明早起来，你们被虫子叮咬的伤口就会好个七八成。不过，若是这几日吃鱼虾你们得忌忌口，鱼虾是发物，吃了之后伤口好得慢。"

忙完这一通，夜已经深了，因文进先生还在养伤，作为这院落里身份次高的孙言瑜肯定得和其他人一道送叶思北他们出去，到了门口，叶思北挥手让其他人都回去，瞧了瞧孙言瑜，轻声道："孙舍人若是不着急睡，我倒有一事想与你相商。"

孙言瑜见他说得客气，颇有些受宠若惊，虽然叶思北平日里对他们这些工匠也很礼待，但毕竟他的身份摆在那里，有什么事说是商量，其实就是知会一声，但他这会儿的口气，分明是她若说困了，就改日再议也无妨的意思。

她轻轻摇了摇头，"没事，今儿个吃得多了些，正好走走消消食。有什么事叶大人只管吩咐。"

叶思北却安静下来，只慢悠悠地往前走，并不吭声，甚至中途杜大夫带着医徒回医师那边的院落后，他也没有讲究竟要商量何事。

许是前段时间出了事，入夜之后，整个府邸都不如平日喧闹，偶然经过的几个人，都是慢悠悠地走着，像是要多享受一会儿夜晚的清凉。

盛夏的夜，睡在屋里，就是打着扇子，搁着冰在屋角，也不及外面吹着微风来得惬意。

叶思北不吭声，孙言瑜也不好催他，只好跟着一起慢慢晃悠，好在司画跟着他们后面的一段距离，就是一会儿自己回去她也不用害怕。

"听闻孙舍人有个妹妹，和你是双生子，长得很像？"叶思北到底开了口，说出来的话令孙言瑜一惊。

孙言瑜不知道他为何打听这个，神情冷了三分，"叶大人这般贸然问起舍妹，她可是闺阁女子，似乎不妥吧？"

叶思北这才回神，自己打听一个"素未谋面"的妙龄少女着实唐突，但他沉默片刻，并没有理会孙言瑜的责怪，"我听闻孙舍人的妹妹也习得一手画技，甚至和你不相上下？"

孙言瑜警惕起来，不知道叶思北究竟知道了些什么，只得含糊其词，"舍妹只是见我作画，便跟着涂抹几笔，实在难登大雅之堂，不知叶大人从何处知晓此事？倒是让您见笑了。"

叶思北站住了脚，望向小径旁边的亭子，"我们去那边坐坐？"

孙言瑜有些不耐烦，叶思北这番没头没脑的话，问得她汗毛都竖起来了，哪还肯再跟他走，便笑着道："叶大人如果无事，小的想回去了。夜已深了，小的明日还要去山上挑选适合作画的石料，太晚了怕起不来耽搁了正事。"

叶思北默了默，到底揭开了谜底，"那日你晕过去，我替你擦拭脸上的血迹时，发现你面颊肌肤的颜色不一样。"

不知道他发现了多少，孙言瑜尴尬地笑着掩饰，"可能是那日粉没有涂均匀，我们文人不像叶大人你们军旅出身不在意外表，有时会涂些适合男子的脂粉，图个好脸色，那日过去时，我因前日没有睡好，便敷粉提色，倒让叶大人见笑了。"

"敷粉提色，应该是外面的肤色比里面更白净，可孙舍人恰好相反，敷过粉的肌肤黯淡无光，擦拭干净了反倒莹白如玉。"见孙言瑜还不肯认，叶思北索性打开天窗说亮话，"你为何要冒名顶替孙舍人？你可知道，这是欺君之罪，是死罪？"

话说到这份儿上，再装傻充愣已经没有意义，孙言瑜便索性都说了出来，"……家兄的手受了伤，被那伙人逼着不领这差事不成，所以我就想了这个主意替兄从军，这事全是我一人所为，家兄全不知情，他还以为我已经替他回了这门差事，若是要打要杀，只管拿下我一人。"

叶思北见她这会儿还想着维护自己的兄长，不由得暗叹一声，"眼下是用人之际，我权当不知此事，以后也会替你遮掩一二，但望出事之后，你也能如回护自己的兄长这般对我。"

孙言瑜没想到叶思北竟然肯替她隐瞒此事，大喜过望，连忙道："当然当然，此事和叶大人全无干系，您也不知我的身份，他日若是露了底细，也与您无关，小的定不会牵连到您。"

"平日里，你还是要小心些，回头修建洞窟时，也要小心受伤，免得被有心人瞧了去。"叶思北满腔情意无法诉说，只能压在心头，再三交代。

孙言瑜谢了又谢，方才告辞转身。

看到叶思北跟着她往回走，孙言瑜忙摆摆手，"不劳叶大人相送，我的小厮就在那边。”

望着立在不远处树下的司画，叶思北一言难尽，“你若长成她那般模样，倒是不用担心会被人拆穿了。”

孙言瑜还没有从刚才的震惊中完全回过神，有些茫然地抬头，“啊？可若长成司画的模样，和家兄长得可就不像了。”

叶思北有些想笑，借着夜里的一点灯火和星光，瞧见孙言瑜那如同猫咪一般的神态，不由得伸手抚了抚她的发端，触及如墨发丝的顺滑，才惊觉自己的失态，他收回手，掩饰性地握拳放在嘴角咳嗽两声，“我已经托人捎了信函给孙兄，让他尽快赶来沙州，等他到了你们就把身份换过来，在他来之前，你平日里小心些，快回去吧。”

虽然不知叶思北为何肯替自己瞒下这事，但孙言瑜只觉得一块石头落地，心里虽然还有些忧心兄长的伤势，但过去了小半年，应该恢复得也差不多了，眼下这情形若是兄长能够过来，困局就能解开，反正她人在沙州，总能找到机会学习如何绘制洞窟里的壁画。想到很快便能见到兄长了，她当即向叶思北道谢，然后脚步轻快地朝司画走过去。

司画见到她，向后面看了看，“公子，叶大人还看着咱们呢。”

孙言瑜回头，只见黑蒙蒙的夜色中，叶思北的身影如同一棵树伫立在那里，纹丝不动。

虽然看不清他的神色，但她莫名地就觉得对方在看着自己，那神情专注而凝重。

类似的眼神，她之前好像也见过，乘凉那会儿，她就觉得死角处站着一个人，总在看院落里聊天的人，就回望了过去，这会儿细想，怕是那阵子叶思北就在，他今夜过来，其实就是想当面揭开她女子身份的真相……

孙言瑜后知后觉地想到此事，她冲着叶思北的方向施了个万福，然后带着司画转身离开。

走了很远很远，她都能感觉到身后注视的目光。

第十七章　路阻

杜子衡护送骏马和牛羊回京的途中，在嘉峪关道口就遇到了山石阻路。

一看到路上横七竖八的山石，杜子衡就知道，这是有人盯上了他们要打劫了。毕竟这批骏马和牛羊价值不菲，所以他和叶思北之前也商议过万一路上碰到劫道的，事先做了诸多准备，倒也并不慌张。

"听着，这批骏马和牛羊是朝廷征购的，尔等匪徒速速退下，否则将就地格杀。而且，我们在这些牛马羊身上已经打了印记，你们劫走也无法出手，何必枉费心机。"杜子衡让队伍停下来，吩咐手下一个大嗓门除了用中原话外，还用瓦剌、突厥和赤斤这些沙州卫周边的部落语言朝着密密的山林里大声喊话。

"大人，怎么秦杰连赤斤语都会说，难道您事先就料到了会有赤斤人来劫路不成？"杜子衡的一个亲卫小声问道。

杜子衡没说话，倒是另一个亲卫低声道："除了突厥话，其他秦杰也说不好，不过事先背熟了那几句。这些部落都是对那位蒙古王公虎视眈眈的，平日里就不安分，这次见咱们和沙州卫交易了这许多牛马羊，难免会蠢蠢欲动，所以叶大人和咱们头儿才提前做了些准备。"

喊了几遍话，山林里的人还是按兵不动，静静地待在原地，既不见有人出来，也没有动静撤退。

杜子衡便安排了一些兵士在盾牌的防护下，去将那些山石搬开。只是那些山石颇大，搬起来甚是费力，一时半会儿也清理不完。而且，他们在这边清理，前头不时又有山石从山道那边滚下，弄得他们很难前进。

也幸好这些山石只是堵在路口，要是他们进到半路滚下来，还不知会伤多少人和牛马羊，想来对方也是怕在中间砸下山石，会伤到那些骏马和牛羊，所以才采取了这种用山石阻路，消耗他们人力的方式。

时间一点点流逝，耗得越久，对杜子衡他们这边越是不利。

杜子衡挥了挥手，示意另一队人在车马和盾牌的掩护下悄悄往上爬，准备给上面密林里埋伏的人马来个偷袭。

突然，山上射下来一阵飞箭，打头的一箭未中，但将最前面上山的兵卫射了个趔趄，跟着，又是一阵飞箭袭来，甚至有些箭羽从盾牌的裂缝中穿过，直指盾牌后面的兵卫。

杜子衡看到上面的动静，算了算距离，对方要想射中他们这边的人，势必不可能离得太远，这也意味着，他们的箭羽也能射过去。只是射上山的箭羽要更费力气些，他带的这批人里，臂力这般强的人并没有多少。伸手问亲卫要了自己的弓弩，杜子衡张弓朝上面射了过去，就听见上头有个弓箭手闷哼了一声，应声倒在地上。

而此时，喊话的秦杰身前拿盾牌的那个兵卫也被上面飞下来的箭羽射中额头，但他并没有立刻倒下，身体撑在盾牌上，血一滴滴落在上面，晕染开，很快就将盾牌染红一片，蹲在他身后喊话的秦杰，一时间被这幕画面惊呆，直到听到那兵卫拿着盾牌倒地的声音，才醒过神来。

他连忙把头往下一低，冒险躲过了随后的一箭。

而杜子衡没有等上头射出这些箭的人缩回脑袋去，就"嗖嗖"数声，飞快地连射了几支箭上去，他队伍里其他的神箭手，也有样学样，照着上面密林里射出箭羽之处连发数箭，射得上面的弓箭手不敢冒头，那些被兵卫用盾牌护着的军士，终于快要到达山顶，便站起身拿出刀剑朝密林里冲去。

　　上面的匪徒显然没有料到杜子衡他们这队人竟然如此扎手，短短时间竟然强攻了上去，来不及细想，却也知道此时容不得耽搁，立刻下令往下方砸山石，企图将这些上来的兵卫挡上一挡。

　　不想杜子衡派上山的这队人，原本就个个都是好手，其中一个更是杜子衡的亲卫头目，他在几个回合里便盯上了上面的领头之人。

　　"你们快动手……"话音未落，领头那人右胳膊已经被砍下来。

　　持刀人的动作太快，电光石火之间，看到领头之人的右胳膊掉在地上，这一幕令劫匪们俱为之胆寒。

　　这么近的距离已经不适合用弓箭，劫匪们便拿刀的拿刀，拿枪的拿枪，试图凭着地理优势绞杀这些上来的兵卫，结果眼前一花，对方速度最快的那个持刀的人不见了，却随着几声呼哨，不断有同伴倒地。

　　杜子衡派人去清理山石，只是个诱饵，目的是让山上的那些人有所行动。他们只要一动，就不能完全掩身在山林后面，杜子衡这边的神箭手，就有机会为那些盾牌护着的兵卫开道，冲上山去将那些劫匪格杀。

　　冲上山的兵卫越多，密林里那些劫匪死的人就越多，恐慌的心理就会逐渐蔓延，眼看周围的同伴倒下的越来越多，站着的人越来越少，即使这些杀人如麻的亡命之徒，也觉得胆寒。

上山这些人的身手，山下那些神箭手的命中率，前后动作的衔接……一气呵成，这些朝廷的人，真是不好惹啊。

除了最先开始射出的那几箭，杜子衡藏身在盾牌后面，没有再往上面射箭。这次反劫杀，他得负责指挥，不到万不得已，他的那个位置绝对不能暴露，他们在寻找匪徒的弱点，匪徒何尝不是在观察他们的动向。先前上山的那些兵卫，即使有盾牌护着，都倒下了好几个，队里的那些神箭手，若不是射箭后及时转换位置，只怕也早已被对方的箭羽射中。

听到上面的动静，杜子衡悄悄从盾牌后面换了个位置抬起头，打算看一看战况，还没有等他完全起身，上面埋伏的神箭手，就射出了箭，那箭羽如同长了眼睛一般，飞向他刚才所在的那个位置。

杜子衡听见了闷哼声，这是有盾牌手中箭了。这个劫匪的神箭手，眼神真利，箭法真好，而且，射了这么多箭，他的头都没有露出来过，完全隐身在密林的树后，他们这边的人想射箭过去都找不到目标。

若是对方这个神箭手不除，只怕上山的那些兵卫赢得的短暂优势，很快就会失去……杜子衡眼瞳微缩，凉意浸透至他的后背。

只有看他的亲卫头目吴广汉那边，能不能找到机会。

山上密林里，拿着刀的吴广汉，在砍落了劫匪领头那人的右胳膊后，就地一滚，滚到了一棵树后，这个位置是劫匪那边人的视线死角，较为安全。

之前，他就是用翻滚的方法接近那个匪首，令匪徒这边的箭手一时找不到机会射中他。

离得近，吴广汉已经看清楚，也听出了话音，打劫他们的是突厥部落的人。

突厥人一向悍不畏死，善骑射，若是不将他们打怕，就是这拨打退了，说不准还会卷土重来。

所以这一次，吴广汉打算斩杀那个被他砍掉右胳膊的匪首，先前，若不是匪首身边的人阻了一阻，他那一刀应该是砍下对方的头。

吴广汉静静地等待着机会。

在发现自己这边人死伤惨重后，突厥人也改变了策略，开始利用对地理位置的熟悉，隐藏身形，再偷袭斩杀这边上山的兵卫。一击不中，立刻退到安全的位置等待对方出手，再后发先至。

双方静默，都在等对方先动。

谁沉不住气，谁就输了先机。

问题在于，突厥人等得起，吴广汉他们等不起。

这是深入敌营的一场对战，他们必须速战速决。

如今，只有采取另一套方案。

看到山上的吴广汉打出的旗语，杜子衡挥了挥手，撤……

吴广汉也带着上山的兵卫，和突厥人玩起了捉迷藏，等突厥人以为上山的兵卫被他们斩杀干净下山后，发现除了十几具尸体和两三个伤势严重的兵卫，还有一些盾牌外，山道上看不到大明的其他兵卫，倒是有很多骏马和牛羊在那里啃食野草。

"右贤王，可能是那些人看见没有必胜的把握所以就撤了，毕竟这些马牛羊和性命比起来，肯定还是保命要紧，说不定他们想回去再重新收购些马牛羊，也比和咱们对敌死在这儿好，这几个人也是因为伤势太重就没带走。"一个突厥的头目仔细看了看留下的痕迹，分析道。

断了胳膊的匪首得意地哈哈大笑，"把山石搬开，叫儿郎们赶着马牛羊到辽东那边去。"

阻路的山石搬开了，突厥首领想了想，叫人把伤员里一个看上去最为瘦小的拖过来，打算让他坐在自己的马前面，当人肉盾牌。

看见那个伤兵有气无力的样子，突厥首领脸上泛起了得意的笑容，他缓缓地走过去，用手里的刀挑起伤兵的下巴，恶狠狠道："你们以为打着朝廷的名号我们就不敢动你们吗？可真是傻呀，劫了你们，谁都不知道是我们干的，到时朝廷只会找困即来算账，不管是他保护不力还是和其他人勾结，他都脱不了干系，他和朝廷的关系越坏，就对我们越有利，所以这一票，无论如何我们都要干。"

说着话，他猛地一甩手，那伤兵的身体失去了支撑，重重地摔在地上，不晓得碰伤了哪里，吐了一大口血出来。

伤兵秦杰听见突厥首领那如同鬼嚎一般的笑，"不管你们用什么手段，都别想逃过我的手心，这整个关口，都是我阿史那的地盘，你们能逃得出去吗？"

伤兵显然不懂突厥语，任阿史那如何洋洋得意，他都是那副要死不活的模样，一句话也不说。

等阿史那的人将山石搬出一条道来，已近天亮，天边的朝阳照亮了半边山，红霞满天。

阿史那听不到伤兵求饶，觉得无趣，狠狠地踹了他几脚后，挥了挥手，"把这人抬上马，让他坐在我的前面，若是对方山上还余了人，就是射下箭来，也有他替我挡着，我倒要看看，会不会有官兵前来救他。"

嘉峪关的山路，盘曲如同巨龙，山势险峻、蜿蜒崎岖，虽然无限风光，却也是九曲十八弯。

杜子衡命他的人马将马牛羊抛下后，就带着手下的精锐，悄悄上山，急行到前头等着阿史那他们过去。

毕竟这是在阿史那的地界上，他们只能用佯败来奇袭。

既然是奇袭，自然就不会拖延，除开精锐之外，他还在阿史那他们搬山石的那段时间，安排人在他们的必经之路上埋了些火药，等对方进入包围圈，就点燃引线，火药炸乱了阿史那他们的阵脚，再加上神箭手们的利箭破风尖锐地从天而降，射中了山谷里四处逃散的突厥人。

阿史那以为杜子衡他们是为了保命败走，完全没想到他们会卷土重来，还是用这种方式，只想着留意有偷袭的箭羽，根本没有防到脚下，埋下的那些火药没炸伤多少人，倒是他们自己人因为惊慌互相踩踏导致损失惨重。

一时间惨叫声、哀号声不绝于耳，当真比炼狱还令人胆寒。

刚刚踏进包围圈的阿史那见此动静，立刻让后面赶着牛羊的突厥人停下，拿出刀抵在身前伤兵的脖颈处，由跟着他的那二三十个突厥人护着，往山石后头躲，因为那里是攻击的死角。

不想，前面的几个突厥人刚踩到那块巨大山石的阴影里，就听"轰"的一声巨响传出，热浪从地上炸开，炸得那几个人不由自主地向前飞扑，还来不及退后，就被炸了个正着。

那些火药的威力倒不是多大，奈何响声很惊人，吓得他们的坐骑受了惊，阿史那座下的那匹马往后一跳，就向后往来路上狂奔。

此时，阿史那身前那个要死不活的伤兵突然抬起了头，狠命向后一撞，用头把阿史那撞了个正着。因为猝不及防，阿史那竟被狠狠一撞掉下了马，沿着山道滚落，眼看就要掉到山道边的悬崖下。

跟在阿史那身后的突厥人惊呼，飞身抢扑上前，"右贤王——"他死死地拖住了阿史那的一只脚，这才止住了他的下落之势，稍后，那个突厥人又和其他赶过来的同伴一道将阿史那从悬崖边拉回来，搀扶起身，然后战战兢兢地贴着山石往回撤。

既然前路不通，那就往后去。只要退到他们的地盘，就有机会汇集其他人，再追上赶着马牛羊、走不快的明军，将他们杀个干净，报仇雪恨。

阿史那做了个手势，吩咐道："放信号，让其尔柱他们从后面掩杀过去。"

山上，杜子衡带出的精兵强将和阿史那留的那部分后手短兵相接……

另一面山坡上，困即来的大儿子、镇守嘉峪关的喃哥披衣站在城墙的最高处，用千里镜眺望山谷里的对垒，心里暗道不妙，回头问他身旁同样面色凝重的手下霍都，"阿史那近日是不是又回来了？"

"是，大台吉，阿史那总是避开咱们的人手，所以一直没能将他们清理干净。"看着战场里不断倒下的身影，还有硝烟弥漫的山道，霍都面色凝重，"阿史那这次也不知道怎么了，竟然想硬抢明军的骏马和牛羊。不过属下看那些火药，明军应该也是有备而来，依您之见，谁赢谁输？"

喃哥抿着唇，阿史那可真是个强敌，他将突厥人的营地建在嘉峪关里，还屡次和他交手，双方各有输赢，显然这阿史那不是吃素的。朝廷那边的人或许不知道阿史那在这边的兵力有多少，一旦阿史那倾巢出动，明军人生地不熟，恐怕会被人瓮中捉鳖。

若没有阿史那，喃哥也不会镇守在嘉峪关这么久。这阿史那就像是跟他捉迷藏似的，他在嘉峪关的时候阿史那的人就安分守己，他一走，阿史那的人就抢马偷羊，弄得人烦不胜烦。

他们当然应该帮朝廷的人，但喃哥不想因为这场恶战过多地消耗自己的人手，若是死伤过多，父王未必肯给他及时补充兵马，就是肯，到底不及自己带出的人用起来趁手，所以他帮朝廷那边，却不愿做主力，打着主意要让那两边鹬蚌相争之后，他再出手。

看到山谷里的战局，喃哥凭着自己对阿史那的了解，认为对方恐怕是故意装蠢，欲将取之必先予之。

喃哥甚至怀疑，杜子衡他们落入了圈套，阿史那出这一招是为了包围他们。击杀明军才是阿史那的主要目的，次要任务才是劫掠那些马牛羊。

"刚才山道上的火药，阿史那的人应当看到了吧？"他看着山峦里的动静问道。

霍都点头道："这样震天的声响，他的人纵然看不到也听得到，而且阿史那带的那些人手，不足他们全部人手的三分之一，恐怕大队人马正在赶过去。"

喃哥沉吟片刻道："突厥人怕也要防备着明军还有后手，未必会使出全力，咱们的人手有多少可用的？"

"一百来个。"霍都答道，即使他手头没有千里镜，也能看到火药点燃后，引起地上的杂草熊熊燃起，黑雾随风高飞，仿佛在山道上凝聚了一大片乌云。

他们这一百来个人，加上明军那边的三百精兵也不到五百人，阿史那的人手在这谷里就有一千多，算起来是他们人数的两倍，若是硬拼他们只有死路一条。

不过喃哥本来也没打算拼命，先前他叫霍都安排人在山谷里四处放湿草点燃起烟雾，就是想帮着明军摆迷魂阵，令阿史那安排的后手搞不清楚究竟是怎么回事。

喃哥眼看着突厥人的反扑之势越来越猛，山道上四处都冒了烟，又见被突厥人包围的明军节节败退，有不少人已经战死，心不由得紧紧揪起。

怎么办？

难道他推波助澜还不够，必须和杜子衡在此联手，杀突厥人一个措手不及？

时间不等人，纵然担心阿史那留有援手，但为了防止阿史那和他的其他同伴形成夹击之势，喃哥终于下定了决心，"叫上咱们所有的人从后面包抄过去，记住，一个突厥人都不许放出去。"

"大台吉，那山谷之中地势险要，明军那边人手不够，又不占地利，必输无疑，此时我们过去正是人心惶惶之际，只怕被人瞧见，反倒引得阿史那忌恨。你看那边狼烟四起，杜大人那边也想到了，正在向嘉峪关的明军求救呢，不如我们再等等？"看出喃哥的心意，霍都劝阻道，"若是咱们的人全下去，折损过多，四台吉那边就有机可乘了。"

喃哥移开眼前的千里镜，指着远方，对霍都道："你看那边。"

顺着他手指的方向看去，霍都看到了突厥人后方的大营和辎重所在，有些明白过来，"那是突厥人的粮草营地，大台吉的意思是？"

"如今明军的人马被阿史那的人压得抬不起头来，这样下去，我想用不了一个时辰，他们就能会合。我想带着咱们这些人，想办法冲进突厥人后阵，烧毁他们的粮草辎重。"

"啊？"霍都这会儿都有些蒙了，大台吉竟然想安排人从后面包抄。

第十八章　滋味

霍都明白，虽说烧毁粮草，突厥人必然阵脚大乱，那样不仅可以帮明军拖延一段时间，说不定还能令明军等来嘉峪关驻守的人马，杀突厥人一个措手不及。但那样一来，只怕突厥人就要把账算在他们身上，依突厥人那睚眦必报的性情，将来定会后患无穷。他们岂能为了明军，断了自己的生脉？嘉峪关这些人手，可是大台吉以后存身立命的根本。

反正镇守嘉峪关的又不光是他们沙州卫的人马，就让那些明军去帮他们自己人好了。

"还不快去？"见霍都迟迟不动，喃哥看了他一眼，低声训斥。

霍都低了低头，从城墙上退了下去。

没多久，嘉峪关的城门大开，从里头飞奔出一小撮人马，有百余人，人人手持上了弓弦和小坛的火油，往突厥人大后方冲去。

但愿这些人手出师告捷……

霍都为他们捏了一把汗，总觉得大台吉的计划未必那么好实现。

他的目光看向被战火弥散成黑雾遮挡下的突厥人后阵。在高处，很容易看出突厥人的尾阵已奔向辎重所在，却始终没有看到他们这边的人射出扎了火油的箭羽，令火光燃起……

"突厥人还真是谨慎啊！"喃哥低沉而沙哑的声音在霍都身边响起，此时的他身穿一袭青灰色的突厥服，头戴镶嵌着宝石的头盔，手握缰绳，背负长弓，正用冷冰冰的眼神打量着城墙下的突厥阵营，他的左脸颊上有着明显的刀疤，这道疤痕，让他的五官更加硬朗和刚毅，仿佛是经过千锤百炼才铸造出来的。

喃哥举起长弓，"那就让我看看，今天究竟是鹿死谁手。"他的箭离弦而去，正中带着人冲锋陷阵的突厥首领阿史那。

随着阿史那中箭倒下，突厥阵营大乱。

* * *

孙言瑜站在望月阁的廊檐下在等马车。她是头一回来这家店吃饭，这店地方不大味道却特别好，因此食客川流不息。孙言瑜是被这家店里的味道吸引过来的，远远地就能闻到空气里弥漫的浓厚肉香，令人垂涎欲滴。孙言瑜进门时正好碰见他家的酱汁蹄花起锅，白瓷碗里盛着的猪蹄呈现半透明状，色香味俱全，吃起来异常嫩滑肥美，显然是因为这蹄花加了店家独门配方的酱料，所以香味独特，非常好吃。

据说这家店的主人，祖上曾经做过京城的大厨，也不知后世子孙为何会跑到这沙州卫来。但他这酱汁蹄花显然经过改良，很符合当地人的口味，

有些食客配了花雕之类的酒一起喝，看上去颇为豪放。

像孙言瑜这样斯斯文文吃饭的也有，所以她坐在其中，倒也不算引人注目。

除了酱汁蹄花，还有个铁板烧肉，也很是对孙言瑜的胃口。她按店家说的，在铁板上加一点油，把提前用酱料腌制好的肉、鱼、蔬菜，还有姜片、青椒等放上去，将盖子焖上，放在小炉上面借着火力烧烤，快好的时候再加点醋，最后撒上葱花。

因为操作简便又新奇，很多客人都不让店员帮忙，多数都是自己动手其乐融融。

吃了这些，再吃清脆爽口的白灼青菜，很是适合已经有些寒意的初秋。

孙言瑜不知不觉就吃完了两碗饭，近乎她平常食量的两倍，也是她到沙州卫近两个月以来，吃得最饱的一次。因为合胃口，她就多吃了一点，不知不觉，就吃得天色已经蒙蒙黑，出来的时候还因为外面开始落雨，困在了廊檐下。

沙州卫是个日照充足、干燥少雨的地方，已经很久没有下雨了，这一落雨就有不少人欢呼起来，还有晚归的童子跑到雨里玩耍，踩着地上的水坑高兴得手舞足蹈，又被家里的大人拉了回去。

虽然已经入夜，还是有零星的客人前来望月楼，再加上有些要离开的人站在廊下避雨等家里的仆从牵车马过来，一时间，长长的廊檐下竟然有点拥挤。

有个客人收伞打算走进店里，不小心碰到孙言瑜的手肘，低低说声对不起，她并不在意，仍专心为迟迟看不见的马车引颈眺望。

喃哥轻轻地抖了抖雨伞上的水滴，尽量小心不喷溅在别人身上。

那日打败阿史那之后，杜子衡对喃哥再三道谢，并且说回去之后定要将他的英勇上报朝廷请功，朝廷那边会怎么嘉奖他尚不知道，倒是困即来听闻此事很高兴，召了他回沙州卫。

阿史那受伤逃离嘉峪关，一时半会儿不会有人再找麻烦，喃哥就带着近卫回沙州卫休整，今儿个白天他处理了不少公务，等忙完已经到了这个时辰，他突然想吃望月楼的饭菜，就索性乘了马车过来。

还没走到望月楼，远远地隔着雨幕，喃哥就看见了站在屋檐下等车的孙言瑜。

　　这个时辰，到望月楼来吃饭的人已经不多，况且孙言瑜的外表又很出众，虽然她用姜黄压了些脸色，但孙延振和她是双生子，也是天生的好相貌，所以装扮上，除了垫高鞋子加宽双肩，看着比女子更英气些，脸色不如女子白皙以外，孙言瑜的模样并没有做太大的改变。

　　在喃哥的眼里，就是那男子头戴方巾，穿着一件淡蓝色的交领道袍，束着腰带，整个人看上去文质纤弱，又带着三分骨头里的硬朗，脸颊被夜色里廊檐下的红灯笼照着，秀眉入鬓，红唇艳艳。

　　他站立的身姿，有些慵懒、闲散，看着廊前细雨的模样不像其他人那般着急，而是透露出几分闲适，神情惬意的模样令喃哥觉得很像他养的那只猫，因为这份相似喃哥就多看了几眼，看着看着，他就看出了几分别样感觉。

　　原本看上去面目秀气的男子，看久了就多出几分女子的秀美端丽，这雌雄莫辨的美，吸引着喃哥从夜色中一步步走向光影下的那个人。

　　虽然廊檐下站了不少人，但喃哥要想避开其实轻而易举，他手中从近卫手里拿过来的那把雨伞是故意碰到的孙言瑜，只是没想到，听到他表示歉意，对方连眼睛都没有看他一下，只淡淡地摆了摆手表示没关系，还微微侧了侧身，方便他进去。

　　也不知是因为这秋雨，还是秋风，喃哥觉得自己的心竟然有些不听使唤，忍不住想回头看那个人。不知不觉间，喃哥被这种无关性别的美吸引了。

　　喃哥心不在焉地收拢伞，就要往里走。

　　"砰——"

水花四溅。喃哥的伞忽然弹开。

靠得最近的孙言瑜被这一溅，衣衫几乎湿了半边，她愤愤转身瞪向肇事者，喃哥一脸尴尬，他没想到会因为自己有些心不在焉，手里的伞没有完全收拢，一时没握紧就弹开了。更没想到，这一下会弹了对方一身水，令他看了自己一眼。

四目交接，惊鸿一瞥。

瞪了喃哥一眼，孙言瑜从袖中拿出一方雪白的锦帕，上下擦着衣襟。

喃哥看见孙言瑜瞪自己，只觉得对方那双漂亮的杏眼瞪得溜圆真好看，好看到看着那双眼睛，就想和他亲近。府里有妻有妾，他不是未识风月的男子，但是面对她们，喃哥从未有过心动之感，他对她们的喜欢，甚至比不上喜欢一把剑、一柄刀。而眼前的这个人，却令喃哥有一种把他揽入怀中的想法。

对于这种美，喃哥心底有一丝冲动，这和性别无关。喃哥自己都觉得荒唐。

喃哥拉住准备上车的孙言瑜，"这位公子，相请不如偶遇，你陪我一起吃个饭。"他理所当然地说。

作为蒙古王公的大台吉、沙州卫都指挥佥事的嫡长子，喃哥平日里虽然礼贤下士，但在骨子里他仍然有着贵族子弟的骄纵、骄横，而这一刻，他不想隐藏，只想率性而为。

喃哥这一拦人，他的近卫们纷纷上前，将其他人驱散开，只留出喃哥身前通向望月楼那条道。

这般耀武扬威的气势，令旁边等车的客人纷纷冒雨离去，以免惹祸上身。

"公子这是想做什么？"孙言瑜一挑秀眉厉声道，却在说话间，被喃哥拉着走向望月楼，她想挣脱，但根本不是勇武有力的喃哥对手。

"放开我家公子。"叫车过来的司画一看此情形，连忙上前阻拦。

"大台吉有事寻你家公子是他的福分，不要不识抬举。"喃哥的近卫拦下了司画。

孙言瑜听到那近卫所言，知道自己不可能轻易脱身，听出喃哥的身份，她便摆了摆手回头对司画说："去请叶大人来，就说我要与大台吉在望月楼小酌。"

司画听懂了她的意思，狠狠地一跺脚，转身回头跳上马车，催促着车夫赶紧走。

孙言瑜愣愣地跟着喃哥往里面走，想不通他为什么会突然拉住自己，压根就没往喃哥可能喜欢她这方面想。

至于逃，她看看这个身形高大、如同铁塔般的蒙古大汉，就是对方没有近卫随从，她加司画也动不了这人一只胳膊，所以眼下只能走一步看一步，看看这人到底是为何事要将她留下。

"这位公子，不好意思，我的伞刚才打湿了你的衣服。作为赔罪我一会儿亲自送你回家，你看这么大的雨，天色又晚，你就是坐外头的马车回去，也不安全……"一落座，喃哥就说了一大串话出来。

坐外面的马车不安全，难道坐你的马车就安全吗？

孙言瑜腹诽道。

想到之前那些军士对这人的称呼，孙言瑜强自镇定，淡淡地说："大台吉客气了，我这衣服只是下摆湿了，擦擦就好，您不用放在心上。"本来还想说"我又不认识你"之类的话语，却在看到喃哥看着她的灼热眼神后，滞了滞，到底没有说出口。

这人虽然话说得客气，但他身份高贵，整个人看上去高鼻大眼，又是一副桀骜不驯、生人勿近的模样，她怕自己一个不小心，就惹怒了他。

对方看自己的眼神如同一头狼盯着猎物，孙言瑜努力扯出一个笑，"谢谢大台吉的好意，不用了。"

喃哥却像没听见，或者没听明白似的，刻意忽略了孙言瑜的拒绝，听着近卫吩咐店家上菜，"姜汁豆腐，蜜灼茄子，蒜香鸡翅，再烤两条鱼，再来个孜然牛肉……"

他看看孙言瑜，温和地问道："他家的铁板叉烧也很好吃，要不要也来一点？"没等孙言瑜回答，他就吩咐道："再加份铁板叉烧。"

孙言瑜默默把拒绝的话咽了回去，反正对方也不需要她的意见，也容不得她回绝。

喃哥说完话，就丢给近卫安排，靠在椅背上，静静地看着这个对面坐着的人。

红彤彤的薄纱灯笼里微透出的光，显得孙言瑜的皮肤虽不是特别白，却干净而清爽，她的头发在方巾外垂出了几根，在耳际旁晃晃悠悠的，别有一种缠绵不尽的风情。耳垂圆圆如同玉做的棋子，让人忍不住想捏一捏。

"我叫喃哥，你叫什么名字？"喃哥倒了杯茶递给孙言瑜。

孙言瑜接过那杯茶，道谢后语气郑重地说："小可姓孙，名延振，是京城人士，朝廷封任的中书舍人，这次来沙州卫，是奉皇上之命，前来千佛洞修建大明的洞窟。"

喃哥愕然，沙州卫南来北往的商客很多，他看出孙言瑜是中原人士，却完全没有料到对方有这样的身份，一时有些为难。

官身啊，那就不大好得手了。

他看向孙言瑜。

许是被他强扯进来的缘故，这位孙舍人虽然脸上有三分笑意，但那笑容分明不达眼底，然而即使是这般敷衍的笑，也是出乎意料地好看，也因为那笑，他的杏眼弯弯如月亮，秀眉朝上，脸颊还有酒窝，看上去格外清甜，楚楚动人。

喃哥的主意定下来，这个人，他要徐徐图之。

窗外忽然有零落的飞鸟被惊起，扑扑地蹿出枝丫。

门外有人惊慌大喊："这里面已经有客人了，你们不能进去！你们想干什么？你们不能进去。"

喃哥回头，瞧着夜色中惊鸟乱飞，浓眉间皱了皱，对孙言瑜道："不用管，让他们去看看。"他伸手拦下准备以此为借口起身的孙言瑜。

没多久，一阵急促的脚步声后，他们的屋门被推开。

"大哥，孙舍人我带走了，改日再和你聊。"锁南奔进来，扯起孙言瑜的手拉起她就准备走。

喃哥伸手挡住他，"四弟，你什么意思？我和孙舍人相谈甚欢，你干吗横插一杠子？"

锁南奔的狐狸眼挑了挑，笑道："大哥你跟孙舍人是私事，我这可是公事，父王请他过去呢，你就别拦着了。改天，改天啊，小弟摆酒向你请罪。"

喃哥一听是他父王的意思，就有些犹豫，锁南奔见此情形，拉着孙言瑜就往外走。近卫们想拦，但主子没发话，他们也得罪不起四台吉，就看着锁南奔将孙言瑜带出了屋子。

"砰——"喃哥一拳狠狠地砸在了桌子上，他最信任的近卫小宋上前，收拾了溅出来的汤汁，低声道："大台吉，四台吉这次着实是欺人太甚！"

喃哥这会儿却冷静了下来，端起茶杯喝了两口茶，平静地说："不用管他，小四越嚣张对我们越有利，我是大哥理应让着他些，况且他还奉了父王之命。"

小宋犹豫片刻，给喃哥又加了些茶，方道："您觉得今晚请那位孙舍人过去，真是郡王爷的意思？"

喃哥淡淡地说："是不是又何妨，关键是父王得知道这事。倘若不是父王所为，那就是小四假传了父王的命令，依父王的性子，能饶得了他？倒是朝廷过来的官员，竟然跟小四关系这么近，着实有些难办。"

他敲了敲桌子，"给我约见朝廷那边来的人，最好是那位……"他回想了一下之前孙言瑜说的话，"最好是孙舍人口中所说的那位叶大人。"

说完，他忽然想到了什么，脸色微变，"对了，小四说过，那个叶大人也是京城里的权贵之后，如果他们勾结起来，父王那边……"他猛地站了起来，"快去给三台吉传话，告诉他盯紧了小四，别让小四有机可乘。狂风能卷起戈壁滩上的沙土，却不能拔掉雪山上的一棵草，小四阴得狠，别大意了。"

小宋应了一声是，急忙退出房间。喃哥坐在那儿心绪久久难平。他虽然一时被迷昏了头，但毕竟是个稳重内敛之人，一下子就反应了过来。

"叶大人，希望你和杜大人一样，更看重我这个大台吉……"他自言自语道。

看着满桌的饭菜，喃哥拿起筷子慢慢地品尝起来，明明饭菜还是那桌饭菜，少了孙舍人坐在旁边，似乎就少了许多滋味。

在喃哥吃完准备放下碗筷起身离去之时，外头响起了一阵急促的脚步声。

"咚咚咚……"小宋推门而入，"大台吉，我见到了三台吉，把您的话传给他了，但他听了之后又让我给您传话，请您立即过府一叙。"

　　小宋说罢，恭敬地等待着喃哥的指示，喃哥皱了下眉头，问道："老三还说什么了？"

　　想到自己将今晚情形讲予三台吉时他的神情，小宋迟疑了一会儿，才答道："三台吉说，请大台吉务必小心谨慎，切记别中了四台吉的计策……不要耽搁了正事。"

　　喃哥听了这话，沉默了片刻，点点头道："走吧，到老三那边去，有些事儿我们得早做打算了。"

第十九章　送礼

　　锁南奔的书房里，叶思北在安静地伏着身子看沙州卫的地图。他这次出行也带了沙州卫的地图，但那已经是多年前的了，锁南奔这儿的地图当然比他手头的更全一些。这位四台吉故作大方地让他看，他自是不会放过这样的机会，只是因为事关军机要事，他也只能看看，没法拓一份带走。

　　锁南奔出去帮他救人，仍然留了人在书房，名为伺候，其实就是监视，是为了防着叶思北描摹下来偷拿出府邸。只是锁南奔不知道，叶思北早就将自个儿的那份地图牢记在心，眼下只需要记下两张图之间的区别以及他那张图上的未绘之处即可，对于他的记性而言，这事没有什么难度。

　　所以，看了这张地图就相当于叶思北将来会有沙州卫的全图。

　　门被推开，锁南奔扔下擦头发的帕子，边走进来边对叶思北笑道："人我已经给叶大人救下，亲自送回了住处。怎么样，够诚意吧？"他坐下来端了杯茶喝了两口，见叶思北还在看地图，便顺手拿了茶盘扔过去将地图盖住，"事先咱们可是说好的，我去救人回来，叶大人就不能再看了。"

　　叶思北站起身，有些遗憾地看了看桌案上的地图，抬头看着锁南奔笑道："我欠了四台吉两个人情，来日必将报答。"

　　锁南奔摆摆手，"别放在心上，叶大人只要帮我在太子殿下跟前美言几句，这人情咱们就两清了。"

　　过了一会儿，额德捧了个盘子进来，掀开上面盖着的丝绒，一大块青金石露了出来，行礼之后，他笑着跟叶思北说："叶大人，您看这青金石质地致密，石质坚韧、纹理细腻，这么大块的青金石可不好找，尤其是像这块色泽这么均匀的，小的敢说全沙州卫都找不出来两块。您看这蓝色多浓艳、多纯正，这可是四台吉特意吩咐人从他私库里找出来的，您可收好了。"

锁南奔轻踹了额德一脚，笑道："叶大人可是东宫洗马，还是皇太孙殿下的表弟，什么好东西没见过，用得着你在这儿替我吹嘘？"

"还别说，块头这么大、颜色还这么好的青金石，就是在京城也不多见。"叶思北笑着夸奖了一番，谢过锁南奔，示意跟在他身边的人接下了石头。

锁南奔抬起头，有些好奇地问："叶兄，你要这青金石做什么？修建洞窟要用的东西，按朝廷的意思，不是都由我们沙州卫帮着协助供应吗？这青金石虽然贵重，但不如这块的倒也能找上不少，你要是需要，到时候我让手下搜集了给你送些过去就是，何必自己亲自来寻？这东西要是让你自掏腰包，你有多少俸禄能付得起？"

叶思北起身回话："谢过四台吉，以私人名义我也就寻这么一块，其他的还是朝廷征购。这块石头是我帮孙舍人寻的，她是画师，需要用青金石制色，除了修建洞窟以外，她自个儿也有些私用，她在本地人生地不熟的，一时也没地儿购去，所以我就来有劳四台吉，想着您这儿方便些。"

"你和孙舍人关系真好，难怪之前要叫我到大哥手里去救他。"锁南奔暧昧地笑着。

叶思北淡淡一笑回答道："这次修建洞窟毕竟离不了他们这些画师，我怕大台吉没轻没重伤了孙舍人，所以平日里自是要尽量护着。"

"哦，是这样！"锁南奔不置可否地笑了笑。

他走到叶思北跟前，低头看书案上的青金石，满意地点点头，"我让他们在私库里寻块好的，看来底下人办事还不错，这块石头怎么都够你拿去哄人了！"

叶思北抬抬手，施礼谢道："让四台吉费心了，这块石头确实不错，即使不用制色的秘方，想来普通提取法制成青靛之色，也应该很不错。"

锁南奔听了眼睛转了转，"制色之法？这青金石还有什么特殊的制色之法吗？"他再次看了看那块石头，"我看这石头的颜色，已经是上乘，不知道用那制色之法提取的，又是个什么样子？"

叶思北摸了摸那块石头，"这我倒是不知，不过听孙舍人说过两句，想来他们画师有自己的法子，能够令颜色更鲜亮、画作保存更久吧。"

锁南奔听罢，眼中多出了几分玩味，看着那块青金石笑道："你这么一说，倒勾起了我几分好奇，你知道我一向喜欢你们汉人的东西，也爱画两笔。我平日里用来作画的蓝色青色，只能简单研磨未经提纯的青金石粉末，用这种法子取得的颜色，除非是用上好的青金石制成，不然里面混着的东西，总是令研磨后的石粉呈现出暗淡的灰蓝色。可洞窟里的那些色彩，不管是哪个朝代的壁画、石像，用到的青蓝之色都很鲜亮，历经几百年都不褪色，想来你们确实是有些法子的，不知道叶兄可否割爱，与小弟讲述一二？毕竟若是能提出上好的群青色，可是比黄金还要贵重。"

锁南奔抬起头，看着叶思北似乎无意地问道："这也是叶大人回护孙舍人的主要原因吧，因为他懂得青金石的制色之法？"

叶思北下意识看了一眼那块青金石，听着锁南奔的问话，心里突然冒出一股寒气，他之所以在锁南奔面前透露孙言瑜懂得用青金石的制色之法，一来是想试探之前派去刺杀画师的那批人是不是和锁南奔有关，二来是想以此提升孙言瑜的价值，得了锁南奔看重，即使是喃哥的人对她也不好轻举妄动，但听锁南奔的意思，这制色之法似乎勾起了他的贪婪之意。

叶思北也知道自己是在与虎谋皮，但眼下在沙州卫他拼着得罪主管财政的阿拉坦和主管军务的苏赫巴鲁才拿下了修建洞窟的费用，再无余力和喃哥他们直接冲突，只能周旋在他们兄弟之间，进一步扩大他俩的矛盾，好让鹬蚌相争，自己再从中渔利。

低下头，他看了看那块青金石答道："这也不是什么难得的法子，画师们都略知一二，四台吉也知道，那些洞窟最早从北凉时就开始修建，像那种用于僧人们坐禅修行的禅窟，就比较简单，里面鲜见精美的壁画和雕塑，而用来人们参拜的殿堂窟和中心柱窟的雕塑和壁画上，青蓝之色必不可少，数百年前工匠们就掌握的法子，能有多难得？不过是技艺一般都不外传，所以世人知道的较少罢了。"

锁南奔抬起头，指了指青金石上的一两点闪金，若有所指地说："像这种蓝中带紫无白少金的上好青金石我的手头也不多。但品相不及这块的，倒是也有几块，要是那种上面有白色杂石的，混了黄铁矿和杂金的却有很多，若能提纯制色，这次修建洞窟就会事半功倍，想必修好以后，即使是最为精美的唐窟也不能与之媲美。"

听了锁南奔的暗示，叶思北回答得越发小心："我也是考虑到这一点，所以才向你讨要一块青金石让孙舍人看看，能不能提取出更纯正的青蓝之色。"

锁南奔嘴角一勾，笑道："这块青金石已经很纯正，只怕看不出孙舍人制色的本事，这样吧，我再让人送几块杂质比较多的青金石给叶兄，你让孙舍人仔细研究，等他琢磨透了，务必要指点我一二。"

话说到这份儿上，就没法再敷衍了，叶思北郑重地点了点头，"四台吉放心，你要是对这个感兴趣，孙舍人那边我去通融……说起来，你今晚能施以援手，孙舍人肯定是感铭在心，说不定这会儿也正想着怎么感谢呢。"

看着锁南奔审视的目光，叶思北若无其事地说："修建洞窟不是一年两载能够完成的事，皇上的意思，大明这次修建的洞窟不会少于唐窟，这不光需要耗费大量的人力、物力，更需要数十载的经营，太子殿下当然希望沙州卫这边会鼎力支持，由四台吉你这般友洽和睦的人驻守沙州卫是再好不过的。在朝廷，我们肯定会方方面面都向着四台吉说话的。"

一听要修建这么多的洞窟，十年八年都不见得能全部完成，朝廷肯定会想用个亲近之人，锁南奔立刻欣慰地笑了笑，"只要叶兄你把小弟的心意告诉上面，这事肯定能成，将来我若是坐了父王那个位置，势必以朝廷马首是瞻，全力支持朝廷修建洞窟。如今你也知道，我父王这个人比较谨慎，他担心修建明窟会对沙州消耗过大，所以不太积极，但我不一样，我觉得从长远来看，明窟修建好了，利国利民，不仅可以加强朝廷和沙州卫的联系，对沙州卫以后也是大有好处。"

"四台吉真是高瞻远瞩，目光长远！"叶思北微微一笑，目光很是期盼。

这目光令锁南奔甚是愉快，他仰头大笑起来。

＊＊＊

一大早起来，外头就一片昏暗，漫天沙尘遍布。这般天气本来不宜外出，但一行人来到沙州卫时本就已经晚了，若再耽搁下去，则不知何时才能开始修建大明洞窟。于是，吃过早饭后，军卫们就护送着一批匠师，一道顶着风沙出门了。

等到了千佛洞的地界，风景一下子变得不同了，风沙小了，绿树也多了起来，鸣沙山此时仿佛是苍茫天地间的金色守护，静静地护卫着那些神秘的洞窟。白日里看沙和夜晚完全不同，孙言瑜发现鸣沙山的沙子竟然有红、黄、绿、白、黑五种颜色，握在手中晶莹透亮，五彩缤纷。

叶思北和文进先生交谈，"我听闻这鸣沙山也叫神沙山，先生可知这是什么典故？"

文进先生擦了一把汗，"唐书《元和郡县志》云：'鸣沙山一名神沙山，在县南七里，其山积沙为之，峰峦危峭，逾于石山，四周皆为沙垄，背有如刀刃，人登之即鸣，随足颓落，经宿吹风，辄复如旧。'鸣沙山之所以被称为神沙山，是因为它有三大奇特之处。"

他指了指孙言瑜手里的五色沙，笑道："这五色沙在夏季会发出声音，这山也是因此而得名鸣沙，山中还有一个形似月亮的沙泉，在这沙漠荒原上，千年不涸，千年不曾湮没，此外，月牙泉中还有铁背鱼和七星草，都是宝贝。"

看到那水质甘洌、澄清如镜的月牙泉里游鱼无数，众人都啧啧称奇，孙言瑜看到那一弯新月遗落在千里黄沙之中，倒生出了"念天地之悠悠，独怆然而涕下"的孤独感，她默默走到一边，自个儿在那儿玩沙，叶思北见她愣神，猜她是思念京城的哥哥了，便不动声色地走近，低声道："你放心，孙兄已经在路上了，很快你们兄妹就会相见。"

孙言瑜点头，抬起头看着眼前鬼斧神工的自然美景，喃喃道："你说在这样荒凉之地，怎么就生出了一片绿洲呢？还在这片绿洲的石壁上挖出一座座洞窟，真不知道他们怎么想到的。"

叶思北轻笑："并不是一开始就有如今的规模，最早的时候不过是一个僧人为了修行，挖了个简单的石窟居于其中，那千佛洞是经过历朝历代无数匠人、画师和僧侣的心血，再加上数不清的财力、物力支撑，才一点点有了今天的景象。"

孙言瑜看着他，目光深沉却一时没有说话，被她那双明眸看着，叶思北微微心悸。

他们说着话的工夫，只听得前边传来一阵喧闹，转过身一看，却见其他人已经往月牙泉南岸台地上建的药王洞跑过去。

相视一笑，他们也跟了上去，路上就听文进先生说，月牙泉边的玉泉楼、雷音寺都是雕梁画栋，并不输于京师的那些琼楼玉宇。

即使已经为月牙泉惊叹过，等看到千佛洞的那些历朝洞窟，众人仍然为之失神。也就是在这一刻，孙言瑜仿佛被打通了任督二脉。

从前看画卷时的那些感觉，在这些触手可及的壁画、雕塑面前全部涌现了出来，那些沉寂了千年的飞天、佛祖、金刚、菩萨，衣衫、人马、车骑……仿佛都活了过来，栩栩如生地立在她的面前。

壁画上的一草一木、一花一叶都经久流传，在岁月的淘洗中，好像有一条明显的脉络把它们联结起来。她看着一个个洞窟中不同风格的壁画、雕塑，感觉它们的生命力仍然在延展、在增长，那壁画上的一笔一画，石雕上的一刀一刻，都如流水一般浑然天成，将一千多年来画者和雕刻者的横溢风姿、纵逸灵动表现得淋漓尽致，仿佛在岁月的长河中，那些洞窟吸纳了时间的声色光影，凝固住岁月的力与美，灵与魄，令无数的后来者为之惊艳，为之折腰。

光是这一趟出行，孙言瑜就在洞窟里待了整整三天，渴了喝山泉水，饿了吃干粮，她和那些匠师一道，试图将每个看到的洞窟都牢记下来，描绘记载。

等匠师们把所有的洞窟都看完，已经过去两月有余。而那些日子里，孙言瑜不是在山上的洞窟里观摩学习前人技艺，就是在住处的书房里临摹前朝瑰宝。

那日叶思北去寻她时，她也是在书房里作画。

金丝檀木漆雕大案有三尺多长，上面放着文房四宝，侧首一尊茶晶的儿童戏莲笔洗晶莹可爱。

笔洗利用茶晶的丝丝络纹作为水波，几个天真烂漫的童子在长方形的水池四周，有一个手攀池沿，有一个蹲踞嬉戏，还有两个童子憨态可掬地向里张望，似乎想伸手攀折里面的莲花，神情动作看上去十分逼真。

茶晶的池子里，莲花和小鱼都是用茶晶里的杂质黑点来雕刻成形，笔洗的沿口有莲花图案，远看着，就像是池水中的莲叶托着浮莲，叶下有鱼儿游来游去，栩栩如生。

孙言瑜笑眯眯地倒了水进去，原本看上去像是在莲叶下栖息的小鱼，因为水波微漾，衬得鱼儿仿佛活了过来，在水里游来游去。

"你几时得了这样的好东西？"叶思北站在旁边顺手接过砚台帮着研墨，笑着问一旁挑笔的孙言瑜，"这个茶晶看上去很斑驳，不是什么好材料，但经过加工之后，却是匠心独运，变废为宝。你上哪里寻了这么好的工匠？把他找来，正好等修建洞窟的时候，可以好好雕琢一些神佛。"

"叶大人连自己带来的工匠都不认得，这东西出自越匠师之手，就是那个不怎么爱吭声、总爱低着头找石头的师傅。他是个石痴，最爱收集各种石头，成天琢磨怎么雕刻，上次您拿来的青金石我选了一块给他，他就送了这个给我。"孙言瑜挑出一支玉管狼毫，一只手撩着宽大的衣袖，又嫌衣袖碍事，索性卷起用根丝带束紧，露出一截皓腕，如玉似瓷。

叶思北目光微动，自从那晚挑破孙言瑜的身份，虽然彼此再没有说及她女扮男装之事，两人的距离却无形中拉近了许多，加上近日因为修建洞窟和准备青金石制色的事情，他俩接触比先前增加了许多，平日里渐渐亲近起来。

但孙言瑜瞅着叶思北的模样，似乎更像是把他当成兄弟、自己人，并没有男女之别，或者说在她的脑海里，对自己女子的身份很模糊，似乎因为女扮男装久了，她举手投足都把自己当成了男子，完全没有考虑到他俩一个是男子，一个是女子。

他将贪恋的目光从孙言瑜的皓腕上移开，看着那个笔洗道："越匠师啊，我有印象，他这个姓比较少见，平时也不大爱跟人接触，是个老实巴交的人，没想到做出来的东西，倒是这般的有灵气，改天我问问他，手头还有什么其他的好东西。"

"说起来，我当时也是看这笔洗有趣，所以就接了过来，也不知道越匠师手头还有没有其他的。叶大人若是想要，可以去问问他。不过，您可不兴空手套白狼，最好寻点好的石头跟越匠师交换。"孙言瑜说着蘸了点墨汁，并未绘在纸上，反倒往笔洗里点了点。

看到墨汁下去，笔洗里乌墨一团，鱼和莲叶都看不见了，孙言瑜有些可惜地说："这笔洗是好看，只是这墨一下去，就成了一团黑，什么也看不见。"

叶思北笑道："那你还用它？不是有其他的笔洗嘛，换一个用不就行了。"

"要是搁在那儿只看不用，还能叫笔洗吗？它再好也是个物件，物尽其用才是对它的真心喜爱。"孙言瑜振振有词道："东西就是拿来用的，若是搁在那儿不用就没意思了。而且，因为想着要尽快见到那鱼，我用的时候，为了画得快些也会画得专心些，能够更好地做事呢！"

听了孙言瑜的歪理，叶思北摇头笑道："只怕越匠师听了你这样的知音之言，定会非常高兴。他手艺精妙，能将笔洗做成这般的精巧模样，且又得了你这般喜欢，也算是不枉一番好手艺了。"

孙言瑜假笑了一下道："谁知道呢？兴许越匠师觉得自己手艺精妙，得了这笔洗的人就该放在那儿盛了清水赏玩，不该真把它当做笔洗来用。只是在我看来，这笔洗本是洗笔用的，放着不用岂不是浪费？"

叶思北哈哈大笑："没错，笔洗若是不洗笔才真是浪费，只想着赏玩的人才叫蠢笨。"看了看孙言瑜，他玩味地笑道："就像做了女子，却不肯着红装，一朵花偏要扮成叶，也是很浪费的！"

孙言瑜妙目横转，白了他一眼，然后，将那玉管狼毫笔蘸了些墨汁，往叶思北跟前一横，"叶大人再胡说八道，我这试墨的笔可就不知道会往哪儿画了，不如在您衣服上试试这墨，看看是否浓淡相宜？"

叶思北连忙躲开，求饶道："不敢了，孙舍人请落笔。我可不敢耽搁你画画，这可是事关修建明窟的大事。"

画了一个多时辰后，看到画纸上渐渐显现的人和车马，叶思北问道："哎，你这画的是唐窟里的那幅《宋国河内郡夫人出行图》？"

孙言瑜点点头，鸣沙山上有上百个唐窟，其中一个唐窟里绘的壁画就是《宋国河内郡夫人出行图》，这幅画给她留有极深的印象，她想着将来在明窟里画上天子出行图，可以记录大明的风土人情，所以就看得比较仔细，这会儿正好画下来练练手，找些感觉。

《宋国河内郡夫人出行图》对应的是那处洞窟里的另一处《张议潮统军出行图》，这两幅画画的是晚唐时期的归义军张议潮被敕封为节度使后，和夫人统军出行的场面，因为孙言瑜觉得自己此时恐怕画不出军士们的威武雄壮，所以选择先拿宋国夫人这幅练手。和张议潮那幅图的军威赫赫不同，宋国夫人这幅明快柔丽，孙言瑜画了那幅画的中部，也是出行图的主要部分。

这幅画的前部画的是百戏杂耍、歌舞乐队以及侍卫，孙言瑜画的中部则是一大群女官、侍婢等手捧衣服、妆奁等物，簇拥着骑马的宋国夫人和乘着担舆的女儿，宋国夫人坐骑前有女官一骑、乐者四人，两侧有侍卫夹护，后有随侍九人。两乘担舆每乘都是由八人肩舆，旁边还各有随侍五六人。车舆侧旁有驿使骑三乘，传信送物，林林总总加起来有百十号人物，却个个栩栩如生，极为传神。

可以说，孙言瑜临摹的这幅《宋国河内郡夫人出行图》绘出了原汁原貌，是非常不错的临摹画作，而且，壁画经过时间的冲刷，多少有些斑驳不清，孙言瑜画的这幅却将壁画中剥落的那些小细节都画了出来，像侍女捧着的羽扇，连风吹着微微拂动的样子，都描绘了出来。

叶思北看着画若有所思，"我记得张议潮归顺之后，唐设了河西郡，任命他为河西节度使，他在唐懿宗咸通四年率汉蕃兵七千余人，攻克凉州，打通了吐蕃通往长安的通道，那个洞窟就是在他攻克凉州受朝廷封赏之后，他的侄子张淮深为其开凿的功德窟，窟内绘制的这两幅图将他的功绩永久地保存下来，想必，沙州卫的这位郡王爷也会很想要这样一个洞窟来记载他的威名。"

第二十章　看戏

　　孙言瑜撇撇嘴："沙州卫这位蒙古王公，能跟张议潮相比吗？张将军当年，可是打通了因凉州被吐蕃占领而切断了上百年的河西走廊。"

　　叶思北摇了摇头，"永乐二年，他和买住率部众归降我大明，令沙州卫一带百姓安居乐业。永乐八年，买住卒后，由他掌卫事，一直朝贡不绝，也算是对皇上忠心耿耿，安排一个洞窟给他，能令其对朝廷更有归属感不说，还有利于我们在沙州卫的诸事进展，算起来，给他些浮名却可以得到诸多便利，何乐而不为？"

　　孙言瑜默了默，方道："这应该算是军政大事了吧，叶大人就这么讲给我听，合适吗？"

　　叶思北笑了笑，"孙舍人也是朝廷命官，想来不至于将此事泄密出去。况且，这只是我的一个想法，能否实行，还得上书京城，请皇上定夺。也就烦劳孙舍人暂时保密，别说漏了此事。"

　　孙言瑜连忙点点头，"叶大人尽管放心，我今天什么也没听见，什么也不知道。"

　　"我找了那么上好的青金石给你，不知道你打算怎么感谢我？"叶思北见孙言瑜神色郑重，便岔开了这个话题。

　　"不知道叶大人想要我怎么谢你？"想到叶思北之前带回的那一堆大小不一、品质各异的青金石，孙言瑜有些不知所措地问道。普通的青金石还好说，那中间最好的一块，在外头百金也未必能够买到，叶思北还不知给锁南奔许了多少好处出去，就那么拿给了她，确实应该感谢一番。只是想到自己也没带什么值钱的东西出来，孙言瑜就有些为难。

"就拿这幅画抵吧，孙舍人将来定会成为名画师，届时你的画可是千金难求，我当然要在这会儿多存上几幅。"

听叶思北这么一说，孙言瑜松了口气，虽然今儿个这画她还挺满意的，想自个儿留着，既然叶思北开了口就给他吧，大不了回头她再画上一幅。

"这画上颜料未干，等完全干了我再收起来，请人裱好了再给叶大人送去。"

叶思北看着孙言瑜一脸不舍的模样，言有深意地说："别不舍得了，你今儿个给了我，将来说不定还能再回到你的手里。"

"啊？"孙言瑜疑惑不解，"叶大人是想将这幅画卖出，还是想转送给其他人？"只有如此，这幅画才会兜兜转转再回到她的手里。

"我既然向你讨要，当然是要一直保存着。"叶思北见孙言瑜一脸懵懂，郁闷地说，"你哥哥快从京城来了，回头等他来了，你就恢复女装，假装是孙舍人的妹妹到沙州卫来看望兄长，记得这两天多买几件女孩子穿的衣服。"

"哥哥要来了？"孙言瑜高兴地绘完最后两笔，高兴得手舞足蹈。

难得看到孙言瑜这般不稳重的模样，叶思北看着觉得甚是新奇，忍着笑意轻咳两声道："后日里大台吉请咱们去他府上赴宴，你届时可别离开我身边，免得又被他拉了去。"

孙言瑜一听，脸上的喜意淡了许多，她自然是知道这样的场合不能不去，只能届时走一步看一步，无奈地点了点头。

孙延振抵达沙州卫的那夜，叶思北他们正在赴宴。是喃哥邀请这次从朝廷来的文武官员，还特意给他们安排了从京城来的戏班子。

　　由于喃哥特意要孙舍人参加，说是听说了孙舍人的画艺盛名，想请他（她）当场作画，描绘出当天的盛景，也因为这个缘由，孙言瑜都不好找借口不去，好在叶思北他们同行，想着大不了届时寸步不离左右，料那大台吉也无计可施。

　　这次回沙州卫，大台吉一改往日作风，这次宴请的宾客不仅有叶思北他们，还请了沙州卫的诸多官员，一时间大台吉的府邸门前车水马龙，里面的人影川流不息。

　　"这……"从车窗外看到外面那架势，孙言瑜有些担忧地对叶思北说，"叶大人，要不一会儿您去打个招呼，我就和其他人一道从侧门进去。要是您带着我这样进去，回头他们又该弹劾你不守规矩，万一让汉王知道了，说不定还会落井下石，让您回京城去……"

　　"你是朝廷的中书舍人，又是文进先生的左右手，和我同乘一车怎么了？难道是怕别人看出你是女子，所以故意回避？"叶思北从车窗看看外面，随口和她调侃。

　　孙言瑜知道他是笑自己为了见到哥哥时方便交换身份，在外衣下面特意穿了女装，不由得语塞。

　　她也不想如此，但兄长今晚就会抵达沙州卫，从时间上算，她根本来不及在赴宴之后再和兄长从容换装，只能让叶思北的人带着兄长来大台吉的府邸。而且，他俩要是在众目睽睽之下换了身份，任谁都不会怀疑，反倒越是避着人，说不准就被有心人看了去，反倒招惹是非。

　　见孙言瑜语塞，叶思北也没再纠缠这事，只等马车停稳，跳下车去伸出手去接从车厢里钻出来的孙言瑜，看到她犹豫的神情，眼中多了一抹笑意。

这小妮子，兴许是因为穿了女装在里面，有点意识到自己女孩子的身份了，这会儿来跟他避嫌。

"别担心，有我在，别人不会往那方面想的，况且我已经一早安排妥了……"叶思北交代叶三随时留意孙延振进城的消息，带着孙言瑜朝门前站立着，眉目全是笑意的喃哥走过去。

眼睛先在孙言瑜身上转了转，喃哥方才笑着对叶思北道："一直想和叶大人亲近，没想到我回沙州卫已经数日，才得偿所愿。"

叶思北自然是和他寒暄一番，等避开众人，方才道："阿拉坦他们那边，大台吉可有什么章程？"

喃哥坦言："自然是趁他病要他命，叶大人上次借着岁贡用来修建大明洞窟和骏马、牛羊交易的由头，好容易才有了查账的机会，既然查出他们贪赃枉法，自然要秉公查办。"

叶思北眼中颇有深意地看了喃哥一眼，轻笑道："大台吉就不担心你那位四弟舍不得他那两位得力干将？"

喃哥哈哈大笑，"小四精明得很，也很惜命，他会权衡利弊知道哪头重哪头轻的，倒是叶大人，你前些日子和小四走得那么近，这突然就要办了他的人，就不怕他心生怨恨吗？"

"那也是没办法的事。"叶思北淡淡地说，"就是朝廷也免不了蛀虫，上位者更应该端正自身，杀伐果断，'不谋全局者，不足以谋一域'。我想四台吉应该很明白这个道理，不会做出令郡王爷为难之事……"

两人相视一笑，朝内堂走去。

一开始，孙言瑜还因为要时时回避喃哥的目光心神不宁，等用过饭后，来到花厅看戏，随着琵琶、箫笛声的响起，在台上或婉转或悲伤的唱腔中，她就渐渐投入剧情之中，眼中再无其他事，听到后来竟似痴了。

嗬哥这日安排的戏是《汉宫秋》，是元朝大家马致远创作的杂剧，讲述汉元帝派画师毛延寿为新进宫的美人们画像，毛延寿却趁机收受贿赂，中饱私囊。美人中最美丽的那位名唤王昭君的姑娘，因家贫没有银子向毛延寿行贿，被其画得奇丑无比，甚至因此被打入冷宫。直到汉元帝巡视后宫时才偶然得见有落雁之色的王昭君，一时惊为天人，方才宠之爱之封其为明妃。

因为王昭君得宠，自知罪责难逃的毛延寿连夜逃出宫去投奔了匈奴，并献王昭君的美人图给呼韩邪单于，王昭君倾城之姿令呼韩邪单于见色起意，他派人到京城向汉元帝索要昭君为妻，并威胁若是不让他达成心意就兵戎相见。汉朝文武百官畏惧匈奴，劝汉元帝忍痛割爱，以美人和亲换取天下和平，百般无奈之下，汉元帝只得让昭君出塞，并亲自到灞桥送别。

因割舍至爱，汉元帝回宫后，悲伤难抑，而王昭君也因不舍故国，在汉蕃交界的黑龙江投水而逝。

这剧情和正史相差很大，但挡不住大家爱看天子爱而不得，要江山不要美人的故事，所以虽然是出悲剧，在沙州卫却很是风靡，甚至连嗬哥从嘉峪关回来，还没好好休息，听闻此戏也甚是想一睹为快，因而在这次宴请时，安排上演这出戏。

孙言瑜从前在京城里就看过好几次这出戏，她甚至背下了其中的某些曲目，可以和台上的汉元帝一起和唱，"……她、她、她伤心辞汉主，我、我、我携手上河梁。他部从入穷荒，我銮舆返咸阳。返咸阳，过宫墙；过宫墙，绕回廊；绕回廊，近椒房；近椒房，月昏黄；月昏黄，夜生凉；夜生凉，泣寒螿；泣寒螿，绿纱窗；绿纱窗，不思量。"

这一段，通过一连串的叠句将汉元帝的肝肠寸断表现出来，将一个空有尊贵名分却又无法保护自己心爱女子的帝王内心展现出来，令听戏的人感受到他内心的悲叹与哀伤。

一曲终了，孙言瑜坐在那儿，耳边似乎还萦绕着汉元帝和王昭君的悲情，在那儿喃喃吟唱，"虽然似昭君般成败都皆有，谁似这做天子的官差不自由！情知他怎收那膘满的紫骅骝。往常时翠轿香兜，兀自倦朱帘揭绣，上下处要成就。谁承望月自空明水自流，恨思悠悠。"

她唱的这段，正是《汉宫秋》里面的唱段。

一旁的叶思北听了，克制住自己想要握住她手的冲动，笑道："先前我以为你和大台吉说自个儿喜欢看戏，只是为了敷衍他，如今看来你竟然是真看进去了。不过，看戏归看戏，可别相信什么'红颜胜人多薄命，莫怨春风当自嗟'，那些都是文人墨客写来哄人的，当不得真。"

孙言瑜顿了顿，淡淡一笑回应道："叶大人说的是，哪有什么红颜薄命，不过是所托非良人罢了。说什么不能为了一个女子破坏大汉的安宁，不过是寻个冠冕堂皇的理由来掩饰官员们的无能，一个国家竟然沦落到需要一个女子来扶危解困，难不成满城的男子都死绝了不成？那汉元帝的思念和悲伤，也不过是他的自作多情，倒是那王昭君颇有几分烈性，不肯舍弃故土和匈奴单于虚与委蛇，从这出戏来说，汉元帝虽然是帝王却配不上王昭君的高洁。"

竟然这样评价一个帝王，叶思北一时间为孙言瑜的大胆震撼住，半晌方抑制住内心的激动，低声说："孙舍人慎言。"

听了叶思北的提醒，孙言瑜也为自己一时失言有些懊恼，她端起手边的茶喝了两口，有些不明白自己为何会将心里话不加掩饰地说出来，从几时开始，她对叶思北已经这般不设防了？因为这些懊恼，之后她一直沉静如水，鲜少开口。

叶思北见孙言瑜这般模样，想说什么，却觉得说什么都不合适，只得将满腔情意藏在心里，可这暗涌的情意却丝丝缕缕地在心中开枝散叶。他只觉得，这些时日两人离得越近，他对孙言瑜了解得越多，对她的感情就愈加炽热，炽热到已经要掩饰不住。

一边是儿女私情，一边是这次的差事和他的前程，孰重孰轻？叶思北觉得自个儿就像那戏台上的汉元帝，面临左右为难的选择。他自认并不是一个会为了私情影响差事的人，从前在他心里总是差事优先，但这会儿他发现，要他放弃中意的女子却是如此之难……看着孙言瑜清冷的神情，知道眼下并不是表露自己心意的好时机，叶思北只得将满腔心绪压了下去。

已经入夜，还没有孙延振的消息，叶思北带着孙言瑜等人，再三婉拒了喃哥的留宿之请，离开了大台吉府。

主人和宾客道别之后，宾客们的车马纷纷上了路。才走到大台吉府左侧的那条街道，刘百户他们就看见，在打头的那行人里，竟有两辆车和七八骑拐了弯，和他们这行人的车马分道扬镳。

不消说，这定是叶思北一行人，刘百户嘟囔道："姓叶的小子也不知搞什么鬼，大晚上的还不回去，跑外面浪什么？还说什么自己今儿个不舒服，来回都不肯骑马……"

他的近卫马林嘿嘿一笑，"孙舍人在那马车上呢，兴许……"他扯着缰绳，露出暧昧的笑容。

因为天黑，灯火不明，马林的表情刘百户并没有看得分明。但听其话语，心里便了然几分，轻笑两声，骂了句，"少在背后嚼舌头，我之前可是问过了，姓叶的说他不喜欢男人。"

"孙舍人那模样，比很多女子生得还要美貌，也难怪大台吉和叶大人都会动心。"马林不以为然，将坐骑靠近刘百户，低声说，"您没见席上大台吉那眼神，简直要将孙舍人活吞了，属下都担心咱们今晚回不去。"

刘百户扬起马鞭，"你瞎担心啥？大台吉再看重孙舍人，也不能不顾及颜面，他还能当面抢人不成？孙舍人再怎么说也是朝廷的命官，大台吉若是敢轻举妄动，屁股底下的位子还想不想要了？到时沙州卫落到他弟弟的手上，他能舍得？"

马林若有所思，"明的不敢，那暗的呢？"

刘百户已经策马飞驰，话音时断时续传来，"那就不知道了……姓叶的，也不是个省油的灯，咱们只管看着……"

"先去城门处看看，你别着急，想是路上有事耽搁了。"马车里，叶思北安慰脸上露出焦色的孙言瑜。

话未说完，马车却忽然打了个急转弯，车胎摩擦着地面，发出刺耳的响声，差点偏离路面。

孙言瑜靠着马车厢的脑袋因为急转弯重重地撞了两下，又一下子被甩到了旁边叶思北的怀中。

"大人，前面有埋伏。"车厢外，传来叶七的声音。

没等孙言瑜有其他反应，随着叶七的话，叶思北已经抱着孙言瑜趴低到了车厢板上，他伏着身子，将孙言瑜护在身下，几乎就在同时，前面传来撞击声和箭羽破空之声，马车上挂着的灯黑了，车子朝前冲出数米勉强停住，再度拐回到路上。

噼里啪啦的密集箭声传来，将秋夜的唧唧虫鸣，全部惊碎。

叶思北倾身护住孙言瑜，耳朵却根据箭声在判断敌我情况。

因为怕人多口杂，他这次出行除了车夫，就带了叶三在内的八个人，从箭声判断，对方起码有二十多人，即使他们的兵器、箭法不及这边，但人多势众，又是刻意埋伏在此，早晚会攻过来，叶思北的人手未必能抵挡很久。

叶三一面用剑挑落射过来的箭，一面急切地喊车夫，"老陈，快，把车赶到那个门边上去！快，我们给你挡着，快过去！"他指着一处死角对车夫老陈喊道。

避到那个角上，叶思北他们乘的这辆车就不至于被射成刺猬，他们也能借着车体的掩护，和对方的人马斗上一斗。

叶三带着其他七个近卫，在发现不对时就已经翻身下马，借着坐骑的遮挡，避开了对方的第一波箭雨。只是看到自己的坐骑一个个被射杀当场，哀鸣倒地，心里颇不是滋味，对那些伏击他们的人，也更加恨之入骨。

他们冒死压住对方的强大攻势，不让对方的箭射过来，还第一时间打灭了马车上挂着的车灯，免得在夜晚成为明晃晃的靶子。但饶是如此，还是有零星的几箭射向了马车。

"你趴好，不要起来。"叶思北伸手按了按孙言瑜微微颤抖的身子，然后侧身从车厢一侧取下弓箭，从有车窗的那一侧探出头去，听音辨位，照着箭势最猛的那处连射了三箭。

黑暗中，听到那边传来两声闷响，显然叶思北这三箭中，至少有两箭射中了人。

因为叶思北那三箭射得角度刁钻，对方猝不及防，一时间倒没敢再有什么动静。

原来打算接孙延振的另一辆马车，趁机跟了上来。

"绕过去，往那边走。叶三你带着猛子他们，看到对方露头就射，不用留活口。"叶思北声音不大，在夜色中却带着几分狠厉。他们人少而对方势大，要是留活口会比直接下死手难度高很多，索性就直接杀掉，能有活下来的再审。

叶三立刻将叶思北的命令传达下去。

电光石火间，叶思北已经想到，在这路上伏击他们的这伙人，只怕已经发现了去接孙延振的叶七等人。这般明目张胆地在沙州卫街头袭击他这个朝廷命官，绝非一般的宵小打劫，肯定是因为他触及了某些人的利益，才会惹来杀身之祸。

而且，看对方那架势，分明是不死不休的打法，也不可能是大台吉喃哥的人，锁南奔就更不可能，对方在他身上花费颇丰，要是他死了，连利息都收不回，得不偿失，想来不会做那样的傻事。

虽然不知究竟是何人对自己痛下杀手，但多年戎马生涯的经历，也让叶思北并不惊慌。

从军的第一天开始，叶思北就知道自己势必要活在血雨腥风之中，随时会面临生死关头。这些年，作为东宫斥候组的第一人，别说刺杀、暗杀、下毒，就是死里逃生他都领教过两回……他时时都在刀光剑影间游走，这一趟领的差事，在他看来应该是比较简单的那种。

只是没有想到，因为这趟差事，孙言瑜会在这一路上屡屡身陷险境，哪怕到了沙州卫也不得安宁。

叶思北看了看一直俯身趴车厢地板上，安安静静，一动不动的孙言瑜，哪怕她的窈窕身影在瑟瑟发抖，却始终不曾惊叫哭泣。

他突然有些庆幸，庆幸自己一直没有向她表明心意。他想娶她过门，但更希望她可以一辈子平平安安。她嫁给他，随时都有可能性命不保，就是她平安无事，他也说不定哪日就奔了黄泉，害她成为寡妇。

叶思北甩了甩脑袋，将脑海里的胡思乱想压了下去。

"大人，这个巷道的前面是通的，您和孙舍人回头寻机先下去，找个合适的地方藏身，我带猛子他们引开追兵。"眼看那群人围堵着他们不放，叶三提议。

叶思北看了下情形，也觉得叶三所说有理，他们手头的箭羽已经不多，再这样纠缠下去只怕谁也逃不了，如果他不留下来，叶三他们没了顾虑，只需要打退对方的第一波攻势，就能趁机逃脱，说不定还能保全他们这边的人手。

"这一路的箭声，应该会引起沙州卫捕头们的注意，相信援兵很快就会到了。对方肯定想速战速决，不敢恋战。你们多加小心，切记不要和他们纠缠。记住，保命第一，留得青山在，不怕没柴烧，猛子他们七个人交给你了，你要一个不少地给我带回来。"

叶三的眼睛一动不动地盯着前方，那是灯火被全数熄灭前，对方所在的位置，他期望已经适应黑暗的眼睛，能看清敌人的动作，再收割几个人头。

叶思北将孙言瑜一把拉在怀里，"一会儿我会打开车门，我说跳，你就和我一起往下跳，跳的时候，抱着头往前扑，就地打滚，然后咱们再找个地方藏身，你还有力气吗？"

孙言瑜的脸色有些苍白，她用锦帕掩住鼻息，以免闻见血腥气味，听了叶思北的话，她点头轻声道："没事儿，我可以。"

"大人，马上就要拐弯，老陈会放慢速度，你们准备下……"

在车子拐弯，脱离了后面那些人视线的一瞬间，车夫老陈减速，叶思北立刻打开了车门，抱着孙言瑜翻滚而下，跳下的刹那，他还不忘腾出一只手将车门掩上，而后，他们的那辆马车继续加速前行，仿佛刚才一幕从来就没有发生过。

叶思北他们跳下去的地方，恰好是一个下坡，这样，即使后面有追兵躲过叶三他们的伏击冲过来，因为存在视线盲区，也不会发现前面跳了两个人下去。只是这坡道有些长，也有些陡，令他们一时半会刹不住脚。

一只手紧紧抱着孙言瑜的腰，叶思北另一只手护住自己的头部往下翻滚，这样可以最大程度地减轻他们两人可能遇到的伤害。

　　在翻滚下去一二十米后，叶思北的脑袋撞在了一块突起的街石上，孙言瑜被他护在怀里，倒是半点也没碰着。

　　那一下撞得很猛，叶思北一时间失去知觉，不由得松开了孙言瑜。

　　脱离了叶思北的怀抱，孙言瑜又继续向下滚动了数米，方才稳住身体，她站起来，跌跌撞撞地跑向叶思北。

　　"叶大人，叶大人——"黑夜中，孙言瑜闻到一股血腥味，她压忍着心头的恶心，摸到地上有黏黏的液体，借着月光一看，依稀可以看出是红色。

　　顿时一阵晕厥涌了上来，孙言瑜死死地用指尖扣着掌心，用点点刺痛保持清醒。

　　听到孙言瑜的呼唤，叶思北并没有出声回她。

　　孙言瑜哆哆嗦嗦地触了触叶思北的鼻息，方才放下心来。

　　黑暗中不明情况，孙言瑜也不敢擅自挪动叶思北，她伸手找到叶思北的脉息，手摸上去，只感觉指尖下的脉息似乎忽强忽弱。

　　想到刚才摸到的血迹，孙言瑜的心悬了起来，叶思北只怕是撞到了头，以致昏迷不醒。

　　也不知道叶三他们是不是已经甩开了那些追杀他们的人，万一拖久了对方发现不对，找到这边来，还不知会发生什么，她必须赶紧想办法带叶思北离开这儿。

第二十一章　杀人

　　一轮弯月从乌云中探出头来。孙言瑜借着月光检查了下叶思北的伤势，估摸着还好可以挪动他，便先撕下了自己的裙摆，帮着叶思北简单地包扎下，然后一咬牙，将他扶了起来，把他的一只胳膊搭在自己的肩上，自己的一只手拉着他的胳膊，一只手搂住他的腰，让对方的半边身子倚靠住自己，艰难地往前挪动。

　　幸好孙言瑜平时常在外面跑，体力还不错，不然还真没办法扶动叶思北这七尺男儿。

　　"唔……"可能是因为这一折腾，叶思北有了些意识，发出微弱的声音。

　　"您醒了？"孙言瑜大喜过望，"太好了，您顺着我的步子，来，咱们一点点往前走，前面有几户人家，我们先过去找户人家藏起来，再想法子帮你重新包扎一下……"

　　"嗯。"虽然醒了过来，但叶思北仍然头痛欲裂，他倚在孙言瑜身上，随她的脚步往前一步步走。

　　虽然还是靠着她，但叶思北的身体不像刚才那般完全将重量压在她身上，孙言瑜身上的压力骤减，他们的速度就快了许多。

　　叶思北看了看周围的环境，指着一个方向，"往那边走……"

　　他拿出别在靴子里的匕首，握在手上以防万一。

　　孙言瑜也不细问，只按着叶思北的吩咐扶着他往那个方向走去。

周围一片寂然，只偶尔能够听到几声狗叫，显然之前他们在那边的厮杀声，也传到了这里，所以家家户户都是院门紧闭，以求平安。

到了一处民宅，叶思北终于坚持不住，坐在门前的石阶上，对孙言瑜说："你去敲门，我在这儿歇息一下。"

孙言瑜定了定神，担心地看了看在他们过来之后仍然紧闭的院门，"刚才那些动静，想必这边也听到了，却一个人都不肯出来，你看这——"

"没事。"叶思北呼吸越发急促，"多给些银子，总有人会开门。"

看看虽然虚弱无力，却仍将匕首紧紧攥在手上保持警戒的叶思北，孙言瑜点了点头，松开他站起身上前敲门。

"开门，麻烦里面的人开开门……"孙言瑜焦急地叩着门环，却不敢大声叫喊，生怕会引起旁人的注意。

这一路上，她连和叶思北说话都是压低了嗓音，生怕会引起什么麻烦。

敲了半天，院里的灯也没有开，倒是有蹒跚的脚步声往门前来了，听到那脚步声越来越近，孙言瑜心头一松。

"您好，请问里面有人吗？我们想借些水喝，劳烦您开开门，借我们暂时歇歇脚，回头家里人会来接我们。"孙言瑜低声说话，从门缝里塞进去一块银子。

一个老妇人隔着门问道："你们是谁，你们犯了什么事？"

孙言瑜听她的话音，知道刚才街道上的动静这边多少都听到了，为了令对方消除戒备，她尽量放缓了语气开口道："我是个画师，我和同伴之前到朋友家参加宴席回来的路上惊了马，同伴头上受了些伤想借您这儿歇歇脚，劳烦您开个门，给我们一些水喝，大娘——我们是好人，您相信我。"

因为知道这种时候，女子比男子更能令对方放松，说这些话时，孙言瑜就没有像平日刻意压低嗓音，听起来就多了几分女孩子的清脆。

"你们真没惹什么事？"果然，里面老妇人听出孙言瑜是个女子，就松了口气，只是话音里还是有些犹豫，并没有立刻打开门，"姑娘，你不要骗我，家里只有我老婆子一个人。"

孙言瑜已经听到有脚步往他们的方向而来，她情急之下，一边又塞了块银子进去一边对老妇人说："大娘，您帮帮我们，我那同伴受了伤，您总不能见死不救吧？"

"您快开门——"叶思北不知何时站了起来，走到门边，"大娘，您是担心我们是坏人吗？放心，我们是大台吉的朋友，今儿个就是去参加他的宴请，麻烦您快些开门，我快支撑不住了。"

喃哥在沙州卫显然很得民心，听到叶思北提及大台吉，里面的老妇人颤颤巍巍地打开了一道门缝，还没等她说话，随着拉开的那道门缝，叶思北已经脱力往前扑，要不是孙言瑜及时拉住他，门被扑开了不说，眼看他就要撞着老妇人。

孙言瑜拉住叶思北，扶他进去后，让他靠着墙借力站着，回头一把把门关上还推上了门栓，对满脸惊恐的老妇人柔声道："大娘，请您帮我把他扶到屋里面去。"

老妇人兴许是吓呆了，也没顾得上质问，就和孙言瑜一道，把叶思北连拖带拽地弄进了堂屋。

好在这处院落不大，堂屋距离大门也不过就十来步的距离。

几乎就在他们进屋的同时，门外已经传来对话，"达吉亚，这条路上我们都找遍了，家家户户都关着门，说不定他们不是在这下的车。"

"放屁,这一路上,只有在这个位置跳车我们才发现不了,那两辆车上,都没有他们的影子,不是在这边,还能是哪?去,给我挨家挨户地搜,找不出来,我就要你们的命——"

"不行,达吉亚,这样动静太大,一会儿官差该来了。"

"来了再说,去,给我一家家地搜。"

纷乱的脚步声响起,显然,外面的人已经分散开,然而没等孙言瑜他们松一口气,敲门声挨家挨户地响了起来——

"快开门!官府办案,我们在找一个杀人疑犯,你们快点开门,快,不然就是妨碍官府办案……"

吱吱呀呀的开门声不断响起。

横了横心,孙言瑜对叶思北道:"你还能动吧?让大娘扶你进去藏好,我去应付他们……"

她转头对老妇人说:"大娘,您刚才也听见了,他们根本不是官府的人,真让他们进来搜到我们,说不定还会因为怕您泄密,连您一并都杀了,您把他扶进去找个地方藏起来,我出去应付他们。"

叶思北也明白这会儿自己是对方最大的目标,点了点头,捏了捏孙言瑜的手道:"你要小心。"然后对老妇人道:"麻烦您,扶我进去吧。"

老妇人虽然惊慌,但也知道外面那群人不简单,再看孙言瑜和叶思北的周正长相,觉得他们确实不像是坏人,便点了点头扶住叶思北,"你随我来,家里倒是有个藏人的地方。"她扶着叶思北一步一步地往屋里走去。

"开门,我们奉命搜查嫌犯,快开门——"见里面迟迟没有动静,外面的院门被拍得山响。

孙言瑜心念一转,脱了自己的外袍放在堂屋的椅子上,将里面的女装衣襟拉开一些，头上的方巾扯下，将头发披散开做出刚刚起床的样子，睡眼惺忪地答道："谁呀？"

"搜查杀人嫌犯，快开门！"门外催促道。

孙言瑜听了故作惊恐，"啊，哪里有杀人嫌犯？在哪里，在哪里？官差大哥，你们可得把人找出来，不然，万一他藏在我家里……"说着话，她迈着碎步往门前挪，十来步的距离，硬是让她给走了一刻钟，等外面的人几乎失去耐心时，孙言瑜方才小心翼翼地打开了门，一把拽住门外那人，哀求道："官差大哥行行好，你们快帮我看看，我家那口子今天也不在，这屋里要是藏了人，可怎么得了？你们刚才一说吓得我腿都软了，路都走不动。"

一面说着话，她一面急急地扯着门外人的衣袖就要往里走。

喊门那人，在门外听见她含怯带娇的声音，心里已经发痒。等现在定睛一看，发现门里竟有个貌美如花的女子，此时正满脸惊恐，站都站不住，斜靠在门板上，像是已经被吓得半死。

他看到了那美人因为着急起床还没穿整齐的衣衫，和那隐隐敞开的衣襟下隐约可见的白皙肌肤，等那双软绵绵、香喷喷的小手拽着自己进门时，他只觉得身子酥了半边。

他就势握住孙言瑜的手道："别怕，别怕，那个人受了伤，跑不了多远——"

他色眯眯地想把脸凑向孙言瑜。

月光下，美人的小脸很白，身子香，连身上那件藕荷色的衣衫，都显得比其他女人穿得好看……

正在神魂颠倒之际，那人突然声音一冷，指着孙言瑜肩上的几滴血迹，"这是哪里来的？"

孙言瑜侧头看了看自己的肩头，上面赫然有几滴血迹，想来是刚才扶着叶思北的时候，他的血流到了肩上，又渗到了里面这件衣服上。

还没等孙言瑜回答，那人又发现她裙摆被扯了一小幅，立刻拔出了刀，指着她厉声问："说，这是怎么回事？"

孙言瑜脚一软，瘫坐在地，"大哥，大哥——"她偷偷指了指厢房，"那个人在里面，刚才就是他用剑指着我，逼我给他找个藏身之地，我肩上的血，还有裙子，都是他……"

她似恐慌地说不下去，只是一个劲地哭泣。

那人狐疑地看了孙言瑜一眼，见她一脸惊恐满面泪痕，娇弱得如同不堪一折的花，料她不敢欺瞒自己，就持着刀蹑手蹑脚往西厢房走去。

孙言瑜站起身，把身后的铁门闩轻轻取下来拿在手里藏在身后，轻手轻脚地也跟在那人后面往西厢房走，见那人回头看她，就露出楚楚可怜的神情说："大哥，我怕，我不敢一个人在那边待着。"

那人看孙言瑜一脸惊惧，便没再管她，走过去将西厢房的门一脚踹开，然后冲着里面一顿乱砍，砍了一阵后听着没什么动静，才抬脚进去准备查看。

就在他抬脚迈门槛，脚下旧力未尽、新力未生的一刹那，孙言瑜将手里的铁门闩狠狠地砸在了他的后脑勺上。

那一砸孙言瑜用尽了全力，那人又是全无防备，吭都没吭一声就倒在了地上，手中的刀甩出好远。

孙言瑜长舒了一口气，但她知道，那些人很快就会发现少了个人，马上就会找到这里来。

她用力将那人拖到西厢房里，又用铁门闩砸了他两下，免得他一会儿醒过来，还捡起地上的刀，犹豫了半天也没敢砍下去，只是带着刀往门外走去，想一想又不放心，返身回去在西厢房里找了块帕子塞进那人的嘴里，还找了根腰带把他的手绑住，这样万一他中途醒来，也没法喊人或者是把嘴里塞的布拿掉。

果然，等她从西厢房出来，就听到外面有脚步声往这边走过来。

再去把院门闩上只怕已经来不及了，正犹豫间，堂屋的门开了，叶思北踉跄几步走出来，一把将她扯了进去。

老妇人让叶思北躲到堂屋通的地窖里去，他却不放心，只让老妇人躲在里面别吭声，自己守在门口想随时接应，在里面听到动静，以为是孙言瑜出了事，就持匕首走了出来，瞅到孙言瑜的身影，他才强提一口气，上前几步拉了她进去。

这一用力，叶思北再度感觉到头晕目眩，脚下一浮，险些摔倒。

孙言瑜连忙扶住了他。

叶思北看看她手上的刀，轻声道："会用吗？"

孙言瑜犹豫地点点头，"家兄学的时候，我跟在旁边练过几日。"

"这里离锁南奔借给我们的那处院落不远，无论叶三他们有没有赶回去让其他人来接应咱们，这一路的箭声，都势必会引起官府的注意，应该很快会有人来找我们。"叶思北看着她，"你到堂屋去，把里面那把太师椅的后背的福字按下去，就会有地窖打开，你和那位大娘待在一起，那地窖口子窄，易守难攻，如果有人闯进去你就拿刀砍他，千万不要手软，能多坚持一会儿就多一分生机。"

说完，叶思北避开了孙言瑜想扶他的手，往窗前移了两步警觉地看着外面。

屋里黑，外面有月光，适应了黑暗，从里往外望，可以将外面的情形看得一清二楚。

"那你呢？"孙言瑜听出叶思北话里的意思，竟是要守在这里，情急之下抓住他的手，"不要，我们一起进地窖躲躲，也许，也许他们看不到人，就会离开。"

叶思北淡淡笑了下没说什么，但他和孙言瑜都明白，那是不可能的，即使在屋里，他们也能感觉到院门外那越来越近的脚步声纷至沓来。

显然，搜这院里的那人没有出去，引起了那些人的警觉，他们打算集中一起进来搜索这处院落。

"快进去，能活一个是一个。"见孙言瑜还愣在原地，叶思北低吼道。

这一刻孙言瑜明白，叶思北留下来，是要将自己作为屏障拖延那些追兵，和她刚才出去敷衍对方是同样的原因。只是刚才那会儿，对方以为这只是普通民宅，她并没有太大的危险，而此时叶思北留在这里，意味着来犯之人必须要踩着他的尸骨才能找到地窖。

他把那一线生机，留给了她和那位大娘。

孙言瑜心头涌起热流，毅然道："你受了伤，你进去，我在这里顶着，他们看我一个手无缚鸡之力的女子，不会为难我的。"

叶思北盯着窗外，头也不回地说："不行，我叶思北若是要一个女人替我送死，算什么英雄好汉？今天是我拖累了你，快进去，再拖下去我们一个也跑不了。再说，以我的武艺他们未必能攻得进来。快走，你在这我会分心，难不成你想我死得更快？"

听了这句看似绝情的话，孙言瑜知道叶思北绝不肯走，要留守在这里拖延来的人，这样做固然是因为他拖累了她们，但更多是他一身傲骨，不会也不屑在已经明知此处是死地之时，让她留下来抵挡。

自己留下来，帮不上忙说不定还会添乱，看了眼叶思北额头上依稀可见的藕荷色锦缎布条，孙言瑜轻轻开口，"小心行事，一定要活着。"

叶思北仍没有回头，只答了一句，"记住，有人进去就砍，不要害怕，不要心软。"

听到身后的脚步声渐行渐远，然后没了动静，叶思北长舒一口气，放下心来专注地从窗户缝里看着院门口。

虚掩的院门已经被推开了，五六个持着刀剑、官差打扮的人，警惕地走了进来，越走越近。

叶思北把袖弩从窗口伸出去，连发四次，准确地将前面的四个人一箭毙命。他用这个袖弩，装了五支小巧的弩箭，射远了不行，但短距离只要准头没差，就能一箭毙命，这会儿他还余一支弩箭，但对方还有两个人。

余下的两个人，听到几声箭响，再看见前面四个人扑通倒地，拿起刀剑就一顿乱挥，企图将再射过来的弩箭挥落，砍了半天，都没再见一支箭飞过来，也不见人影，心里就有些发怵。听到没有动静，那两个人小心翼翼地往之前射出弩箭的正房走来，慢慢地推开门，就是一阵乱砍。

叶思北射出袖弩之后就迅速地缩回，矮身躲在窗户台下，再慢慢挪动脚步，远离了门的那边，这两人的刀剑，一下子也没砍中他。

叶思北等他们挥舞的动作一停，就从窗台下一个翻滚，对着打头的那人，就是一箭。

那人应声而倒。

后面的那人连忙挥剑，却不见再有弩箭射过来。

叶思北一个滑铲到了他的跟前，又一个扫堂腿，将他绊倒在地，本欲用手里的匕首杀掉那人，却一阵头晕，踉跄退后了几步摔在地上。

那人大喜，边摸自己掉在一边的刀边起身，还没站稳，就向地上的叶思北砍过去。

"嗖——"

那人的印堂正中一箭，踉跄两步就倒在了地上。

天色已经微亮。

叶思北抬头，只见堂屋帐幔后露出个人头，孙言瑜两手握着一把小弓，在那儿抖个不停，显然，她以前从没杀过人。

在地窖里找到一张弓还有几支箭，孙言瑜就怎么都待不住了，她悄悄地拿着弓箭又摸了上来，躲在帐幔的后面，想着幸好她从小和哥哥一道学习六艺，射箭的准头虽称不上顶好，却也尚可。

只是这次她杀了人，她的手是描绘丹青的，如今却成了修罗手，索人性命。

可是刚才那样的情形，她不射箭，对方就会杀了叶思北。

孙言瑜不能眼睁睁看着叶思北死在自己面前，他是为了保护她而拼死护在自己身前，她怎么能眼睁睁看着他被人杀掉？如果这双手已经成了修罗手，就让她多放几箭，闯出一条生路来。

叶思北躺在地上，努力抬起头给孙言瑜挤出一个微笑，夸奖道："箭法不错。等下再有人进来，我设法引开他们注意力，你再给他们几箭。"

他知道这会儿劝她也没用，她定是不肯去藏起来，索性就计划起下一步来。想到孙言瑜能与自己生死与共，叶思北只觉心头暖暖的，即使这一刻死了，虽然壮志未酬，却也不负平生了。

他挣扎着起身拖着步子，走向门旁掩上门，再靠着墙边站着。这个位置对于外头而言是个死角，即使再有人进来，不管是用刀用剑，还是从外面射箭，打穿门板，也不会伤到他。

叶思北抬起头，望着藏到房间帐幔后面那个藕荷色的身影，心头就是一荡。

第二十二章　表露

叶思北看孙言瑜的时候，孙言瑜也看着他。

因为彼此的注视，她本来焦虑的心突然变得安静，心里的惧意也消散殆尽。也是在这一刻，她突然明白了叶思北的那些欲语还休，明白了不管未来如何，不管能不能看见明早的太阳升起，可这一刻，就在这一刻，他们在一起，心意相通。

两个人都不再说话，在微明的天色中放轻呼吸，等待时间一分一秒地流逝，等待那些人搜索到这里。

他们知道，若是叶思北没受伤还好，可现在这种情况，仅凭孙言瑜手里的那把弓箭，如果援兵未到，箭羽用尽，等待他们的只有死路一条。

但他们谁也没有动，只静静地听着外面有脚步声走近，听见又密又急的箭羽声破空响起，听见人声纷杂，再到四周重新归于寂静。

"大人，叶大人……"

良久，就在叶思北已经撑不住坐在地上的时候，堂屋的门被推开了，叶三和叶七的身影在晨光照耀下，看上去高大了几分。

孙言瑜丢下弓箭，从帐幔后飞跑出去，扶住了摇摇欲倒的叶思北。

刚刚进门的叶三也扶住了叶思北，"大人，他们的人已经被我们全逮住了，里面有个叫达吉亚的，是赤斤部落首领的弟弟，说是因为您上次在鸣沙山下杀了他们的人，他要报仇，所以找了赤斤的勇士过来想把您绑回去。"

"光是赤斤部落的人，他哄谁呢？还说什么想把我绑回去，这一路分明是要我命的架势，当地的官差为何这么久都没有出现？沙州卫的人呢？锁南奔前脚和我们签了盟约，后脚就找人来杀我是吧？你把人都带回去，交给他。让他给我个交代……"叶思北因为虚弱，说话有气无力，但眉梢眼角的冷意，却仍然看得人一惊。

他推了推叶三的手，"找个人去，地窖里还有个大娘躲起来了，今儿个要不是蒙她收留，我们撑不到这会儿，回头多给些银子，好好谢谢大娘。另外，找人给她搬一个住处，免得后面有人找她的麻烦。"

"是，大人。你们先扶大人去大夫那儿仔细检查下。"叶三松开手，跟在后面的叶七连忙接手。

叶七向叶思北汇报，"大人，昨个接孙舍人，也是在城外遇到了刺杀，好在有惊无险，只是小徐为了拖住那些人……"

虽然叶七的话未说完，但彼此都明白他说的是什么。叶思北沉默了一会儿，"照老规矩，多给些银子，好生安葬，平日里，记得照顾他们的家人，不要人走茶凉。"

"好的。大人，那现在咱们先回府里吧。"看着叶思北头上缠的藕荷色锦缎，叶三觉得有些滑稽，他家大人竟然肯顶着女人的衣物在头上？虽说受了伤事急从权，可他那个样子，就是让人看着想笑。

"笑什么？"叶思北一看叶七的眼神，就知道他因为什么笑，他板着脸道，"还不快去给孙小姐找身衣服换上。"

虽然拉开的衣襟，孙言瑜早已经合拢，但那条马面裙被扯了一截下来，再加之身上之前被叶思北的血滴落了斑斑血迹，看上去还是颇为狼狈。

孙言瑜在叶七上来时，就松开了叶思北，引着叶三去找地窖里那位大娘，刚从里面钻出来，就听见叶思北的话，连忙摆摆手道："没事，大娘会带我去换身衣服。"

她往前走了两步，却发现先前被叶思北射箭，打翻在地上的那个人，不知何时醒了过来，正抬起头将手里的剑照叶思北的后心扎过去——

叶七也是背对着那人，叶三还在地窖里没上来，其他的人还在门外收拾残局，正好形成了一个空当。

也许那人刚刚醒来，也许已经醒了一阵，瞅到这会儿是个好时机，就打算继续完成杀死叶思北的任务。

此时开口提醒也已经来不及，孙言瑜下意识伸开手护在了叶思北的后面，然后才说："小心……"

"唔——"随着剑扎进身体，孙言瑜和那人，都中了一剑。

听到提醒，几乎只比那人晚片刻，叶七就转身用剑刺了过去，但饶是如此已经晚了一步，那人虽然被叶七当场刺死，但他的剑也已经刺中了孙言瑜。

孙言瑜右胸口中剑，向后倒了转过身来的叶思北怀里，带着本来脚步就不稳的叶思北，向地上摔去，门口离得最近的兵卫，听到动静进来，见此情况抢先两步堪堪地托住他们，和后面过来的兵卫一道，将他们扶了起来。

孙言瑜的右胸前，已经洇开血花，湿了一片。她闭上了眼睛。

"阿瑜，阿瑜——"叶思北大吼，"来人，快，快找大夫来……"话音未完，他也昏迷了过去。

叶思北本来头部就受了伤，又强撑了这么久的时间，却突然再遇这样的意外，急火攻心之下，铁打的人也撑不住。

刚把大娘托举出地窖的叶三惊呆了，他将大娘交给一个兵卫，就跑过来查看叶思北的伤情。

叶三连忙安排，"快，把叶大人和孙小姐都抬到屋里去，抬平稳了，别再伤着……叶七，这里的事情我看着安排，你赶快去叫人请大夫，顺便把孙舍人也请过来，大人他们这种情况一时半会挪动不得，恐怕等久了孙舍人会心焦。"

"你和孙舍人长得还真是很像，要不是你是女儿身，皮肤白些，眉毛细些，我简直要把你们当成一个人。"萨仁高娃好奇地看着孙言瑜。她这一日来寻叶思北，却听说叶思北在马大娘这院里养伤，所以她就跑过来探望，结果来了却听闻有位从京城来的孙小姐也在此养伤，因为心生疑惑，她就借探病的名义向孙言瑜打听，究竟发生了什么事。

萨仁高娃一边说话，一边打量着孙言瑜。

"……不好意思，我太想念哥哥了，所以到这儿来寻他，没想到却遇到了歹人，恰巧遇到叶大人，蒙他仗义相救，我才侥幸活了下来。"孙言瑜见萨仁高娃有些心不在焉，轻声解释道，"我，我不是故意要给你们找麻烦的。"

这套说辞，是之前孙言瑜和哥哥、叶思北商议好对外的讲法，正好借此将孙延振和她的身份换了过来。

萨仁高娃眼前这个女子年方二八，看上去娇娇柔柔的，穿着件绯红色折枝花的衣衫，越发衬得小脸发白，看上去很是叫人怜惜。

自己是个女子见了都觉得喜欢，叶大哥是个男人，成天面对这样的一朵娇花，朝夕相处下万一喜欢上了她怎么办？

"虽然不是在一个屋里，但肯定还是不怎么方便，叶大哥想必有很多事要办，总不能叫你在这受委屈。反正我也没有其他的姐妹，一见你就觉得投缘，不如你搬去我那边疗伤？我们王府的大夫医术也很不错的，这样一来不管是你哥哥还是叶大哥，都能放心了。"萨仁高娃看了看孙言瑜，总觉得放她这么美貌的一个女孩子在此和叶思北一道疗伤，实在不大妥当。

听了萨仁高娃的话，孙言瑜有气无力地道谢，"谢谢小县主的美意，只是我这身子是死里逃生，挪动不得，我听大夫话里的意思，得好好养两个月才行，恐怕这段时间只能留到这里养伤。倒是叶大人差事繁忙，可能待个两三日就要回去那边养伤处理差事。等他一挪走，这院里也就我们兄妹和随从住着，倒也不碍事。"

"叶大哥的身份何等重要，竟然为了救你受伤。"萨仁高娃忍不住埋怨了两句，但看到孙言瑜娇娇弱弱的模样，又不忍把话说重了，只放轻了几分语气道，"他这一受伤，我大哥和四哥差点没打起来。大哥说是四哥背着他行事，四哥说是大哥贼喊捉贼，我夹在中间左右为难，也不知道如何是好。"

说着，她又警告孙言瑜，"我们蒙古女子说话不会拐弯抹角，我就直接告诉孙姑娘，在这里养伤就养伤，但你不许接近叶大哥，也不许对叶大哥有非分之想。"

孙言瑜露出几分探究的神情，看着萨仁高娃道："看得出来小县主和叶大人关系不错，竟然如此关心他。"

萨仁高娃难得地露出几分羞涩，明眸微转，眼梢微微上扬，笑声爽朗坦诚地说："我喜欢叶大哥，央求父王将他留在此处商议婚事。"

孙言瑜心头莫名地涌上苦涩，勉强维持住微笑，几乎是一字一句地问出，"叶大人，已经在和小县主商量婚事了？"

"我们的婚事很早就有眉目，就是等他来沙州卫才能商量具体事宜的。"萨仁高娃落落大方地回应。

"看来，很快就能喝你们的喜酒了。"说完，孙言瑜再没有多余的话，只是冲萨仁高娃虚弱地笑了笑，露出一脸倦色。

"你先好好休息吧，我再去看看叶大哥，他这会儿应该忙完了。"萨仁高娃亲切地给孙言瑜掖了掖被角，才转身离开。

萨仁高娃说的话，孙言瑜并没有告诉叶思北。叶思北只觉得自那一日后，孙言瑜对他疏远了许多，再不复那晚两人同生共死的默契，而每次他问及发生了什么事，孙言瑜总是顾左右而言他，将话题转到别处。再加上孙言瑜如今已经恢复女子身份，两人男女有别，见一面很难，这事就搁置了下来。

倒是孙延振问过两回，还说叶思北就是那年救他的壮士，若非那天有叶思北出手相救，他要折断的就不只是一只手，怕是连命都会送掉，说就冲着这一点，孙言瑜也不该对叶思北冷眼相待。

孙言瑜有苦难言，事已至此，哪怕是在自个儿的兄长的面前，她也不想透露对叶思北的半点情意，不想让兄长为这段无疾而终的感情担忧。

这只是一段还没有开花就枯萎的感情，孙言瑜觉得，没必要向任何人提及，只要不说她就能当这事儿没发生过。

但她没想到，叶思北却将这事儿放在了心上，而且执意要问出个结果，在这期间因为孙言瑜的伤势，他没法进内宅逼问，就一直忍到她伤势恢复。

孙言瑜能出门时，已经入了冬，修建洞窟的事也因为冬日来临搁置了下来，在这期间，孙延振和其他画师一起，探访了全部洞窟，画了无数的线稿，商议了种种方案，而叶思北则和刘百户招募当地的工匠，准备物料，选位置选石材，只等来年开春就可正式动工。

第一次出门，孙言瑜就被萨仁高娃邀请去王府做客。

对于恢复女装的孙言瑜来说，她这是第一次到王府来，自然是要刻意做出一副处处都觉得新奇的模样。

因为是冬日，宴客的花厅都围上了厚厚的帐幔，孙言瑜见到此处，就想起那一回遇到的刺杀，心生胆怯。

虽然整个花厅都换了布置，还用大型盆景巧妙地分成了几个区，靠近左边有几张桌儿，一排供休息用的圈椅，好些女眷正围坐在那里，叽叽喳喳地说着今晚谁的首饰新奇，谁的衣裳手工最为精细，谁家因为宠妾灭妻，谁又在走夫人路线，帮着丈夫升迁……

都是些三姑六婆的话题，孙言瑜听得昏昏欲睡，却还得勉强堆起笑脸陪着。

好在没多久，萨仁高娃过来，把她和另一个年轻的女子带到右边去，那里有张金丝楠木圆桌，旁边有几把金丝楠木的圈椅，桌上已经摆好了三只白玉杯、一些菜肴，还有温好的酒。旁边的高架上，挂着一盏灯，照得这一角明亮温馨。

萨仁高娃请她们落座，亲手给孙言瑜和另一个女子倒上酒，她轻声笑着给两人介绍道："这位是孙舍人的妹妹孙言瑜，这一位是我大嫂家的妹妹乌兰，我比你们都大些，就托大叫你们一声妹妹。你们可以叫我高娃，也可以叫我六姐……今儿个有极好的鹿肉，一会儿烤出来了，你们要多吃几块……"

孙言瑜虽然不知萨仁高娃葫芦里到底卖的什么药，一路过来，神情间却不见半点局促不安，似乎根本不担心萨仁高娃会对她做什么，此时听到她说话，也一直嘴角带笑，像是在专注地倾听。

但萨仁高娃看出孙言瑜眼里的那抹漫不经心，发现她神色间带着丝说不出的清冷，感觉到她的心思根本不在这里。

萨仁高娃有些好奇，孙言瑜知道她的身份，虽然无法拒绝她的邀请，但也不像其他人似的阿谀逢迎，甚至对她有什么打算也不在意，这个年纪轻轻的女孩子，到底在想些什么？

孙言瑜似未察觉萨仁高娃的打量，笑眯眯地听她和乌兰说话。

乌兰接过话头："我还在想呢，小县主为何巴巴地要给我介绍孙姑娘，原来是孙舍人的妹妹，您别说，他们兄妹长得还真是像，这要是穿上同样的衣服站一起啊，我可能都认不出谁是哥哥，谁是妹妹。"

她颇有深意地看了孙言瑜一眼，"之前我听姐姐说，我姐夫对孙舍人特别看重，还请求叶大人，让他行个方便，求孙舍人去给府上画幅中堂。叶大人再三推辞不过，还专门带着孙舍人去了他们府上，哪承想那天孙舍人去了，我姐夫却说不想耽搁修建洞窟之事，说改日再说吧。也不知为何，突然就丢了手。"

孙言瑜沉默，这事她听哥哥说过，说是大台吉喃哥那天见了兄长之后，愣了半晌方才说是不用画了，还说怎么感觉孙舍人和先前有些不同，问他是不是胖了、长高了些。

见乌兰一直用探究的眼神看着自己，孙言瑜露出懵懂的神情看着她，笑道："难怪哥哥那天回来松了口气又有些失落。说是大台吉先前对他极为看重，甚至想请他过府去做大台吉府上的画师，没想到过了几日，大台吉就看上了别的画师，可见是人心难测。不过如此一来也好，至少他可以将全部的心思都花在如何修建好洞窟上，不用再为其他事情烦心。"

见孙言瑜答得滴水不漏，乌兰也不好苦苦追问，毕竟她只是怀疑，而眼前这女子细看之下和孙舍人还是有些区别，没道理她的姐夫那么迷恋孙舍人，反倒看不出来。

孙言瑜不知道，乌兰却是再清楚不过，今天这场宴席，就是喃哥听说孙舍人有个双生的妹妹便生出看看真假的念头，所以才专门央求萨仁高娃邀请了她。还专门在垂花门那儿等候，就想见一见这个人是不是"孙舍人"。

谁知一见，喃哥虽然惊讶两个人的相像，却还是说是他认错了，说可能真是先前自己的错觉。

他们当然不知道，孙言瑜虽然不知今天萨仁高娃为何会请她过府一叙，但她是个谨慎的性子，扮成兄长之时，不仅把眉毛画得更浓，脸色涂黄，还在鞋子里面多放了厚鞋垫增高，平常的衣服也是加宽加厚了肩部。等恢复女儿身，她不仅不再染眉，还特意拔细了眉毛，再去掉那些伪装，说话也变得轻声细语，娇柔温婉，如此一来，即使看着是相像的两个人，细究之下也是完全不同了。

而喃哥喜欢的那种，由女扮男装的孙言瑜散发出来的，那种亦雌亦雄、文弱中夹杂着英气的气质，又是孙延振那个真正的男子不具备的，自然就不再入他的眼。所以即使乌兰有怀疑，也并不想细究。

第二十三章　饮酒

"好了好了，别说我大哥了，先前他为了赤斤部落袭击叶大哥他们，都和我四哥翻了脸，可我四哥怎么也不承认那些人是他指派的，反说是大哥设计害他，简直就是笔糊涂账。而我这个妹妹，夹在他们中间偏向谁都不行。幸好最近查明了，是突厥的阿史那想离间朝廷和沙州卫，买通了赤斤的人去刺杀叶大哥，借此嫁祸四哥让他和大哥为此反目……"

"如今这事解决了，再加上孙姑娘的身子也康健了，我们该为此庆贺……"萨仁高娃举起倒满了酒的杯子，示意孙言瑜和乌兰也拿起酒，"来，为庆贺孙姑娘的伤势全好了，也为我们的相识，干上一杯。"

孙言瑜也举起酒杯，和她俩一样，一饮而尽。

三杯过后，萨仁高娃眼中露出喜色，"没想到孙妹妹和乌兰妹妹都是爽快人，你们不知道，我最怕遇到那些忸怩作态的女孩子了，烦死人了，我不爱和她们一起玩儿。可是看到你们，我就觉得像是和军中那些同僚在一起，大家都有什么说什么，没什么弯弯绕绕，也不用耍心眼。"

孙言瑜微微一笑，"其实我身子才刚好，本不该这般牛饮，只是你们俩喝得太快，单留我一人不喝，未免有些不合时宜，所以只好舍命陪君子了。"

萨仁高娃一听，眼睛瞪圆，"乌兰妹妹你听，这人骂我们是牛呢！哎，你们汉人不是说'人生得意须尽欢'吗？当然该这样喝酒才痛快，那样一口一口地慢饮，有什么意思？"

乌兰已经将三人杯中的酒再度斟满，"管她呢，牛就牛呗，这样的好酒也不是天天能喝。郡王爷府上的好酒随我喝，还能和小县主称姐道妹，说出去羡慕死她们。喝什么地方的水，随什么地方的俗，咱们蒙古人就是大碗喝酒，来，咱们干——"

　　萨仁高娃和她碰了下杯，两人一仰头喝尽。

　　孙言瑜笑着摇头，"你们两个一看就没什么酒量，还学人这么狂饮，照这么喝下去，恐怕要不了几杯你们就站都站不起来了。"

　　萨仁高娃斜睨她一眼，将酒再次斟满，站起身举起杯子，"怎么，看不起人？来来，咱们再喝，我倒要看看，一会儿是谁会站不起来。"

　　孙言瑜没有端杯子，只是轻笑道："好好好，是我酒量不如你们，这样总行了吧？快坐下吧，那边的人都看着咱们呢。"

　　"让她们看。反正狗嘴里也吐不出什么象牙来，她们也不敢当我的面说。"萨仁高娃自顾自地喝了一杯，"我爱喝这葡萄酒，还会念你们汉人的诗句呢。'葡萄美酒夜光杯，欲饮琵琶马上催。醉卧沙场君莫笑，古来征战几人回？'这诗写得真好啊，我头一回知道这首诗，还是在叶大哥那儿，你们说，他为什么就不喜欢我，偏要喜欢你呢？我有哪里不如你？我家世比你好，功夫比你好，就说相貌，你长得好看可我也不差啊，到底是为什么，叶大哥偏偏就喜欢你？"

　　"小县主喝得太快了，您这是醉了。"乌兰听萨仁高娃说到最后，都有些哭腔，连忙拉她坐下，"您是全沙州卫最美丽、最勇敢的小县主，天下若有不喜欢您的男子，那也是他眼瞎。其他人怎么敢跟您比，您一定是听错了，或者是叶大人他有难言的苦衷。兴许，是有人怕太子殿下跟郡王爷太近了，故意阻挠这门亲事，叶大人他也是不得已才推脱的。"

萨仁高娃甩开乌兰的手，似有些醉了，咯咯地笑着，看着孙言瑜道："你说，是这样吗？是有人逼着他不和我结这门亲事，所以他才拿你当挡箭牌是不是？"

　　看着沉默不语的孙言瑜，她又说："我一直喜欢叶大哥，可他说自己喜欢的是你，还说对你一见钟情。孙言瑜，我不服气，咱们比一比，谁赢了谁嫁给叶大哥。"

　　萨仁高娃说着，又笑着倒了一杯酒喝下，两眼迷离地说："我的确很想嫁给叶大哥，有人劝我杀了你，但是我要凭自己的真正实力和你比试，光明正大地赢你，而不是凭着我的家世、我的身份来欺压你。那样就是我得偿所愿了，也没什么意思。"

　　"小县主，我为你这番话干上一杯！"乌兰把酒倒满，和萨仁高娃重重地碰了一下杯，豪情大发道，"小县主，乌兰我佩服你，敢爱敢恨敢做敢当，你比我勇敢。我始终不敢像您这样，正视自己的感情。小县主，您就好好振作精神去争取，无论您和孙姑娘谁输谁赢，我都给你们绣最好看的嫁衣，不枉我们一见如故，结识相知。"

　　说罢，乌兰哈哈大笑。笑着笑着，她又哭了起来，像是在哭泣自己隐秘而不能为人所知的感情。

　　萨仁高娃再次将杯中酒一饮而尽，举手道："孙言瑜，来，我们击掌为誓，拭目以待看最终叶大哥会选择谁！"

　　听了萨仁高娃所说，孙言瑜却转了转杯子，冷静地回答道："小县主，我不会和您争，也不会和您击掌为誓。老实告诉您，若说我对叶大人毫无感觉，那是在撒谎骗人。虽然我和他认识的时日没有你们那么长，但我心悦他，或许并不比你心悦他来得少……可即使再喜欢他，我也不会同您去争，一个男子若是眼看着两个女子为他争风吃醋，无非是他两个都不够喜

237

欢。对于连感情也能权衡利弊、计较得失的男子，我纵然再倾心于他，也万不会靠近他。"

"在我看来，再喜欢一个人，也该有自己的骄傲。小县主和我，我们就像春花和秋月一般，各有不同，各有各的好，为什么我们两个这样好的女孩子，要站在那里让男子挑选？"

"叶大人不是看重私情之人，他是一个为了朝廷，为了太子殿下，甚至是为了道义可以自我牺牲的男子，但我不是。他可以为了忠心奋不顾身，我对感情却是锱铢必较……小县主，也许您不在意叶大哥自我牺牲的倾向，甚至您还会为他的忠义叫好……可您不在意的正好是我要斤斤计较的，咱们何须去比？"

孙言瑜一仰头喝完了杯中的酒，葡萄酒明明并非烈酒，但从喉咙咽下，却如同烧刀子一般灼伤她的心肺。

孙言瑜嘴角上扬微笑道："我曾听人说过，'春华竞芳，五色凌素，琴尚在御，而新声代故'，因利益而结合的婚姻反倒比感情来得更长久，门当户对，有共同利益基础的两人往往很难扯断羁绊。更何况，小县主貌美如花，权势财色一应俱备。我不用比，已经输了。"

"不过，小县主想争的若只是一段姻缘，还可以得到。若您想争的是叶大人的浓情厚谊，那恐怕要失望了。叶大人是个连自己的性命都可以舍弃的男子，嫁给他，就要做好关键时候被舍弃的准备……当然了，抛开这个，这样的男子对于家庭，总是很有责任心的，日久生情总能不离不弃，甚至也许比起年少轻狂时的钟情更好些！"

话到最后，孙言瑜的话意已经成了一声轻叹，荡在寂寂夜色之中。

良久，萨仁高娃紧紧握住了孙言瑜的手，由衷地说："阿

238

瑜，有你这番话，无论最终我们谁和叶大哥走到了一起，我都会当你是最好的朋友。我也知道，叶大哥他志怀高远，为国为民，在他的心里儿女私情并不重要，但我就是搁不下，从那年他救了我，我就一直心悦于他，儿时还可以说是对他的崇拜，等我及笄之后，我对他就再也割舍不下，连他的冷酷无情也那么喜欢！"

"我明白了……"孙言瑜幽幽地叹了口气，声音轻柔，却足够传到萨仁高娃的耳边，"小县主您的感情才叫喜欢，您为了爱人可以不计较得失不计较后果，我不及您，这场比试不用开始我就已经输了。您放心，倘若叶大人是为了我才不答应和您的婚事，我会告诉他，他应该选的良配是您，也希望您对他的感情能一直这么炽热。"

"阿瑜，或许有一天，当你能够正视自己感情的时候，你会像我一样舍不得放手。"萨仁高娃凝视着孙言瑜的眼眸，一字字认真地说，"虽说，我不该鼓励你，但我只是不希望你稀里糊涂地放弃了这段姻缘。叶大哥是个顶天立地的男子，他能够在我面前坦然提起你，说对你是一见钟情，说他心里有你，你又怎么知道他会为了其他原因就舍弃你呢？"

"是吗？"孙言瑜忽然笑了起来，"如果他真是因为我放弃和王府联姻，为什么不提前告诉我呢？他一定还告诉了你，他的姻缘自个儿做不了主，他要先禀明了上面，才能做最后的决定。"

萨仁高娃目瞪口呆，"你，你怎么知道……"孙言瑜所说，虽然不是叶思北当时的原话，却也八九不离十了。

孙言瑜一边嘴角轻扯，露出同情，"我不仅知道他这样说，还知道你当时一定在想，这个男子如此有担当如此忠心耿耿，将来肯定也不会辜负自己的妻子……"

萨仁高娃更吃惊了，她当时确实有这样的想法，不仅是她，换成哪个女孩子都会这样想吧，一个男子如此忠义有担当，为国为民宁肯舍弃自己的感情，这般的英雄气概，哪有女子会不爱呢？

　　孙言瑜看着杯中几乎紫红色的酒液，像是在想什么，半晌，她方才开口道："那些英雄就是这样，在他们的眼中，国泰民安才是最重要的事。至于我为什么知道……"

　　孙言瑜轻扯嘴角笑了笑，"因为我的父亲也是这样一个人……"她还记得，父亲因为他心中的坚持，为了他的傲骨和道义而不妥协于权贵。

　　比起那些趋炎附势之人，她的父亲确实是够有气节。但父亲的选择也让自己的家里一直比较拮据。母亲虽偶有抱怨，但眼前的男人也毕竟是自己所选。

　　既然选择了一个不通人情世故的人，就别抱怨他没有带给你高朋满座；既然选择了两袖清风的人，就别抱怨他没能带给你锦衣玉食；既然选择了胸怀家国的人，就别抱怨他没空和你卿卿我我……

　　孙言瑜并不为此怨责父亲，毕竟她的父亲已经尽他所能，给了他们兄妹最好的生活。

　　她只是替母亲可惜，当父亲在为了画卷废寝忘食之际，当父亲为了画尽天下山水一去千里、抛家忘妻之时，她的母亲，或许有过后悔吧。如果当年，她嫁给了那个曾在春风里对她微笑的少年，或许是另一番情景吧。

　　也正是频频看到母亲在灯下孤寂地等待父亲回来，孙言瑜从小就暗暗发誓：她将来长大了，绝对不会去选一个生命中会将其他事情排在她之前的男子，那样的男子或许是人中豪杰，或许是朝廷重臣，但绝对不是个好丈夫。

对于孙言瑜而言，她很清楚世间并非只有男女私情这一件事情，但她就是想要一个不管有多少责任在身，不管有多想向上攀登，当她需要之时，当她呼唤之际，就可以停下来完全搁下手头的事情，静静陪她一段的男子。她要的是有人陪伴的朝朝暮暮，而不想成就对方的功德圆满。

孙言瑜终于喝尽了她杯中的酒，"只是我不明白，叶大人既然都和小县主说了要放弃和王府联姻，您为何还说要与我比？从叶大人的话里看，即使他放弃和沙州卫联姻，也并没打算娶我，小县主今天这番话是想试探我吗？"

"说出来你或许不相信。"萨仁高娃的眼神澄净如清泉，"叶大哥虽然提及他对你一见钟情，却说你并不知情，我想他是为了保护你，反正在提到你的时候，他的眼里有一抹我从未见过的温柔，或许那是连叶大哥自己都没有发现的温柔。无论由于什么原因，他都是因为你放弃了娶我，这就意味着他为你舍弃了功名利禄，你不能那么说他。"

"我打小和叶大哥相识，这些年，他的事情我恐怕比他的家人知道的还多。我了解他是什么样的人，也知道他是一个重情之人，即使有一天我不能嫁给他，也仍然认为他是值得我心悦的男子，我也会庆幸自己曾经喜欢过他。"

萨仁高娃抓住孙言瑜的手，诚挚地说："阿瑜，你所看到的叶大哥并不是你所知道的全部，别做出让自己后悔的选择。"

"没想到小县主会告诉我这些，真不知道你是来让我离叶大人远些，还是来给他说媒的。您对着我说这些夸赞他的话，真不担心我动了心，起意要跟您抢他吗？"孙言瑜没有想到萨仁高娃会对她说出这些话，不由得露出诧异的神情。

原本已经醉得伏倒在桌上的乌兰也抬头，似醉非醉地问道："就是啊，小县主您既然那么喜欢叶大人，为何还要告诉孙姑娘这些呀？"

萨仁高娃展眉一笑，如同傲雪寒梅，"那是因为我要堂堂正正地赢你。而且，我也不想阿瑜你误会叶大哥，叶大哥很好很好，我不想让他不开心。"

孙言瑜听了，沉默半晌，"小县主您对叶大人他用情至深，无人能及。"

三个姑娘吃吃喝喝，谈天说地，等离开王府时月亮已经升起，萨仁高娃执意要送孙言瑜回去，还拒绝了孙言瑜让她安排王府的护卫去送的要求。

因为司画一直扮做男子，且她不像孙言瑜有兄长打掩护，所以目前司画在明面上就跟着孙延振，而这次跟着孙延振过来的司琴并不会拳脚功夫，再加之孙言瑜以为萨仁高娃想跟自己说点秘密，所以要避开其他人，就答应了。

出了王府，萨仁高娃非要孙言瑜坐她的马车，说她的马车舒适宽敞，孙言瑜见她有些醉了，不想和一个醉鬼一直拉扯下去，便上了她的马车，让她的婢女司琴单独乘车回去。

上了马车，萨仁高娃拉着孙言瑜的手道："你知道吗？旁的女子羡慕忌妒我，并不全是因为我是小县主，还因为我有着她们没有的自由，而这，是因为叶大哥，就是他当年鼓励我，我才敢到军营里从一个小兵做起，才明白了原来女子也可以不做女红、不料理家事，因为叶大哥，我才找到了自己最喜欢的事情，是因为他，我才由大门不出二门不迈的王府千金，变成了舞刀弄棒、骑射俱佳的女将军。我真的真的很喜欢叶大哥。"

孙言瑜心头涌上酸涩，但她强忍着拍拍萨仁高娃的手，轻声道："小县主您放心，我不会跟您抢，也没人能跟您抢，您是最合适叶大人的，您这么好，家世、相貌、性情都是一等一的好，只要不是个瞎子，就都知道应该选您。"

萨仁高娃举起了食指，在孙言瑜眼前左右摇晃，露出不赞同的神情，"你说得不对，叶大哥他当然不是瞎子，所以他看中的人，肯定是一等一的好。你，就是那个被他看中的好姑娘，他喜欢的人，一定是极好极好的。所以，我才要和你做朋友，这样即使将来我不能嫁给他，也可以去看你，到那个时候你不会反对我顺便也看看叶大哥吧……你肯定不会反对，你是那么好的一个姑娘，怎么会反对呢？对吧？"

　　孙言瑜见萨仁高娃来回说那些话，眼神也已经迷离，就知道她已经半醉，不想跟她说车轱辘话，便哄着她："好好好，小县主您说什么就是什么，都可以的，您就别担心了，眯着眼休息会儿，一会儿我叫您。"

　　萨仁高娃却哭了起来，"你答应了，我就知道你舍不得叶大哥，你早晚还是会嫁给他……我好难过，好难过。"

　　孙言瑜无奈，"不嫁，不嫁，嫁给叶大人的一定是您，沙州卫的小县主……"

　　"不，你要嫁给他，只有你嫁给他了，叶大哥才会高兴，叶大哥高兴我就会高兴……"萨仁高娃却不愿意了，把孙言瑜的手抓得紧紧的，大有她不答应就不放手的意思。

　　两人就这样车轱辘话扯了一路，等到了地方下了车，孙言瑜只觉得自己疲惫不堪。

　　萨仁高娃却不知想到了什么，非要和孙言瑜秉烛夜谈，还下令护送她过来的人都回去，只留了两个随身的婢女侍候。

第二十四章　螳螂

"今天晚上，你别把我当小县主，别顾及我的家世，我们就像好朋友那样交交心，这一晚上都是我在说，等到了你的院里，你这当主人的总不好还是沉默寡言的吧？"萨仁高娃这会儿走路都是踉踉跄跄的，但话还说得很清楚。

因为伤势不能挪动，孙言瑜这段时间一直在马大娘的院落里居住，为此，孙延振也搬到这儿暂居。将马大娘搬迁到一处安全的住处之后，这处养伤的地方，就成了他们兄妹的临时落脚之处。因为担心先前那些匪徒会再次上门，原本打算伤势一好就搬走的孙言瑜，却因为萨仁高娃的这次宴请耽搁下来。

因为院落不大，也没法安排很多人留宿，所以萨仁高娃叫她的人都回去时，孙言瑜也没有多说。她和一个婢女扶着萨仁高娃，同一直等在门口的司琴一道进院里，不料却见和隔壁邻居间隔的那条中间窄巷里，有七八个彪形大汉冲了出来。

那些人满脸横肉，手里也是拿着刀剑，孙言瑜只觉不妙。兄长去文进先生那边议事还没回来，这些彪形大汉一看又不是良善之人，地痞无赖向来就不是寻常百姓敢招惹的，况且眼前这些人满身的酒气，显然是才从哪处酒肆畅饮过，又打算选个地方继续寻欢作乐的人，这些人不是善茬，明眼人一看，就会避之不及。

虽然看这些人的形貌，并不是赤斥或者突厥的人上门寻仇，孙言瑜也没有放松警惕，她一只手护着萨仁高娃，示意司琴快去叫门子和护卫出来挡一挡，不料，那些人却分成几路，将她们全都拦下。

"刘大叔，司画，你们快出来，快出来啊！"司琴对着院里拼命喊，却没听到半点动静传出来。

有个黑脸壮汉哈哈大笑，"别喊了，这左右院里的人都让我们迷倒了，哥儿几个今天要干票大的，把这几个院都搬空然后就去江南，在那边买几处院落，娶两个婆姨。"

脸上长了个瘊子的看着孙言瑜她们，色眯眯地说："何必到江南去讨婆姨？这几个妹妹就长得挺俊俏，来来来，同哥哥们去江南享福去，这漫天黄沙的沙州卫有什么意思。"

有个大汉索性伸手过来，一把将萨仁高娃拽了过去。

孙言瑜一手没拉住萨仁高娃，反倒也被带了过去。

其余几个大汉也笑着起哄，他们迷倒了院落里的人，正准备进去搜刮财物，就看见马车过来，还下来几位婀娜多姿的佳人。如今离得近了更是看清，不仅这两位主子是貌美如花，就是那伺候的婢女，也是面容姣好。

看到这些人不断用淫邪的目光打量自己，孙言瑜将萨仁高娃扶住，用手边打那个拉她的人，边威胁道："你们知道她是谁吗？她可是郡王爷的爱女，沙州卫的小县主，但凡你们今天敢伤她一个手指头，命都休想保住。"

瘊子男闻言冷笑一声道："该碰不该碰咱们都已经碰了，如今后悔他们就能饶过咱们吗？兄弟们，别想那么多，动手之后咱就远走高飞，就算他是郡王爷也没法追咱们，就咱哥儿几个身上犯的事，就是不动她们，留在这儿也是死路一条。"

其他人一想，也是，反正事已至此，欺男霸女的事他们也不是头一回做了，况且今晚还有人送了银子给他们，把他们从死牢里放出来，还给喝了壮行酒，告诉他们这几个院里能找出很多好东西，还说不管是财物还是人，他们都可任意而为。于是他们索性一不做，二不休，一哄而上去拉扯孙言瑜她们几人。

　　司琴和两个婢女拼命阻拦，但在那些人的手里，就跟小鸡仔似的。孙言瑜看着醉得摇摇晃晃的萨仁高娃，着急地狠狠掐了她一下，"小县主，小县主，您快醒醒！"

　　萨仁高娃被孙言瑜掐醒了，看看周围，一甩手打开那个拽她的大汉，"你们要干什么？走开，走开，不然我把你们全都杀了！"

　　"妹妹说话还挺硬，真是当县主当惯了。"大汉伸手想去抚摸萨仁高娃的脸颊，醉醺醺地道："你就是县主又怎么样？反正今晚你是哥哥我的女人，来，跟着哥哥走，保证你欲仙欲死，回头再给我弄个郡马爷当当。"

　　"放开她们，不然你们今晚就死定了！"萨仁高娃闪开他的手，反手一把掐住那大汉的手，她用两指尖用力掐着大汉的虎口，那大汉手筋酸麻，一时吃痛就退了几步。

　　"哟，这个妹妹好辣，我喜欢——"旁边另一个大汉淫笑着，就要伸手给萨仁高娃来个满怀抱。

　　"啪——"他的脸上火辣辣地挨了一个巴掌。正欲发火，抬眼看到面前那张俏脸，倒一时下不去手，只怪笑道："就你这劲儿，打哥哥就和挠痒痒似的，来，哥让你这边再打一下，消消气跟哥走，让哥哥好好疼疼你。"

　　旁边的大汉就起哄，"好呀，钱富贵你也会怜香惜玉了，哥儿几个今晚就先让你做郡马爷——"

　　萨仁高娃不理会，几个拳脚打开拉着孙言瑜的人，护着她咬着牙往大门那边退，却发现那七八个大汉已经将她们围在中间，如同猫戏鼠般调笑她们。

　　"来呀，到哥哥这边来，我比他们会疼人——"

"别听他的，还是到我这边来，我才是怜花人呢……"

……

正当那个钱富贵见萨仁高娃不好惹，眼睛一转改为拉拽孙言瑜时，他的手腕被身后的人抓住，钱富贵回头一看，笑道："好嘛，这又来几个多管闲事的。弟兄们，正好捆了这位公子哥，让他家的人多交赎金。"

来人正是叶思北，他刚处理完公事，便想着过来看看孙言瑜，结果远远地就发现这边不对，于是拍了快马立刻赶了过来。

见叶思北过来，孙言瑜松了一口气，萨仁高娃则高兴得眉飞色舞，"叶大哥，你站在那儿别动，瞧瞧我的功夫有长进没有，我要把这些人都杀了……免得他们坏了我们的名声。"

"姑娘家家的，口气不小。还有你这小子，玩英雄救美前也不打听打听老子是谁！"钱富贵恶狠狠地道，"兄弟们，一起上！"他们一起叫嚣着、应和着冲向叶思北他们几个。

"都给我往死里打……只要死一个，他们就害怕了。最要紧记住，把那两个妞带回去——"瘩子男好像是头目，迅速向那几个闲着的打个招呼。

"郑哥，你就放心吧。又不是第一次。"泼皮们笑道。

叶思北和他带来的两个兵卫和七八个大汉混战起来，萨仁高娃在旁边冷不丁地就给那几个大汉一脚，踢得他们吱哇乱叫。

暗夜里响起噼里啪啦的拳脚声。

因为距离近，他们谁也不敢用刀剑，害怕伤到了孙言瑜她们几个被挟持的人质。

有两名壮汉一起对叶思北拳脚相向，叶思北要和挟持孙言瑜的两个人辗转腾挪，一只手里还抓着孙言瑜的手腕，不免有些顾此失彼，身上挨了好几拳，可就算如此，他还是将孙言瑜保护得滴水不漏。

最终叶思北用飞脚踢翻了一个，击倒了一个，那两个人一个抱脚、一个抱头，疼得直叫唤。

叶思北捏紧了瘩子男的手腕，用力往下一拧，冷冷说道："说，谁指使你们的？"

他那一拧，几乎可以听见骨头咔嚓作响，但那瘩子男痛得额头冒汗，却只是嚷嚷，"没人指使，我们就是看见俩漂亮妞，想着图个嘴上痛快，没把她们怎么样，爷，放了我们吧，小的们给两位小姐道歉，怪小的们有眼不识金镶玉，您大人有大量，别和我们这些瞎眼睛的计较。"

叶思北见他还在装蒜，索性加大了手头的力气，只听"咔"的一声，瘩子男的胳膊活生生被他拧脱了臼。

"哎哟，哎哟——爷，您放手，我说，我说——"

那边，叶三他们也结束了战斗，几个泼皮还没来得及拿出随身的兵器，就被他们打倒在地。和行伍出身的他们相比，这些人高马大的泼皮根本就不会打架。

看着四周躺下的兄弟们，还有眼前这人狠厉的眼神，瘩子男毫不怀疑，要是他下一刻再不说出口，这男人能当场要了他的命。

这般好身手，且还是这般凶狠的心肠，沙州卫地头上汉人里面何时出了这样的狠茬子？

早知如此，他就该打听清楚，绝不会贪图钱财贸然而来！

看着眼前这人已经被吓到魂飞魄散，叶思北直接又拧上了他的另一只手。

"说，是谁指使的你们！"他喝道。

"是骑都尉家的公子，达达鲁，你们有本事找他去！"瘩子男脱口喊道。

"咔——"他的那只手还是断了。听到是达达鲁指使的，叶思北知道，只怕是查办阿拉坦、苏赫巴鲁那些人之际，达达鲁为了其父狗急跳墙，找了人来对付他们，只是没想到，他会先从孙言瑜这边下手。

被叶思北拧断了手，痞子男一脸惊恐：为什么他该交代的都已经交代了，还要被拧断手？可看着眼前这个眉目英俊，眼神冰冷如同凶神恶煞般的男子，他哪敢问出口，只在那儿"哎哟，哎哟……"一个劲地喊疼。

"下一次再让我看见你们作恶，就别怪我手下无情。滚……"

就这样，还算手下留情吗？痞子男没敢多问，和那几个伤手伤脚的泼皮互相搀扶，连滚带爬地往窄巷深处跑去。

他不知道，叶思北真是手下留了情的，要不是怕这会儿杀人会吓到孙言瑜她们，还要借此查出达达鲁的去向，他根本不想放过痞子男几人。

一想到他晚到一步，痞子男的臭手就要摸到孙言瑜脸上，叶思北简直气得发疯。

不过这几个人早晚都得死，他朝叶三使了个眼色，"你找人去查查他们的底细，看看能不能跟着他们找到达达鲁，顺便查查，平日里他们还做过什么坏事。"

若是这几个不只是一般的泼皮地痞，那留他们活着也是祸害。

"叶大哥你就该当场杀了他们，没一个好东西。"回到院里，用冷水将被迷昏的那些人救醒，坐下来喝茶时，萨仁高娃虽然仍觉得腿软脚软，想到那些人刚才险些就将孙言瑜她们掳走，而她那会儿双拳难敌四手……忍不住娇嗔地责怪叶思北。

叶思北笑了笑，"小县主放心，那几个人若是该死我肯定不会放过他们。之前放人也是想看看他们所说是真是假，有人悄悄跟着呢，回头他们跟指使的人见面，我们就能顺藤摸瓜，一网打尽。"

萨仁高娃眼睛一亮，"叶大哥你想得真周到，是我错怪你了。"

"叶大人，多谢你们几位相救……这会儿无以为报，我就以茶代酒，先干为敬。"听见孙言瑜给他们几个一一道谢，叶思北眉头一挑道，"不必见外……我和你兄长是同僚，伸出援手也是应该的。"

听到叶思北提及兄长，孙言瑜正想唤人来问为何哥哥还不见回来，就见司画一身血连滚带爬哭喊着进屋，"小姐，公子，公子……被突厥人右贤王阿史那掳走，快使人去救……"

司画跪在地上匍匐在地，"……是奴婢失职，没有护好公子，罪该万死。"

听到司画说是有人买通了李画师，勾结了突厥人掳走了文进先生和自家的兄长，孙言瑜只觉得脑袋嗡嗡作响，后面的话她已经听不清，只觉得身上越来越冷，寒气如同噬骨的霜，铺天盖地地往她骨头缝里钻，而周围的一切都触不可及。

没等孙言瑜回神，叶思北已经起身，沉声道："我带人去救孙舍人……"

孙言瑜顾不上问司画详情，忙强撑着跟上去，"我也去。"

叶思北原想劝她别去，毕竟孙言瑜并不会武艺，去了也不抵事，但看着她煞白的脸色，沉吟片刻便点头道："跟上。"

萨仁高娃也跟在后面，"我也去，有我在可以看顾阿瑜几分。"

以萨仁高娃的身手自保不难，也确实比他们一行男人更方便照顾孙言瑜，叶思北便没有阻拦，只点头道谢，"有劳小县主。"

因为司画受了重伤不宜再奔波，孙言瑜只让她指明了抓孙延振他们那帮人的去向，便让她留在府里疗伤，强定心神安排好以后，就急匆匆挑了匹马，和叶思北一行往突厥人撤离的东南方赶过去。

一路上，就是叶思北也感到心惊，突厥人显然全无顾忌，一路上的血迹和丢弃的松脂火把随地可见，就像是有人故意要引他过来。

果然，在城外二十多里时，叶思北等人看到了端坐在马上候着他们一行人的阿史那。到了这会儿，叶思北已经回过神来，这是阿拉坦他们最后的反扑，达达鲁好色，就派了人手去对付孙言瑜她们，阿史那则领了人来对付文进先生他们，孙延振也跟着受了牵累。

阿拉坦他们这是想将他手下得力的匠师铲除了，修建大明洞窟之事不得不搁置，如此一来，纵然他们自己因为贪赃枉法获罪，他叶思北也会因为办砸了差事受到怪罪。

看到叶思北，阿史那笑得张狂桀骜，"那姓李的说这两个人对你很重要，看来果真如此。姓叶的，我今儿个就一个条件，你把我们突厥准备的那些贡品交给我们，这两个人我就交给你。那些该死的家伙，竟然乘着我受伤和你暗中勾搭，狐狸朝自己的洞穴嗥叫，会患癫疮，我要他们这次死得很难看……"

听闻阿史那提及姓李的，再遥遥看见李画师鬼鬼祟祟在对方的马队里，孙言瑜顿时明白，是谁内外勾结、里应外合向突厥人出卖了她的哥哥和文进先生，不由得恨得牙根直痒。

如果说先前孙言瑜还只是不屑李画师贪生怕死，在情急之下推她在前面挡刀，此时她真是后悔自己当时救了这么个白眼狼，连累了哥哥和文进先生。

叶思北和阿史那对视，唇角勾起一抹挑衅的笑意，"虽然你我各为其主，但我从前听闻阿史那是个顶天立地的汉子，没想到却会使这等伎俩，你这是黔驴技穷、狗急跳墙了？"

"酣睡也别忘记槽上的马，无事也别忘记身旁的刀。瓦剌人并不和困即来一条心，就算他们想和那些叛徒一起，企图上贡向你们大明求和。可你们别忘了，先前杀你们的人里，瓦剌人可是出了大力，当真能够恩怨一笔勾销吗？"阿史那在那儿挑拨离间，"姓叶的，今天你若是想要这两个人的性命，就必须听我的，拿那批贡品来换。"

他一挥手，后面的两个手下驱马向前，露出马背上横担着的不知是死是活的孙延振和文进先生。

天空已经在落雪，听了阿史那的话，叶思北不退反进，他驱马向前一个纵跃，将长剑前刺又闪电般收回斜握在手里，一双眼睛冷冷地看着阿史那，"你们突厥人有句话说'木头疙瘩烧起来忘了灭，蠢人得意便忘了姓名'，你不过是想借着那批贡品，让瓦剌和你们突厥左贤王与朝廷彻底反目，坐享渔翁之利罢了，可你也不想想，自个儿有没有命吞下那批贡品。真以为自个儿手里握两个人质，就能要挟我吗？"

阿史那看到他剑刃的血迹时，方才感觉到自己左肩上的痛意，他微偏了偏头，发现叶思北之前和自己错身的片刻，竟然在他的肩头刺了一剑。他眉头一皱心中暗道：好快的身手。

看到阿史那查看伤口，叶思北继续冷嘲道："右贤王当真是好胆色，竟然用人质要挟叶某，你连和我交手都不敢，拿下那批贡品能有什么用，你保得住吗？"

阿史那听了他的讽刺，脸色有些难看，却并不再逞口舌之快，直接说："既然你不想救这两个人，我留着也无用，索性就杀了。反正这些人我手里还有很多，杀了这两个就当给你个提醒。"他一把抓过离自己近的那匹马上的孙延振，将手里的弯刀横在他的脖子上，作势就要往下砍。

听到阿史那的话，叶思北心里一沉，显然对方不止抓了文进先生和孙延振两个匠师，只是因为听姓李的说这两个人很重要才带在了身边。他们人手少，必须速战速决，才赶得及救出其他人。

孙延振之前经过了一场杀戮，本就吓得浑浑噩噩的，这会儿被阿史那抓过去，恍然间看到对面的孙言瑜，大叫，"阿瑜，你怎么来了？你快走——"一边喊，他还一边挣扎，全然不顾阿史那的刀就在自个儿脖颈旁边，一时间被划伤了肌肤，血流不止。

"哥哥……"孙言瑜强忍心头翻涌的不舒服，这一次她没有因为晕血昏过去，她朝着孙延振喊道，"你别动，别动，叶大人会救你的，你别动……"

自从上次在郡王府上遇袭昏迷之后，孙言瑜似乎就没那么晕血了，只是看到孙延振浑身是血，也不知道还有哪里受了伤，心里就阵阵不舒服，有要恶心呕吐之感。

阿史那此举本就是为了吓唬叶思北，被孙延振这一挣扎，反倒有些被动，收了刀将几乎快跌下马背的孙延振摁住，神色间显出几分狠意，"老实些，再乱动就宰了你。"

叶思北驱马向前冲去，阿史那没想到他会来得这般迅猛，心头微微一惊，随即也顾不得那么多了，一把抓住缰绳冲了出去。

叶思北的坐骑迅如风雷，不过片刻，就冲到了阿史那的身边。

阿史那本想要一刀将他挡开，但没想到的是，叶思北不退反进，伸出长剑将阿史那来势汹汹的一刀格开，震得阿史那虎口发麻。

因为两人交战，阿史那就顾不上再腾出一只手抓住孙延振，马背上的孙延振因为失去了平衡眼看就要掉下马来，叶思北连忙一转马头，企图将孙延振捞到自己这边马上来，却被阿史那的刀撩上手背，血流不止。

孙言瑜眼见哥哥要从马上掉落在地，不由得惊呼出声，飞扑向前。

孙延振还没来得及张嘴呼救，刚张开的嘴就被惊马卷起的烟尘呛住，急忙捂住了嘴。

叶思北回手将阿史那的刀打飞，伸手皱眉道："孙舍人，把手给我！"话音未落，只见他身后突然出现了一个人影袭过去，眼看就要刺中他。

然后"扑通"一声，那人摔倒在地。是萨仁高娃和叶七的箭先后射中了那个偷袭叶思北的突厥人。

叶思北一个探身，在孙延振伸手的一瞬间出现在他身边，将他拉上马来。

就在他拉过孙延振时，阿史那已经从另一匹马上扯过昏迷不醒的文进先生，二话不说，拿过手下的一把弯刀抵在文进先生后心，狠厉地说："姓叶的，你当真以为我不敢动手吗？"

叶思北看着这一幕，眼中闪过一丝厉芒，但他还是压抑住了怒意，"阿史那你是长年征战沙场之人，也算是有些名声，竟然三番两次用文弱之人为质，做出如此不堪的事，真是辱没了你们突厥人的威名。"说着话，他手腕一抖，一根袖弩射向阿史那。

阿史那强壮勇武，平日里鲜见敌手，自认沙州卫会落在困即来的手里也是因为他老奸巨猾，有大明朝廷做靠山。平日里困即来的人马在城里，他的人马在山林草原，两边一直相安无事，这次若不是担心沙州卫和朝廷越走越近，他也没打算走这一步，只是先前在嘉峪关劫杀那批牛马羊不成，这次若是再让瓦剌人和朝廷更为亲近，焉有他们突厥人的存身之地？所以才会行此险招。

第二十五章　黄雀

因为艺高人胆大，阿史那就根本没想到自己会遇到暗器，一时不察竟被叶思北的袖弩刺入胸膛，闷哼一声倒了下去。

就在阿史那倒下去的时候，早就在一旁寻找机会的叶七几个纵跃，将昏昏沉沉即将被推下马去的文进先生接了个正着。因为时机寻得恰好，叶七虽然险些被阿史那的手下砍伤，但好在叶三和他配合默契，立刻冲马向前挥刀砍向阿史那来了个围魏救赵，让叶七有惊无险地退出了包围圈。

"右贤王！"看见叶三挥刀砍过去，阿史那的手下一惊，有立刻驱马过去护着他的，也有立刻拔出腰刀驱马向叶三和叶思北他们冲过去的。

叶思北早就有防备，一个侧翻避开向自己砍过来的几刀，手中长剑挽了个漂亮的花式，直取离自己最近那人的喉咙。

"噗嗤——"鲜血喷涌而出，那名突厥人瞪大眼睛仰躺落马，喉间鲜血汩汩流出，一只手紧捂着喉咙，鲜血沿着手指缝隙流淌而出，眼睛不甘心地瞪着叶思北，最终还是失去了生机。

阿史那的手下们都傻眼了，他们没想到叶思北居然如此凶悍，竟然真的在几个回合的交手中就伤了阿史那，还毫不犹豫地杀了他们一个人。他们不约而同地停止了进攻，怔怔地看着叶思北，心中惊疑不定。

这个人究竟是谁？他怎么可能这般厉害？

叶思北并没打算就此罢手，手中长剑再次挽了朵漂亮的剑花，和叶七等人驱马向阿史那他们那边挥舞而去，他身形快捷灵敏，剑法又极其狠辣，招招致命，不多时便将阿史那身边护卫的突厥人尽数斩杀于马下。挥舞着剑背拍向阿史那的坐骑。

那马屁股被叶思北打得生疼，猝不及防抬起了前蹄，马背上的阿史那一时力有不逮，掉落到马下。

叶思北看向躺在地上奄奄一息的阿史那，他并没打算就此放过这个破坏大明和蒙古部落结盟的突厥人，但这毕竟是沙州卫的地界，这人留给困即来郡王爷处置更妥当些。

当下叶思北就翻身下马，走到阿史那跟前，蹲下身将手中的剑刃抵在了阿史那的颈部，低声问道："怎么样，你还想拿我的人来威胁吗？"

阿史那此刻已经失去反抗的能力，听见叶思北的话，他恨得眼球瞪得溜圆，他万万没料到今日竟然碰到了硬茬子，即使是沙州卫最勇猛的喃哥，也不是他的对手，这次败了不说，还要在临死前遭遇这样的屈辱和折磨，他带出来的人死了七七八八，他还活着，甚至都没有死在沙场上。

一时间，阿史那的心中充满了不甘与怨恨。

纵然这是他咎由自取，他也不会就这么轻易死去，他要让对面这人给他陪葬。

"既然你这么喜欢威胁人，喜欢砍人脑袋……"叶思北冷笑一声，长剑缓缓向前送，刺破阿史那的皮肤，鲜红的血液顺着剑刃缓缓滴落下来，"我就叫你尝尝这滋味。"

"你敢！"阿史那忽地抬头瞪向叶思北，"你若敢伤我一分一毫，我们突厥人绝对不会饶恕你！"

叶思北闻言冷哼一声，语气中透露出不屑的嘲讽之意，"你现在还有资格跟我谈条件吗？"

阿史那咬牙切齿，他知道这个时候说什么都没用，只希望能拖延一点时间，等他的援兵赶过来。

"放了我，从此我们突厥也和困即来那厮一样，向大明称臣，岁岁纳贡。"阿史那忍痛说道，"你要什么，我都给你！"

叶思北闻言挑眉，这家伙倒挺懂得见好就收，他手腕轻晃，长剑再次划开了阿史那的肌肤，鲜红的血液瞬间涌出，阿史那疼得脸色发白，但仍旧咬牙忍着。

叶思北看着阿史那这副模样，手中长剑猛然转向阿史那受伤的前胸……一股巨大的痛楚袭来，阿史那的脸上露出痛苦的表情，他不由得哀号起来，"啊……"

这种痛楚，让阿史那恨不得立即晕过去，但他知道自己绝对不能晕过去，他不仅要撑住，而且还要保持清醒的头脑，等待救兵的到来，只有这样才有希望活着逃出去。

疼得脸色煞白，阿史那的意识越来越混沌，眼神也越来越涣散，他知道这是失血过多的征兆，他必须抓紧这点时间，他用力抬起头，对着叶思北说："你过来，我告诉你一个秘密，一个关于困即来的秘密……"说到后面，他痛得声音已经低不可闻，只余气音。

叶思北见阿史那似乎连说话的力气都没有了，于是站起身来，将手中的长剑丢在地上，然后走到阿史那跟前，却并没有附耳倾听，而是伸脚踩在了他的右手上。

"啊！"阿史那疼得再度惨叫一声，松开了右手，那只手里握着一把短而锋利的匕首。

叶思北看了眼已经昏迷过去的阿史那，冷声吩咐道："把人拖回去好生侍候着，记得要让他活着，我要他亲口承认如何勾结朝廷重臣，让皇上知道他们的阴谋。"

"是！"

叶七手底下的几个兵卫立即答应一声，上前来将阿史那拖走。

叶思北回头看向那些或被杀或被击落在马下的突厥人，目光扫视过去，很快便锁定了一个人，那人正在往自己脸上抹血，试图躺在地上装死。

　　李画师见叶思北看向自己，吓得直打哆嗦，他自知自己犯下了死罪，便从藏身的那匹伤马后头站起了身，哆哆嗦嗦地说："你不能杀我，我是奉了王爷的命令，用文进先生和孙舍人向突厥交换宝物。"

　　"王爷？你说的是哪位王爷？要跟突厥交换什么宝物？我倒不知道什么时候文进先生和孙舍人这么有分量，竟然能让突厥人舍得拿宝物出来。"叶思北相信李画师是奉了他的某位王叔之命，却根本不信他所说突厥人挟持文进先生他们的目的，倒是阿史那之前所说还有几分可信，突厥人想借此交换瓦剌贤义王太平部下那批贡品。

　　见李画师哼哼唧唧不肯说实话，叶思北挥了挥手，叶七立刻领悟到他的意图，立刻带领着手下的兵卫向李画师那边围拢过去，准备把他和地上那几个惨叫的突厥兵一并捆回去。

　　正当萨仁高娃给叶思北包扎伤口，准备等叶七他们捆完人就返程时，刘百户带着一群手下策马飞驰而来，远远地招呼道："叶大人，你还好吧？我才听见音信赶过来，没想到你们动作这么快，已经把这些贼人拿下了。"

　　刘百户一行人的坐骑已经到了叶思北他们跟前，却并没有减慢速度，刘百户手下的得力干将马林更是趁着他俩打招呼，将手中的长刀迅疾如电地刺出，刺向叶思北的后心。

　　此时一道丽影忽然闪现在叶思北身后，替他挡下了那刀不说，还掷出一柄短刀直接洞穿了马林的咽喉。

　　看到马林摔落在地，刘百户的手下看得眼睛都瞪圆了，他们只看见那道丽影一个箭步冲上前去，挡下了马林手里的刀，随即掷刀刺向了马林的咽喉，那速度根本让人无法反应过来。

刘百户这才回过神来，看清楚替叶思北挡刀的竟然是萨仁高娃，不由得一惊。只是此刻他已经骑虎难下，便转头朝自己手下吼道："都傻站着做什么？还不给老子上！"

刘百户手下另一个副将陈宝安也反应过来，知道局面已经失控，看了看被萨仁高娃刺伤的胳膊，他猛地一挥马鞭，"杀啊！"

随着陈宝安的冲锋陷阵，刘百户手底下的人立刻纷纷策马奔腾，将叶思北他们团团围困起来，陈宝安和刘百户则是一左一右将叶思北和萨仁高娃围在中间，防止他们逃跑。

叶思北也安排叶三和叶七将孙言瑜几个护住，免得混战起来自己难以分心照顾。

刘百户这次显然是有备而来，带过来的手下个个都是精兵强将，但是在这样的突变下也乱成一锅粥。他们一边挥舞着手中武器和对方厮杀，一边又分神关注着刘百户这边，毕竟他们的任务就是保证要将叶思北一行人斩杀当场。

可惜，刘百户他们低估了叶思北他们的实力，即使他们的人数是那边的三倍之多，对方仍然在苦苦地勉力支撑，等待援兵。

这个时候，叶思北忽然从背后拔出了长剑，一剑刺死了两名试图偷袭的敌人。他的目标很明确，就是刘百户，射人先射马，擒贼先擒王，这些人里只要拿下了刘百户，其他不足为惧。

刘百户看见叶思北朝他扑来，脸色大变，他刚要拿刀对面迎战，可就在这时，忽然从侧后方冲过来一匹枣红骏马，骏马一声嘶鸣，朝着叶思北就冲撞了过来，马蹄扬起的尘土中还夹杂着碎石块。

刘百户见状大吃一惊，他急忙收回砍向叶思北的刀，连退几步避让，可是他没料到萨仁高娃竟然和叶思北一个打算，想将他先拿下，选择在这个时候和叶思北配合偷袭他，他一个不察，肩膀上顿时被划出一条深可及骨的血痕。

刘百户痛呼一声倒退几步，叶思北却趁机追上前去，长剑一抖，直取刘百户的咽喉，刘百户急忙伸出手臂抵住叶思北的攻击，叶思北趁势一脚踹向他的胸膛，将他狠狠踢翻在地。

就在刘百户狼狈落地的刹那，叶思北忽然两腿一夹策马向前，朝着刘百户的脑袋就踩了下去。

陈宝安和手下的人看见这一幕都吓傻了，他们万万没想到，在他们眼中一直温文尔雅、彬彬有礼的叶思北竟然会突施辣手，他们也都是久经沙场之人，自然知道叶思北这一脚踩下来意味着什么，所有人都惊骇欲绝地闭上眼睛。

叶思北突然一勒马缰绳，坐骑的前蹄悬而又悬地踩在了刘百户的左耳上，刘百户的脑袋虽然没被踩中，但左耳硬生生被踩烂，鲜血喷涌而出，染湿了一地。陈宝安和手下的一众士卒都是第一次见识到如此残酷的画面，一个个脸色煞白，不知所措。

"住手……"

刘百户痛得咬牙切齿，大喝一声，叶思北勒住马缰绳，居高临下看着他问道："百户有何指教？"

刘百户捂着断掉的耳朵，怒视着叶思北道："姓叶的，你真当我怕你吗？"

刘百户话音一落，手中忽然多了一杆褐绿色的拐子铳。

"你……你要做什么？"叶思北看见刘百户手中的拐子铳，眼皮一跳。拐子铳又叫火枪，长约一尺二寸，可以连发三枪，百米之内杀伤力极大。可惜这次出门，叶思北没有带自己的那把西洋火枪，一时倒被刘百户拿捏住了。

被叶七他们护卫着，远远张望的孙言瑜看见刘百户的动作，心里也是一紧，这个刘百户是个笑面虎，他若真敢动手杀人，手里又有火枪，叶大人恐怕要吃大亏。

刘百户狞笑一声，将手中的枪对准身前，指着叶思北冷笑道："我想你应该知道我要干吗。"

叶思北心头一凛，他看着刘百户阴险狡诈的模样，心中忽然升起一种危机感：刘百户不像是要杀自己，他的目标似乎是想救走阿史那……

叶思北心念一转，忽然哈哈大笑起来，拍着马背道："好，既然百户想杀我，那就来啊，看你有没有那个胆量杀我。"他这番话可谓是激将法，还故意露出这副挑衅的表情，就是想要引诱刘百户上钩。

刘百户果然不负他的期待，一双小眼睛中寒光一闪，手中一扣拐子铳的扳机，对准着叶思北的胳膊打了过去。此时他还不打算杀了叶思北，但给他些教训是必须的。

叶思北早就防着他的动作，在说话的同时就驱马往旁边移了几步，让刘百户的枪口偏离了他，那一枪便落了空。

叶思北心中松了口气，他正准备再说些刺激刘百户的话，忽然看见刘百户竟然将枪口对准了萨仁高娃，叶思北瞳孔骤然缩小，暗骂刘百户狡猾，厉声喊道："刘百户你疯了吗？竟然敢拿火铳对着小县主，她若是出了事，你拿什么跟郡王爷交代？就是纪大人也饶不了你！"

萨仁高娃此时也看见了刘百户的动作，她心头大震，脸色惨白地盯着刘百户，心里一片冰凉。她寻思着刘百户应该不敢杀她，此举只是想吓唬叶思北。刘百户怎么敢拿她的命做赌注呢？

"我都要没命了，还管什么县主郡王？"刘百户冷笑一声，手中拐子铳对准了萨仁高娃的脖子。萨仁高娃大惊失色，她看见叶思北朝着自己这边冲来，可是无能为力，她知道，若是刘百户这一枪真的打了下去，自己的这条命就算是交待了。

　　虽然此时距离刘百户不过五步距离，但叶思北的速度太快，眼看着刘百户就要扣动扳机了，他一咬牙，猛地一踢马腹，直接使骏马往前蹿去，想要替萨仁高娃挡下这一击。

　　叶思北知道这一枪若是打在萨仁高娃的脖子上，她一准是非死即伤，本来萨仁高娃替他挡下马林那刀就受了伤，这一会儿工夫半个身子都染红了，显然伤得不轻，再被拐子铳打中肯定是难以善了……

　　不承想，刘百户那一枪只是虚晃，他真正的目标是叶思北，就在叶思北冲过去之际，他将枪头一转，扣下扳机，正好打在了叶思北的左肩上。

　　叶思北猝不及防，整个身体都飞了出去，重重地摔在了地上。他的左肩胛骨被打穿了，一阵钻心的疼痛传来，忍不住发出一声闷哼。

　　刘百户冷冷地看着躺在地上的叶思北，眼神中充满了怨毒与愤恨，这一次，他是真的动了杀意，他原以为以多胜少能够快速拿下叶思北一行人，没想到叶思北的武艺和骑术比他知道的还要好，不仅杀了他的诸多手下，还敢拿他的性命相胁，简直欺人太甚。

　　虽然此刻刘百户恨不得立刻弄死叶思北，但他知道这人还有用处，只能暂且忍耐一时，没有取叶思北的性命。

　　刘百户将枪拿在手上把玩，慢慢走到叶思北的身边，蹲下身子冷笑道："你刚才不是很嚣张吗？现在怎么躺在这儿装死了？"

“刘百户……我……我错了……”叶思北强撑着一口气，咬牙道，“别……别杀我……”

“你知道错了？晚了！”刘百户冷冷地瞥了叶思北一眼，抬手拔出腰间的佩剑，狠狠地捅进了叶思北受伤的左肩，加深了那道伤口，即使是坚毅如叶思北，也忍不住痛苦地闷哼出声。

叶思北这般模样，让孙言瑜心里很难受，她扭头对叶七他们大声吼道：“你们快去救叶大人，去啊——”

叶七犹豫片刻，嘱咐其他两个近卫护着孙言瑜，自己悄悄下马，朝刘百户他们那边潜去。

萨仁高娃捂住自己受伤的那条胳膊，试图让血流得慢一些，让自己清醒一点，她看着刘百户，恨之入骨地威胁道：“刘世昌，你要是再敢动他，我定然让父王杀了你。”

“我今天就是把他锉骨扬灰、碎尸万段，你又能奈我何？小县主，你当真以为这沙州卫是你们家的，我会怕吗？”刘百户说完，看着地上的叶思北，“我忍了这么久，就是为了这一刻，平日里你身边总是前呼后拥，人手众多，今儿个好容易让阿史那他们把你引出来，我岂能轻饶于你？”

“你……你就不怕我出了事，咱们这次的差事办砸了，朝廷怪罪下来？”叶思北强撑着一口气，颤巍巍地抬头质问。

刘百户冷冷一笑道：“我只怕这件差事办不砸呢，不然还需要等这个时机？”

“你……谁指使你这么干的？是不是纪大人？”叶思北艰难地抬头问道，他觉得眼前一团迷雾，虽然早知道汉王和纪纲有勾结，但到千佛洞修建大明的洞窟是千秋功业，这事是皇上极为看重的，他们怎么敢？怎么敢？

刘百户伸出舌头舔了舔嘴唇，露出一丝诡异的微笑，道：

"我不告诉你，你永远也猜不到。"

"你……你卑鄙、龌龊……"叶思北愤怒地瞪向刘百户。

就在此时，远处突然传来一声怒喝："放肆！"

"谁？"

刘百户猛地转过身去，只见十几匹黑马如箭矢般从远处疾驰而来，马蹄声急促，还隔着一些距离，马背上两个人影腾空跃起，一跃数丈远，直扑他而来。

"来者何人？"刘百户见状大惊，这二人速度实在是太快了，转瞬就来到眼前，他不由得暗道不妙，连忙举起拐子铳射击，但他那火铳里只余一发子弹，射空之后又来不及再上弹药。

箭矢贴着头皮"嗖嗖"飞过，刘百户不得不俯低身子躲避那如影随形跟着他的白羽箭，来人箭势之强，速度之快，令他不由得胆寒。

"啊——"刘百户中箭了。一支箭突兀地钉在了他的左手臂上。

这支箭来得太快，被射中的那一瞬刘百户几乎没有痛感，刘百户心生疑惑，对面的羽箭应该被他悉数躲过去了呀。

原来这支毒箭是叶思北射的。

感觉到左臂一阵痛麻，叶思北射出的这箭竟然有毒？刘百户的眼睛猛地瞪大了，他突然明白过来，叶思北之前求饶示弱，其实是在麻痹他，叶思北一直都在寻找机会，射出这致命的一箭。

他拿起佩剑，恶狠狠地朝叶思北砍了过去，却恰好被赶过来的喃哥一箭射在脚上。

看到半躺在一边、身上混杂着鲜血和尘垢的刘百户，同样狼狈不堪的叶思北露出了笑容，"就知道你们会来，大台吉！"

喃哥冲他点了点头。此时叶七也三步并作两步地护在了叶思北的身边。

看着虎视眈眈的叶七，刘百户知道，大势已去。

"刘百户，说，你为何会与突厥人勾连？"喃哥挥手令手下将刘百户他们围住，上下打量着他，眼神冷厉。

萨仁高娃高兴地喊，"大哥，快把刘世昌拿下，他伤了叶大哥。"看到哥哥投向自己的目光，她的声音低了几分，"也伤了我。"

败局已定，刘百户不甘地咬碎嘴里的毒牙，"你们，休想从我这里问出半点……"话音未落，就见到一根羽箭刺穿了他的心脏。

萨仁高娃见刘百户倒下去的身体还保持着挣扎的动作，眼睛瞪大死死盯着他们，惊愕地看向自己的大哥。

"你……"萨仁高娃的手指颤抖着指向喃哥，难以置信地问道，"大哥，大哥你，你怎么不问个仔细就杀了他……"

"他竟然敢伤了你，就该死……"喃哥并不知道刘百户已经打算服毒自尽，只当他是死在自己的箭下，一脸狠厉地看着他的尸体，"敢和突厥人勾结，就是这样的后果。"

他转头命令身边的人，"把尸体扔进乱葬岗。"

已经被叶七等人救起的叶思北叹了一口气，刘百户已死，只盼着能从他的手下和阿史那他们嘴里问出些东西。

喃哥正准备唤人抓住想趁机逃跑的阿史那等人，就感觉到脚下一阵摇晃。

"地龙翻身了！"不知是谁发出的惊呼，叶思北等人几乎同时感觉到了来自地下的震动，整个大地好像沉睡已久的巨龙醒来，翻涌着要把身上的一切抖落。

近处是人马滚落、远处是房舍倒塌，只在顷刻之间，大地就变了模样，有些地方甚至出现了裂缝，瞬间就吞没了那块地上的人、马。

"轰隆隆……"

整个世界都在颤抖，仿佛要毁灭一样。虽然不过一盏茶的时间大地就重新恢复了平静，但在那一片混乱之中，很多人没能及时逃出来。就比如，此时的李画师……

他从马上跌落下去，在地上翻滚了两圈，才堪堪稳住了身形，此时的他，已经是头破血流，脸色惨白，出气多进气少，无法控制自己身体的平衡，只能在那里不停地翻滚。

"啊……救命啊，救命……"李画师拼命地呼救，却没有人回应他，看着眼前的景象，他吓得浑身发抖。

刚才从马上滚落时，一匹惊马踩中了他的后背和大腿，将他整个人踢到了裂缝边上，虽然没有掉到裂缝下面，但滚落的碎土将他死死埋住，身体已经不能动弹了，脑袋却还清醒。

他想呼吸，可是嘴巴张了半天也没能发出一丝声音，只能听见喉咙里传来咯吱咯吱的怪异声音，好像有什么东西卡住了一样。

在李画师的不远处，孙言瑜从地上爬起来，漠然地看了他一眼，转过头站起身，朝孙延振跑过去。

第二十六章　余音

"尚衣监的衣裳送到了，请皇太孙过目。"

朱瞻基抬手轻拢垂下的发，淡声说："放下吧。"

宫女躬身应是，把灯笼放到桌上，转身走出屋子，关好门窗，只留下一盏宫灯，照亮这方地域。朱瞻基缓步踱过去，拿起桌上的一叠白纸和一支毛笔，在一张宣纸上龙飞凤舞地写下一句话，然后把纸折好揣兜里，起身走到宫灯旁，伸手轻轻抚摸，似乎想碰触里面那些细碎的火星。

看着宫灯，朱瞻基忽然想起什么，又折身出去唤人准备车舆往文华殿而去。

虽然刚刚入夜，文华殿的灯光却比朱瞻基的住处要明亮很多，朱瞻基走进文华殿的书房时，朱高炽正站在书案前专注地书写，朱瞻基没有惊动自个儿的父亲，只立在一旁静静地看着，直到朱高炽疑惑地抬头，"你怎么过来了？"

朱瞻基笑道："我来看看父王有什么需要帮忙的。"

指着一旁的椅子示意朱瞻基坐下，朱高炽自己则坐回到书案后，问他："你最近都忙什么呢？最近咱们东宫里不太平，你要小心点。"

微微一愣，朱瞻基随即便知道朱高炽是为什么事烦恼，露出了一抹笑容道："父王放心吧，儿臣不会有事的。"

眉头紧蹙，沉默半晌，朱高炽忽然叹气，"唉，父皇到底还是放弃了在千佛洞修建大明洞窟的打算！"

朱瞻基见他神色疲惫，忍不住劝道："皇爷爷说此事只是暂时搁置，父王不必忧心，兴许哪天皇爷爷又会再起念头，重修洞窟。"

"西域那边不消停，这事本来就很难办，偏偏又出了地龙翻身之事，恐怕这也是天意。"朱高炽顿了顿，语重心长地对朱瞻基说，"从叶思北发过来的邸报来看，那边颇不太平，瓦剌和突厥虽然暂时臣服，却也不可不防。还有思北这次折损了那么多人手，还被人毁了绘制数月的画卷，可以说是损失惨重，你要仔细行事，别被人抓住了把柄，要不然……"他没有继续说下去，但话中之意已经很明显。

朱瞻基低下头，"父王放心，儿臣会尽量注意的。"

叹息着摇了摇头，朱高炽摆摆手道："罢了，你先回去歇着吧，明天再来找孤。"

朱瞻基应是，退出了书房。

朱高炽见他答应，这才舒展眉头，继续埋首工作。

朱瞻基悄无声息地离开文华殿，坐着马车回了隆福宫。

回到隆福宫，朱瞻基没有急着休息，而是叫人拿了笔墨纸砚过来，坐在桌前，提笔在宣纸上画了起来，等到纸上画出轮廓的时候，天边已经露出鱼肚白。朱瞻基把宣纸折成纸鹤模样，用蜡烛烤干之后挂在书架上。

回到自己住的寝殿，朱瞻基坐下看着已经熟睡的孙青扬，想起刚才父王所言，不禁暗自思索。

父王说，沙州卫那件事，恐怕并非表面上那么简单。

那天，皇爷爷突然召见他们父子，说要把修建大明洞窟的事情搁置，这里面究竟有何隐情，自己并不清楚。而且，如今的大明朝，正处于兵强马壮之际，各国纷纷向大明朝贡，朝廷的钱粮充足，此时正是在千佛洞修建大明洞窟彰显皇爷爷功绩的好时机，要不然也不会派出东宫和锦衣卫的人共同去办差。

若只是折损了一些匠师还能增补人手，只是没想到天意弄人，不仅绘制了数月的洞窟蓝图在阿史那劫持文进先生他们时被烧毁，沙州卫还发生了地龙翻身之事，也令皇爷爷彻底改变了主意。

刘百户究竟是奉何人之命和突厥人勾结，在沙州卫那边兴风作浪，虽说汉王和纪纲都令人怀疑，但究竟是他俩中的哪一个，朱瞻基想了很久仍没有头绪。

翌日，他派人传信给皇帝身边的李公公，请他帮忙查一查。

李公公收到消息，赶紧去了皇帝朱棣的身边。

朱棣这几日的心情很不好，一直闷在御书房里批阅奏章，听闻李公公到了，也只是抬了抬眼皮，示意他进来。

李公公进了书房，行礼问安之后，小心翼翼地问道："老奴受皇太孙之托，想问问皇上，刘百户勾结阿史那一事，是否需要再探查一二？"

朱棣放下手中的笔，揉着额角说："这件事东宫那边不必再管，朕已经交给汉王和赵王了，相信他们会办妥。"

李公公闻言一怔，随即反应过来，皇上这是不愿意东宫独大，所以明知汉王不服太子，却仍然把这差事交给汉王去办，便低头恭敬地应道："是。老奴这就差人去东宫传旨。"

等李公公退了出去，朱棣看着手中的奏报，沉默良久，终于把它扔到一旁，起身走到桌前，从抽屉里取出一封密函，看完之后不禁皱起眉头，心中更加烦躁，"纪纲这个混账东西！"

朱棣把手中的密函撕得粉碎，愤怒地摔在地上。

李公公进来的时候，看到了满地碎纸片，不敢多言，只是躬身行礼。

朱棣让李公公把地上的碎纸片捡起来，吩咐道："去，把这些碎片送到都察院去，让他们仔细查，悄悄查，不要走漏半点风声。"

李公公应是，小心翼翼地捧着那堆碎纸片退出御书房。

朱棣靠在椅背上闭目养神，脑海里却突然浮现起那封密函。

"你们都退下。"朱棣挥手遣散左右，回想密函上的内容，纪纲的不轨之心与他之前听闻的一些情况相符，也和东宫呈上来的消息一致。看来，是该做些准备了。

朱棣不愿意搁置修建大明洞窟的事，但地龙翻身的天罚令他担忧，不管心里有万般念头，这事儿都不能再继续了。他揉了揉自己的眉心，对旁边的小黄门道："传朕口谕，令太子派人前往沙州卫将之前去的那些人都召回来……"

口谕还没宣完，另一个小黄门就急匆匆进来禀报："皇上，汉王殿下来了！"

"朕才使人宣他从乐安回京师，他这么快就到了？"朱棣微微惊讶，沉吟片刻便道，"宣他进来。"

小黄门领命而去，没一会儿就带着朱高煦进入了御书房。

"参见父皇，儿臣给父皇请安。"朱高煦跪在地上磕头。

朱棣点点头，"平身。"

朱高煦站起身。

朱棣看着这个比自己还高了小半个头、孔武有力的儿子，心里有些感慨。在他的印象中，朱高煦哪哪都好，比朱高炽那个长子更合他的心意，只是一直以来不够沉稳，如今再看，这些日子的历练令他多了些稳重大气。

"煦儿，你近日辛苦了，坐下歇歇。"朱棣看着他，和蔼地招呼道。

朱高煦应诺，走过去在他对面的椅子落座。

朱棣看着朱高煦，心中有种说不出的感觉，有欣慰，有骄傲，还有一种说不出来的复杂。

抬眼看了朱棣一眼，朱高煦又低下头去。

朱棣咳嗽一声，李公公立即端来了茶水。

端起茶杯，朱棣喝了口茶，问道："煦儿，你今日来，所为何事？"

朱高煦说："儿臣这些日奉命查验沙州卫送来的邸报，却发现那里面有两份密信，一份是关于沙州卫修筑千佛洞的银钱数目。还有一份却是关于东宫洗马叶思北这次去那边的一些事，里面记载了一些匪夷所思的内容。父皇，儿臣不敢擅专，特此来请父皇定夺，看看如何处置，是将这两份密函封存，还是交由户部和大理寺处理？"

朱棣听了，微微皱眉。

朱高煦沉吟了一会儿，又说道："从那两封密函上看，叶思北他们在沙州卫的确出了一点事，儿臣想亲自前往处置此事，毕竟太子他要避嫌，不好再让东宫的人前去。"

"哦？你说说看。"朱棣饶有兴趣地看着朱高煦。

朱高煦斟酌片刻，说道："关于东宫的那封密函，里面写着东宫洗马与困即来的大儿子嗝哥勾结、陷害锦衣卫百户刘世昌，将他迫害致死一事。儿臣觉得这里面恐怕另有内情，想着最好再去查实一番。"

朱棣看着他，心中若有所思地问道："你确定这封密函里的内容确凿无误？"

"父皇请看，这里面有沙州卫长史阿拉坦的印鉴。"朱高煦从怀中掏出那封密函递了过去，朱棣接过来细看了两眼，发现上面的确是阿拉坦的印鉴。

朱棣拿着密函陷入沉思，许久才道："阿拉坦偏帮困即来四子锁南奔，他说的话不能当真。若这密函真是阿拉坦所呈，知会一声困即来，他知道怎么处置。你先不用管这件事了，把人手都撤回来，以后不要再私下探查你兄长了，于情于理你这样做都不妥当，再这样下去朕就要罚你了。"

朱高煦一听连忙解释："儿臣不是对太子不恭，只是上次您御驾亲征，留太子在京城监国，朝中文武大臣对他均是一片赞誉之声，儿臣恐他的手下生出骄横之心，便帮着看顾一二。"

朱棣虽然知道朱高煦一直不满朱高炽因嫡长子的身份占了太子之位，但朱高煦一直跟在他身边，戎马倥偬，在军中也甚得人心，所以不免偏爱这个儿子一些，只是摆手道："这事有皇太孙跟进，你就不必再管了。"

朱高煦虽然心有不甘，但他心里明白朱瞻基是朱棣最看重的皇孙，甚至兄长的太子之位都是因这位"好圣孙"才得以定下的，只得悻悻然道："儿臣遵旨。"

"下去吧，在京城好好玩几天，就早些返回乐安。"朱棣放下密函，对朱高煦摆摆手。

"父皇，儿臣哪儿都不想去，就想陪在父皇的身边，快要过年了，儿臣想陪您一道过年。"

"行了，行了，这事等回头再说，你先下去歇息，从乐安这么急地赶过来，还当自个儿是十几岁的毛头小伙呢？"朱棣一脸嫌弃，脸上却掩不住笑意。

"儿臣一听父皇召见，便第一时间赶来见您。父皇您也要多保重身子，儿臣看您这数月里瘦了不少……"说了一堆关心思念父皇的话，朱高煦方才告辞出宫。

他刚走，李公公就来禀报了："皇上，太子殿下来了，正在殿外候着呢。"

"让他进来。"朱棣把密函放回桌案上，才抬头示意内侍。

朱棣的贴身内侍连忙打开宫殿门帘，朱高炽一脸惶恐地迈入殿内，躬身行礼道："儿臣给父皇请安。"

"免礼吧。"朱棣笑眯眯地看着他。

朱高炽起身，恭敬地说道："谢父皇。"

朱棣看了他一眼，问道："太子这几日都在忙些什么？"

"回父皇，儿臣这几日除了处置日常事务，其余时间，一直在和东宫的幕僚查对沙州卫的账册和粮草。"

"你是想要查出是否有人破坏这次修建大明洞窟一事？不必了，那日朕就说过，这事先行搁置，等以后时机成熟了再议。"

"可是……"

"没有可是，朕说不必了。"朱棣打断朱高炽的话，"去沙州卫千佛洞修建洞窟一事，不必再提，你尽快安排那边的人马回京。"

……

雪很大，从天空飘落下来，如鹅毛般大小，没过多久就将院子里铺满了，在这寂静深夜里，更显得冷清萧索。檐下的灯笼随风轻轻晃动，光影也随之明明暗暗。

天色未白，然而因着这漫天的霜雪，到处都是白茫茫的一片。

孙言瑜站在门前，披着白狐皮斗篷，斗篷上绣着金丝云纹，随着寒风轻轻晃动，好似波光闪闪，衬得她清丽秀美的容颜好像也多了几分明艳。

看着她那双犹似星辰、仿若春水、波光潋滟的眼睛，叶思北不由得心头一窒。

"叶大人这么一大早就造访所为何事？"孙言瑜问道。

他站在原地，身姿挺拔，目光深邃而复杂，望向她时又带着几分隐忍的痛苦，"我和高娃要成亲了，想请你去……"

"抱歉，我很快就要动身和兄长返回京城，恐怕来不及赴叶大人的喜宴！"孙言瑜轻声打断他。

"是吗？"叶思北努力挤出一抹笑意，眼底却是痛苦之色，"高娃她为我失去了右臂，我得负责……"

"大人即将娶妻，还是不要说这些令人误会的话语。"孙言瑜指了指门外，"请吧……"

"你当真与我再无话可说吗？"叶思北知道今日一别再无相会之日，犹豫半晌，他还是颤声问出了心底一直想说的话，"你有没有喜欢过我，哪怕只有一瞬？"

"叶大人，保重。"孙言瑜沉默片刻后又补说了一句，"我祝你和县主百年好合，天长地久。"说到后面，她只感觉自己的嗓子里似乎堵着些什么，憋得几乎喘不上气来，连说出去的话都只余渺渺气音。

甚至，她都不能肯定叶思北是否听见了她言不由衷的祝福。

也许是这风雪太大，虽然裹着狐裘，她还是觉得寒冷，觉得眼睛里有什么滑落下来，冰凉地滑过面颊。

她必须走，一刻都不能再逗留了。

再逗留下去，孙言瑜怕管不住自己的心。

她不敢回头看叶思北，天意弄人，他们注定只是彼此人生中的过客。从京城到沙州卫，这一年多的光景，就仿佛是一场梦，现在梦该醒了，他们也将各奔东西，各赴前程，一切都是天意弄人……

见孙言瑜准备转身离去，叶思北一把拉住她，眼眸里尽是柔柔情意。

无论他在别人面前有多冷酷，但眼前的这个人，是他藏在心里最柔软的、最不可碰触的所在。

"也许我们可以鸿雁往来，写信给我，好吗？"

"不可以。"孙言瑜断然拒绝，"成亲之后叶大人你就是有妇之夫，还请自重。"

"你——"叶思北看着她，眼睛泛红，"一定要往我心里扎刀子吗？那是一场意外，谁也没想到那一刀会令高娃的胳膊废了，有时我想，宁可没了手臂的那个人是我。"他苦涩地说，"老天为什么要捉弄于我？在我爱上你之后，又发生这样的事情。"

"不管怎么说，县主是为了救你才变成那副模样的，那日若不是为了照顾我，她也不会跟过去，说到底也是我欠她的。还请叶大人切莫辜负了县主，从前种种还是早做了断吧。"孙言瑜用力挣脱叶思北的手，"叶大人，告辞！"

叶思北站在原地，看着那窈窕曼妙的背影渐行渐远，他的心仿佛在滴血。

若问这一生，他对谁动过真心，恐怕也就只有孙言瑜了。

他没见过这样一个女孩子，明明是个女子，却像男儿一般洒脱，又是那么聪慧伶俐，他不得不承认，自己喜欢上了这样一个女子。

可是他们终究无法在一起，因为……萨仁高娃是因他而残的，余生他必须好好照料高娃。

叶思北闭上眼睛，任由冰凉的雪花飘落在脸上。

他肩膀上担负的东西远比旁人重得多，沙州卫这边还有很多事情等着他去处理，他没有任性的权利。

这个时候，叶思北唯一庆幸的是，他曾经和孙言瑜相遇相知，即便无法与她长相厮守，余生能够知道她会幸福，他也觉得满足。

可是……

叶思北睁开眼，眼底有坚决之色划过。

孙言瑜说得对，他即将是有妇之夫，不能再拖泥带水了。

他抬脚朝外走去，身上裹了厚厚的裘袄，依旧挡不住刺骨的寒意。

他走得极慢，一步一顿，却每一步都走得极稳。

虽然知道自己的选择很艰难，可是他已经没有退路。

叶思北转身向门外走去。

晨风清冽，吹得孙言瑜的脸有些疼，她停下了脚步站在长廊里，神情木木地看着叶思北的背影。

忽然，孙言瑜看到叶思北折回身，跑过来再度抱住了她。

她失落的心转而拥有了一丝欢喜，虽然知道不对，但她贪恋这一刻的相拥。

大概半盏茶的工夫，叶思北埋在她肩头的脸抬了起来，温柔地摸摸她的头，轻轻说道："傻丫头，再见。"然后便头也不回地离开了。

孙言瑜麻木地看着风雪中消失的人影，愣了一下。

原来真正的离别没有灞桥折柳，只有无数雪花堆积的茫茫白地，和一个空气清新的早晨。

良久，她麻木地回屋，关上房门，背靠着门板，终究忍不住放声哭泣起来。

这种滋味真的太难受了，像是有千万根针扎在她的心脏，疼得让她喘不过气来。

她知道，这一次的转身，就是两个人各奔天涯的开始。

只是他俩谁都没有料到，余生，他们再未踏足过沙州卫，也再没有机会为大明修建洞窟了……

尾声

永乐十四年（1416）七月，与纪纲有仇的一个太监，揭发了纪纲培养死士，造兵器万计，欲图不轨之事。永乐帝朱棣闻之大怒，将纪纲押送都察院审讯，查实之后将其凌迟处死，纪氏全家男女老少发配戍边，并列其罪状颁示天下。

永乐二十二年（1424）冬日，瓦剌贤义王太平派遣部下向朝廷进贡，太平的部下在半路被贼人劫掠，困即来闻之遣人驱散贼寇，安全护送太平的部下至京，得到了永乐帝朱棣的嘉许。朱棣不仅赏赐了困即来许多金银珠宝，还晋升他为沙州卫都督金事。

同年七月十七日，永乐帝朱棣在北征途中驾崩于榆木川，一个月后的八月十五日，皇太子朱高炽即位，史称明仁宗。

明仁宗朱高炽从永乐七年（1409）就开始以太子的身份监国，十五年间因为不得帝宠一直韬光养晦、压抑性情，加之日夜为国事操劳，即位不久就得了重病，在洪熙元年（1425）五月二十九日，遗诏传位于皇太子朱瞻基，当日死于宫内钦安殿，终年四十八岁。

明宣宗朱瞻基也是一位明君，他的一系列政治措施使得大明的经济空前发展，历史上把他的统治与其父明仁宗朱高炽在位时期的统治合称"仁宣之治"，只是可惜他早年随祖父永乐帝朱棣北征时落了暗疾，在位仅十年就病逝。

明宣宗朱瞻基的儿子明英宗朱祁镇即位后，改元正统，明英宗的政治水平远不及其父、其祖，正统十一年（1446）时，时任沙州卫都督佥事的喃哥见朝廷势弱，就暗地里和突厥、瓦剌勾连，其部下也多欲奔瓦剌而去。朝廷闻之，迁喃哥全族及其手下若干于甘州，至此，沙州遂空。

喃哥被迁到甘州后，沙州就落在了罕东酋长班麻思结的手里。锁南奔则偷偷跑到了瓦剌那边，被瓦剌太师也先封为祁王，后被朝廷拿下。虽然朝臣们都欲将锁南奔就地正法，但明英宗朱祁镇念其父困即来有功，免其一死，令其迁往东昌为民。

明初，永乐帝朱棣置哈密、沙州、赤斤、罕东四卫于嘉峪关外，屏蔽西陲，不过几十年后，随着沙州卫被废，诸卫渐不能自立，肃州渐多战事，明代的西域防线逐渐崩溃，大明朝乱象已生。

翻开历史的长卷，为何大明朝没有像其他历朝历代那样在莫高窟修建洞窟？这个问题已经成了一个历史悬案。我们唯有在浩如烟海的历史典籍中，搜寻那些被淹没的、片鳞半爪的故事，而后掩卷叹息。

敦煌莫高窟，不仅是中国古代艺术的瑰宝，也是人类历史文明的结晶。在漫长的岁月中，它经历了无数次的劫难，挺过了无数的纷争，也留下了一个个动人的故事。